读客悬疑文库

认准读客读悬疑,本本都是大师级。

杀意的临界点

[日]道尾秀介 著　李晓光 译

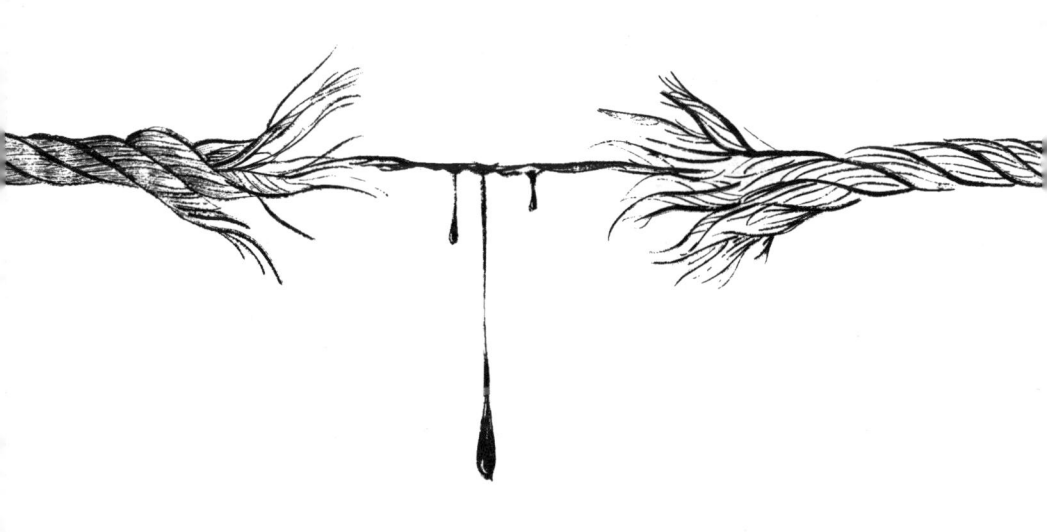

北京日报出版社

图书在版编目（CIP）数据

杀意的临界点 /（日）道尾秀介著；李晓光译 . -- 北京：北京日报出版社，2023.11
ISBN 978-7-5477-4637-0

Ⅰ. ①杀… Ⅱ. ①道… ②李… Ⅲ. ①推理小说 - 日本 - 现代 Ⅳ. ① I313.45

中国国家版本馆 CIP 数据核字 (2023) 第 114514 号

RAIJIN by MICHIO Shusuke
Copyright © MICHIO Shusuke 2021
All rights reserved.
Original Japanese paperback edition published in 2021 by SHINCHOSHA Publishing Co., Ltd.
Chinese translation rights in simplified characters arranged with SHINCHOSHA Publishing Co., Ltd. through BARDON CHINESE CREATIVE AGENCY, Hongkong.
Simplified Chinese translation copyrights © 2023 by Dook Media Group Limited, China

中文版权：© 2023 读客文化股份有限公司
经授权，读客文化股份有限公司拥有本书的中文（简体）版权
图字：01-2023-4323号

杀意的临界点

作　　者：	［日］道尾秀介
译　　者：	李晓光
责任编辑：	王　莹
特约编辑：	张　齐　　谢晴皓
封面设计：	李子琪
出版发行：	北京日报出版社
地　　址：	北京市东城区东单三条8-16号东方广场东配楼四层
邮　　编：	100005
电　　话：	发行部：（010）65255876
	总编室：（010）65252135
印　　刷：	三河市龙大印装有限公司
经　　销：	各地新华书店
版　　次：	2023年11月第1版
	2023年11月第1次印刷
开　　本：	890毫米×1270毫米　1/32
印　　张：	11
字　　数：	254千字
定　　价：	49.90元

版权所有，侵权必究，未经许可，不得转载
凡印刷、装订错误，可联系调换，联系电话：010-87681002

らいじん

道尾秀介

Michioshusuke

"小夕，小心啊，别掉下去。"

上午十一点多，悦子买东西回来，对着阳台招呼道。

那是七夕雨夜之后的周六，从公寓四楼望去，碧空如洗，宛如喷过油漆一般。伸缩衣架上晾着三个人的衣物，在蓝天和衣物的背景下，四岁的夕见在阳台上玩耍。用蜡石涂涂鸦，抬头看看飞机，数数鳞次栉比的屋顶。

"小幸，你练习切菜没问题，不过，也要照看一下小夕呀。她在那儿玩儿，多危险啊！"

我的名字是幸人，悦子叫我"小幸"，我们叫夕见"小夕"。乍一听似乎容易混淆，其实并非如此，既没有听错过也没有叫错过。

"我一直好好看着她呢。"

"瞎说。"

悦子把手袋挂到餐椅背上，将购物袋中的东西放进冰箱。

"我真的看着她呢，真的。"

我在厨房练习着刀法，也确实会偶尔回头看一下夕见在干什么。不过，我只是想看看女儿在干什么，并没担心她会掉下去。因为阳台的栏杆很高，对四岁的女儿而言，不管怎么努力，也跨不过去。

"那是适合一个人玩儿的好地方吧？"

夕见年龄还小，不能自己到外面去玩儿，我和悦子手头都很忙，不能陪她一起玩儿，也几乎没带她去过公园。不过，我们总让她在家看电视，是不是也不太好呢？于是，昨晚我们说起了阳台这个话题。

"不行，太危险。我们学校也经常会发生孩子受重伤的事情，就在连我们这些大人也想象不到的地方。"

大学毕业后，悦子成为一名小学教师，今年是第六个年头。

"噢，如果有水桶之类的小孩子可以攀爬的东西呢，确实危险。但是，咱们的阳台什么都没有，没关系的。何况她的个头还小，手才能刚刚碰到栏杆。"

一到阳台，夕见就把鼻子贴在盆栽的蓟花上，一直观察着。她紧闭嘴唇，睁大双眼，只要对什么东西特别感兴趣，她就会这样。那是我熟悉的侧脸。

这盆蓟花，大约一周前开花了。可能是听惯了演歌的歌词，我一直以为蓟花是秋天开花，实际上是夏天开花。阳台上的这盆蓟花，一到每年七月就会开出美丽的紫红色花朵。花谢之后，我就会采集种子。拿掉枯萎的蓟花，播种、浇水、施肥，期待来年夏天再开花。在白色的花盆上，夕见贴心地用可擦笔写下"爸爸的蓟花"。

"对了，今年的蓟花，花朵有点儿小呢，是肥料放少了吧。"

我想转移话题，但没起作用，悦子还是对着阳台招呼着。

"小夕，太危险了，进来吧。"

夕见和蓟花说了几句什么，之后，听话地回到房间来。

"那我玩儿什么呀？"

"自己想想啊。噢，好啦，小幸！"

悦子看向我手边，轻轻拍了拍手。砧板上放着的白色物体是用小麦粉捏成的。我把它当作黄瓜，在进行刀法练习。它们像黏土一样可以反复使用，很适合做练习。很多年前，父亲开始学习料理的时候，好像也是用面粉团练习的。

"切的速度也快多了呢。"

"听说从今天开始，让你在店里切了？"

"是啊是啊。"

大学毕业后，我入职了一家厨房用品商社。从学生时代起，我和悦子就开始交往，结婚的第二年，小夕出生，公司却破产了。当时，父亲经营的和食料理店"一炊"，正巧有个兼职人员不做了，我就边找工作边在厨房帮忙，按小时领取报酬。起初，我只打算暂时打工，有一天，在厨房洗菜时，父亲像是自言自语似的小声说。

——以后，你会当厨师吗？

回家和悦子一说，她说我想做就做好了，既无抱怨也无担心，非常赞成。

大约一年后，我二十八岁，成了一名见习厨师。

"来个真格的？"

悦子用眼睛示意一下冰箱，上下动动眉毛。用面粉团练习刀法后，就要挑战一下真黄瓜，这是约定俗成的流程。

"不行，再练一次。"

我用水润湿手指，紧握着面粉团，再次把它捏成黄瓜形状。虽然刀法还不是很娴熟，但做一个仿真黄瓜还是得心应手的。

"要是能在店里的砧板上练习就好了。"

"店里的砧板，爸爸要用的，而且在这里练习还能顺便看着夕见。"

我想，悦子可能会说我"你哪里看着她了？"，她却没说。

"……一起住的话，可能就方便多了吧。"

"和谁？"

"你爸爸。"

"你当真？"

"因为，小幸你，反正以后一直要和爸爸一起工作的吧？虽说比较近，但也有三站路呢。我们全家一起搬过去的话，就会轻松很多呢。店里的砧板不用时，你还可以练习刀法。与其说是搬家，不如说小幸你是回家呢。"

料理店的二楼用来居住，我曾在那里和父亲一起生活。

其实，我姐姐亚沙实也应该一起住的。我们一家三口从新潟搬到埼玉后，曾经暂时住在一间狭小的公寓。在我初中三年级时，父亲决定将带住所的店面全部买下，开一家料理店。可是，当父亲将他的计划告知我们后，姐姐很快便离开了家。结果，那所新居就只剩下我和父亲两个人生活。后来我结了婚，搬到了现在的公寓，就只剩下父亲一人住在店面的二楼。

"那里房间也很多，不住的话不是很浪费吗？反正将来你爸爸上了年纪，也要和我们住在一起的吧。"

可是，我刚想开口说，又把话咽了回去。

悦子并没有见过我父亲真实的样子。她所知道的，只是在"一炊"厨房忙碌的父亲，或者我们带夕见回家时，和小孙女一起玩耍的父亲。在工作空闲时间，或者工作结束后，父亲都会用空洞的眼神，注视着不知何处。

父亲究竟在看什么，我是知道的。但我没和悦子说过。虽然我知道必须要找个时间告诉她，但是不管婚前还是婚后，我无论如何也没能说出口，日子就一天天过去了。

"你爸爸，现在是五十几？"

"四。"

"那等孩子十岁时，他就迎来花甲之年了。"

我俩回头看看起居室。夕见在地毯上翻看着绘本，动着小嘴唇，逐字看着平假名的文字。绘本是我姐姐之前买给她的，讲的是萤火虫和独角仙的故事。内容是，从前独角仙的角上长着发光的宝玉，可是有一天，萤火虫却把它偷走了。不过，在绘本中，比起萤火虫和独角仙，夕见用红色万能笔画的"心形小人儿"更显眼。同样的绘本，她反复看了很多遍，看厌后，她总会让自己独创的角色出场。起初我提醒她不要这样，悦子却说："让她自由发挥，不是很好吗？"我也就放任不管了。"矫枉过正"这个词，我当时第一次听悦子说。

"啊，布！"

悦子突然啪地拍了一下我的肩膀。

"怎么？"

"布，我忘了买了。做布包用的。"

她说的是夕见来往托儿所用的手提布包。

是不是所有的托儿所都是这样呢？孩子们用的布包，约定俗成是父母亲手做的。夕见进托儿所的前一天，悦子一直忙到深夜才做好。就是那个布包，昨天破了。悦子去接夕见时，在教室的架子上拿布包时发现的。拎手的根部，好像被用力拉过一样裂开了，整个包也不像样了。不知道是孩子们一起玩儿的时候弄破的，还是有人

v

故意恶作剧弄破的。总之，不是缝一缝就行的，因此悦子打算趁周六周日再做一个新的。

"对了，小夕，布包的布，妈妈现在去买哦。"

"我要一样的。"

"你要一样的？我找找看。"

看到弄破的布包时，夕见好像若无其事。但是，当母女俩回到家后，她却突然大哭起来。当时，悦子正要把布包扔进垃圾箱，悦子见状说妈妈不扔了，好好给你留着，但她还是不停地哭。一看见布包破了，她其实很伤心，却一直忍着吧。或者是，不想和布包分开才伤心呢？从"一炊"下班回来，听悦子讲了事情经过，我一边揣摩着女儿的心情，一边端详着她熟睡的小脸。小鼻孔唑唑地呼吸着，是不是做了什么紧张的梦？薄薄的眼皮下，眼珠不停转动着。

"那，我买了就回来。小幸，加油！"

悦子从手袋里拿出钱包，走向门口。门被拉开后，风从阳台吹向室内，带来晾晒衣物的芳香。

"你要去阳台吗？"

房门刚一关，我就会心地笑着，对夕见说。

"可以吗？"女儿睁大双眼。

"保密，保密。去玩儿吧。"

夕见拼命地点着头，小脑袋似乎要被晃下来似的。她把翻开的绘本放在地板上，跑到纱门边，一下子打开纱门，走到阳台，穿上红色凉鞋。然后，她往左右看了看，似乎在想，玩儿什么好呢？我走近冰箱，想拿一根黄瓜。这时，墙上的时钟映入眼帘。那是一个普通的指针式钟表，是我和悦子搬到这儿的第一天买的。当天我们去了家庭用品商店，还买了被子、衣物整理箱和蓟花种子。虽然，时钟只是在那么一瞬间映入眼帘，但当时指针指向的时刻，即使是十五年后的今天，我仍然记忆犹新。时针在十一与十二之间，分针指向右下方。而且，那个时间在我的印象中，并非十一点二十分，而一直是十二点差四十分。尸检报告上写的是"十二点"。是在此之前的四十分钟。

"咦？"

我打开冰箱的蔬菜柜，发现黄瓜没了。我以为还有呢，看来是记错了。我用手机拨了悦子的号码，想让她买布的时候顺便买些黄瓜回来。谁知，放在家里的手袋中响起了她的手机声。从阳台上，可能看得见悦子。去商店街时，她都会走正下方那条路，应该能看见。——但是，有人从上面大声喊她，她会不会不好意思呢？

"爸爸到下面去一下。"

"为什么？"

"黄瓜。因为黄瓜没了。我马上就回来啊。"

我趿拉上凉鞋，没锁门就出去了。来不及等电梯，我一下子跑到了一楼。从公寓后门出来，跑到阳台正下方那条路，我果然看见了悦子的背影。是叫住她，还是跑着追上去呢？短暂迟疑后，我刚把两手合拢放在嘴边，只见右边有一辆白色小汽车开了过去。

一个小小的影子，竖着掠过我的视线。

什么东西掉下来了。当我意识到这一点时，那个物体已经砸中刚刚开过的小汽车的前挡风玻璃。汽车紧急加速，留下一条弧线远去。很明显，司机误将油门当成了刹车。汽车急速逼近悦子身后，随着沉重的撞击声，悦子的身体腾空而起。当时，我的双手依然合拢在嘴边。

之后的记忆，前后极其混乱。

行人叫来了救护车。受耳鸣影响,我听不见人声。眼前急救人员的身影像是谁用奇妙的慢镜头拍到的画面。我给姐姐打电话,嘴唇哆嗦,口齿不清,因而不断被姐姐反问。鲜血淋漓,倒在地上的悦子的身体,就像跳舞的人偶一样,她的手脚被抛到奇怪的方向。从小汽车里出来的是一位上了年纪的女性,她就像一部破损的机器一样,四肢瑟瑟发抖。粉碎的前挡风玻璃。那个砸坏挡风玻璃的物体,一片一片散落在柏油路面上。褐色的土。紫红色的花。白色的陶瓷碎片。其中一片上隐约可见"蓟花"字样。一片茫然中,救护车开走了。我跑上公寓的楼梯,飞奔到阳台。此时夕见笑容满面,跑了过来。

"爸爸的花,会长大的哦。"她自豪地说。

"花,要朝着太阳才会长大哦。"

可是,阳台上没有花盆。夕见回过头,发现花盆不见了,奇怪地指了指扶手旁边、水泥栏杆的上面。

"我明明放在那里了呀……"

目录

001　平稳的落幕与威胁

021　记忆的崩溃与空白

059　真相的阐明与雷击

149　怨恨的文字与杀人

181　影像的暗示与遗体

229　最后的杀意与结局

273　雷神

"……于是，对于企图解放囚徒，并将其带往上面的人，囚徒们若是能想方设法将他逮住并杀掉的话，一定会杀了他吧。"

"嗯，一定如此吧。"他答道。[1]

——柏拉图《理想国》

---

[1] 原文为柏拉图著，藤泽令夫译《理想国》（『国家』岩波文库，1979年）。此处为本书译者转译。——编者注

平穏の終幕と脅迫

平稳的
落幕与威胁

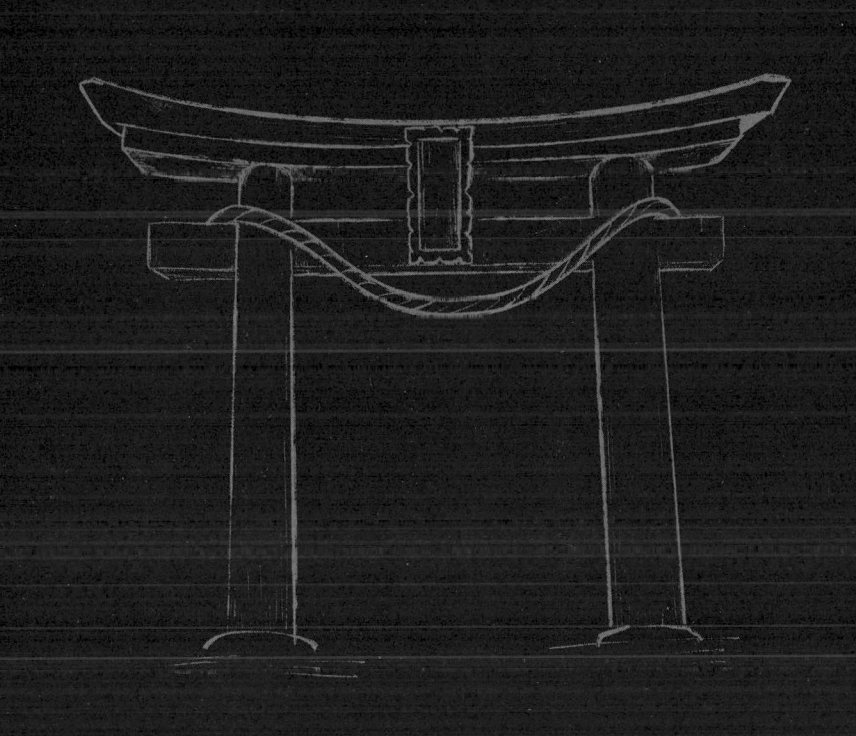

一

"鲥鱼涮锅里，用的是哪个部位的鱼肉？"

夕见撩开布帘，从柜台对面往厨房探脸问。

"四号桌问的，就是刚刚上了鲥鱼涮锅那桌。"

"我去说吧？"

我把长筷子放下，夕见用双手比画着阻止我。

"很难说明吗？"

"不，简单。鲥鱼涮锅里，用的是鲥鱼的鱼肚肉，是将鱼肚纵向剖开的一半，切成三片。虽然也有店家用鱼背肉，不过鲥鱼涮锅的话，还是用脂肪多的部位更好吃。"

"鱼肚肉，鱼肚，脂肪，明白了。"

"切好后的区分方式是，白色鱼皮的就是鱼肚肉；黑色鱼皮的就是鱼背肉。大部分的鱼都是这样吧，背部黑，腹部白。这样在水里的话，不论是从上面还是从下面，都很难被看到。"

"噢，原来如此。"

"还有，这个也一起端过去，隔壁三号桌的。冬葱凉拌金枪鱼。"

我在小碟里加上黄瓜切片后递过去。夕见把菜端到客人桌上。

我坐下来,透过布帘的缝隙往外看。三号桌是常客江泽先生,还有他带来的三个年轻男女,他在附近的地方银行分行做副行长。同行的三个年轻人都身着西服套装,他们热闹地喝着酒。吃鲫鱼涮锅的四号桌,是一对老夫妻,自从我开始在"一炊"帮忙,他们就经常来。其他桌的客人也都是老面孔。每年过了十一月中旬,客人就会多起来。也许都想在公司年底的忘年会开始前,与自己亲近的人一起聚餐喝酒吧。

那天,交通事故发生后,我把夕见托付给匆忙赶来的姐姐后就马上赶到了医院。但是,悦子的身体已经冰冷。直到晚上,我才将妻子的死讯告诉女儿夕见。花了很长时间,我才让她理解"死"的含义。之后,女儿大声哭喊,她的喉咙几乎要被撕裂一般。

听着四岁女儿的哭喊,我在心里发誓,一辈子也不告诉她事故的真相。

十五年,一晃而过。

夕见今年十九岁,一边上大学,一边在"一炊"帮忙招呼客人。

"在自家楼下就可以打工,还有比这更好的事吗?"

一直对自家生意不大关心的夕见,突然在两个月前提出要帮忙。

"我现在打工的地方,一是离家有点儿远;二是那儿的员工都很傲慢,让人感觉不舒服。而且,在'一炊'打工,还管晚饭吧?这样,爸爸就不用特意给我做饭送到楼上来了。"

我并没问什么,夕见却连珠炮一般说明了理由。她所说的"现在打工的地方"是在购物中心的一家照相馆。那里离家不远,她之前也没说过对员工有什么不满。最主要的是,夕见是摄影专业的,在那里打工一定受益良多。

大概，这孩子是担心我吧，怕我因为父亲去世而过度悲伤。

悦子死后，我带着四岁的夕见搬回了这个店面的二楼，再次与父亲共同生活，继续在父亲的指导下学习料理。当我终于能在厨房独当一面时，父亲关节痛的老毛病越发严重，渐渐不能在厨房长时间站立了。半年前，他又被查出患有食管癌，动了大手术。虽然手术很成功，但某日他却在厨房突发脑出血，再次住院。当天，在那间被阵雨般蝉鸣包围的病房中，父亲心电图的波线逐渐消失，他最后连一句话也没留下。父亲是在三个月前去世的，再过几天，就是他七十岁的生日。

一周里有六天，从开门到最后点单的十一点，夕见都一直在店里帮忙招呼客人。她手脚麻利，颇受客人欢迎，偶尔还会有上了年纪的男性要请她喝一杯，但是她还未成年[1]，当然没喝过。

"二号桌，鮟鱼肝酱拌凉菜，配日本酒。"夕见拿着点菜单，掀开布帘。

"日本酒要凉的吗？"

"凉的。"

"那就上醉鲸吧，酒壶和酒盅，用右边蓝色那种。"

醉鲸，高知县出产的日本酒，口味清爽，微微的酸味可以滋润舌头，很适合味道浓重的料理。

"今天还没见你照相呢。"

我朝柜台边抬抬下巴。那里放着一台单反相机。夕见在大学是

---

[1] 日本民法规定"年满20岁为成年"。——译者注（若无特殊说明，本书中注释均为译者注）

学摄影的，她似乎很喜欢拍摄市井民风，我就提议她在店里放一台相机。我说："如果是常客，你可以很轻松地请他们配合拍照，还多了聊天话题。不是很好吗？"夕见说确实如此，如我所愿，就在柜台放了一台相机。她在餐厅忙碌，也经常拜托常客们让她拍照。我虽然不懂照片的好坏，但总感觉她拍出了大家的个性化表情。

"忙的时候不行吧。客人会说'别做没用的，快拿酒来'。"

"是啊。"

作为工作伙伴的父女俩相视苦笑。接着，我从冰箱里拿出鲀鱼，夕见往酒壶里倒入醉鲸。

"照片的题目定了吗？"

"期末照吗？没定呢，还在犹豫。"

才十一月，夕见所在大学的期末考试却已经结束。虽然没课了，但需要提交作品来获得学分。美术专业提交绘画或者雕刻，音乐专业提交乐曲，摄影专业则提交照片，叫作期末照片，简称期末照。大一时，夕见期末照的题目是《文化》。她拜访了附近的寺庙，拍了僧侣和家人在自家庆祝圣诞节的照片。和尚头戴圣诞帽，虽然感觉有点儿像故意为之，但每张照片中的人物都滑稽开朗，让人还想回看。今年上大二的她，说想拍完全不同的题目，但一直定不下来，因此颇为苦恼。

"要是觉得累，就休息休息吧。"

这几天，夕见每天拿着相机出门，傍晚六点前回来。一回来就麻利地帮忙，准备营业。

"没关系，我做得很开心呢。想来，我小时候在厨房一角玩儿'开店过家家'，也应该是喜欢才玩儿的吧！当时多开心啊！"

上小学时，夕见经常在厨房的角落里，把圆椅当作餐桌，开一间"小店"，将看不见的食物卖给看不见的客人。

"不过，你不是说，不记得小时候的事了吗？"

"我说过吗？不知道啊。可能是被爸爸一说，好像又想起来了。"

我在砧板上去掉鲀鱼的鱼嘴和鱼鳍，剥下鱼皮。就像脱掉整套紧身衣一样，鲀鱼的皮滑溜溜的，很好剥，这个特征就是它名字的由来[1]。眨眼间，它就成了透明的白色。

"哇，好可怕。"

"明明是好看吧！"

十五年前，自从悦子去世那一天起，我就一直将事故真相封存于心。当时到底发生了什么，唯有警察和那位小汽车司机知道，她叫古濑干惠，就是那位上了年纪的女性。

悦子被宣告死亡后，一位年轻警察来到医院，说明了事故经过。当时，古濑干惠以正常速度行驶在公寓前的车道上，突然，一只花盆从天而降，砸碎了汽车前挡风玻璃，慌乱之中，她误踩油门，汽车因此失控，从背后撞倒了悦子。

作为现场目击者，我被要求做证，把事情一五一十告知了警察。包括悦子忘记买的布，蓟花的花盆，女儿将花盆放在了扶手边的水泥护栏上，还有因为我一直担心蓟花长不大，女儿想给花晒晒太阳。让女儿在阳台玩耍的是我。养蓟花的也是我。我内心如撕裂般痛苦，用"后悔"二字根本不足以表达。时至今日，这种痛苦依然每天折磨着

---

[1] 日语中，"鲀鱼"一词同时有"剥皮"的意思。

我，恐怕永远都不会消失。

"警察先生，我有一件事拜托您。"那天的我如此说道，因为我有必须要保护的人，"这件事，能否请您不要让我女儿知道？"

警察一直耐心聆听，中间没有插一句话，少顷，他抬起头说："那要看司机的态度。"

我们马上在警察署签订了协议，告知大家不要将此事透露给媒体。

我还拜托警察，将全部情况转告了小汽车司机古濑干惠。我希望当面和她谈谈，她通过警察转达给我她家的地址。第二天，我就去拜访了她。

她家是联排老旧出租屋的一间，那里就像被时代遗弃了一样。空荡荡的停车场，角落里有一只种着喇叭花的箱型花盆，花已枯萎，水分已流失，盆土已干裂。我与古濑干惠在室内相对而坐，她的脸上泪痕斑斑，似乎哭过很多次。可见，不只是事故当天，之后的每天，她都不停流泪。她将电风扇朝向我，我吹着风，向她低头致意，她也在矮桌对面深深低下头，之后，她又反复道歉。在她颤抖的肩头前方，有一个佛龛，放着的似乎是她丈夫的遗像。我以恳求的心情，向古濑干惠，同时也向她丈夫，再次提起夕见，拜托她不要将事故真相告诉我的女儿。她已经从警察那里了解了情况，毫不迟疑地答应了。她独自生活，没有孩子，在当地也没有亲近的人。因此，她承诺，不会将事故真相告知任何人。

我之所以带着夕见搬到这个店面的二楼，就是因为怕夕见知道真相。如果还继续住在那间公寓，没准儿某个时候，因为某个机缘，她就可能知道当年的真相。掉落在事故现场的白色花盆碎片、盆土、蓟花，应该有很多都看到了。事故的原因，就是从公寓阳台掉落了花盆，这一点很容易想到。到底是从哪个阳台掉落的花盆，却无人知晓。可是，夕见知道。如果她听到"蓟花的花盆"这个词，肯定立刻就会明白。因此，我离开了那里，将夕见带离了那里。我们在这里生活，十五年来，波澜不惊，平静度过。从此以后，也应该风平浪静。可是……

"咦，怎么了？"

我睁开眼，夕见吃惊地看着我。

我身体倾斜，一只胳膊肘抵着烹饪台，用危险的角度支撑着身体。刚才剥鲀鱼皮时，突然涌起一股怒气——就像从大脑内部爆发出来的愤怒，使我一下子闭上了眼睛，于是，身体失去平衡，摇摇晃晃。

"这里有油吧，滑了一下。"

我看一眼脚下，又看看夕见，她还在看着我。

"真的？"

"就是滑了一下，没事。对了，快把这个端给客人。"

夕见半信半疑地回到餐厅，似乎正好有客人进来，她劲头十足地说"欢迎光临"。我将目光收回到砧板上，开始切剥好皮的鲀鱼。愤怒变成了不安。一连四天，我一直拼命压抑的不安，在心中冰冷地膨胀。

四天前的下午，家里的电话铃响了。

"我是藤原。想让你给我筹点儿钱。"

没等我开口，对方先自报家门，那口气似乎早有准备。开始我以为是汇款诈骗电话，就想一言不发地挂掉。但是，听到下面这句，我迟疑了。

"我知道你的秘密哦。"

一种不安的预感，凉透心扉。

"说得太具体，会暴露我的身份，简单说来，做那件事的是你女儿。你明知如此，却瞒着不说，一直到今天。"

然后，那男人就像打出一张王牌一样，接着说：

"种蓟花的事情……我也知道哦。"

男人的话断断续续，我只听见他强忍兴奋的呼吸声。恐怖感袭击全身，所有的疑虑全部涌现出来。正在电话那边呼吸的，到底是谁？当年，古濑干惠已经承诺，不会将事故真相告知任何人，但她真的信守诺言了吗？至少，除了警察，知道真相的应该只有她……不，等等……我曾经在阳台养蓟花这件事，有没有人知道？如果有人知道，当他看到事故现场，就有可能想到事故是如何发生的。但是，他不可能知道弄掉花盆的是夕见。而且，想来，养蓟花这件事，我从没告诉过任何人。不管是事故发生前还是发生后……可是，悦子呢？妻子生前有没有可能说过？如果是，那她和谁说过呢？现在电话那头的男人？

"你是谁？"当时，房间里的空气流动，玄关处有声响。寻找期末照题目的夕见回来了。我压低声音，对方几乎只能听到我的呼吸，我继续问，"你是谁？"

听筒里传来对方卡住喉咙似的、沙哑的干笑声。

"有自报真名的傻瓜吗？总之，我知道是你女儿干的，还知道你一直到现在都隐瞒着。"男人提出要五十万日元。"我最近会来店里取，你提前准备好，随时给我。"

夕见好像在盥洗室洗手，墙后传来水流声。与此同时，男人的话如毒液般沁入我的右耳。

"不给钱的话，我就把一切都告诉你女儿。"

"那孩子一无所知，什么都不记得！"我急忙回应道。

希望女儿每天都能幸福地看见夕阳，我和悦子带着这个心愿，决定给女儿起名"夕见"。最初想在名字中加入"幸人"的"幸"或者"悦子"的"悦"，但都不大顺口，迂回曲折之后，就决定叫她"夕见"。哪怕只是能看看每天的夕阳，不就足够幸福、足够喜悦了吗？当时，我和悦子就是这么想的。夕见出生的那一天，正是我早逝的母亲忌日的两天前。

"就是因为她不记得，才要告诉她啊。"

男人说完挂断了电话。

我的耳边是电话忙音，背后传来地板的嘎吱声。夕见将一只手挡在脸前，走进起居室。她像是在旁边的架子上翻找些什么，随后拿着一节三号电池出去了。这时，我才放下电话听筒。我紧握着的手指，一直都没松开。

傍晚，我沉默着出了家门。

我坐进汽车，开往十五年前曾经拜访过的古濑千惠家。但是，那一带原有的出租屋已不见踪影，整齐的商品房墙壁反射着夕阳的光线。对面人家正好有个男人从玄关出来查看信箱，我便向他打听出租屋的情况。

他说，大约五年前，这里的居民就被通知全部搬离，与此同时，这片地方建造了商品房。我问他古濑千惠的下落，他说，早在搬迁之前，老人就已在家中去世。是通常说的孤独死，因为屋内有难闻的气味，房东进去确认后，才发现她已经去世很久了。

自接到电话那天起，到今天，一共过去了四天，我每天都拼命想摆脱那种不安。不管是在厨房，还是在二楼的住所，我都像平日一样微笑，如往常一样和夕见说话。但是，那恐吓电话，那男人的声音盘旋在我的脑海中挥之不去，令我彻夜难眠。

"爸爸，您不要只是担心我，自己也要小心啊。"

夕见走进厨房，从冰箱里拿出啤酒杯。

"爷爷去世了，您再病倒，可不是开玩笑的啊。"

"是呀，我还得给你赚学费呢，距离毕业还有两年半呢。"

"不完全是钱的事儿，当然，钱也是一方面……要一碟开胃小菜哦！"

夕见的语调好像有点儿生气，将啤酒端了出去。我从背后的餐具架上拿了一只装开胃菜的小碟，从碗里舀了一人份的蔓菁酱，放到小锅中加热，接着切鲀鱼肉。

这时，一位客人的声音传入耳中。我不由得抬起头。

透过柜台与布帘之间的缝隙，能看见客人就餐的地方。此时，我看见了夕见的脚，还有背对我坐着的男人的屁股。他穿的似乎是连体工作裤。

夕见的脚离开餐桌，回到了这边。

"这个小菜，是坐在那儿的客人点的吧？"

"对，刚刚来的那位。怎么了？"

"我来端。"

"熟人吗？"

我没回答，小锅子咕嘟嘟冒着泡，我关掉火，将里面的东西倒进小碟，端着它绕过柜台，来到餐厅。银行分行的副行长江泽先生说了一声"噢"，抬手和我打招呼，我也向他点头致意，然后将小碟放在刚来的客人的餐桌上。

"这是您的开胃小菜。"

我没看男人的脸，但从眼角的余光中也能感觉到，男人的目光迅速转向我的脸。

"你好像很忙嘛。"

那男人的声音很低，似乎是要消除特征般特意发出的低沉声音。我第一次看到了对方的长相。他的脸晒得很黑，皱纹密布；鼻子宽且长，像乌鸦嘴。我不认识这个男人。但是，这是否出乎意料，连我也不清楚。

"托您的福，每天都挺忙的。"

男人嘴中叨咕了一句，我没听清。似乎是说："……就好啊。"我面露疑问，他猛喝一口啤酒，缩着下巴哼了哼，眼睛并不看我，又说了一遍。

"能给我赚钱，就好啊。"

我浑身的血液咆哮着倒流，大脑顿时热气上涌，仿佛充满了沸腾的液体，从嘴里说出了这句话。

"是你往我家打电话了吧？"

仅仅一瞬间，男人露出不知所措的表情，之后，他哼了哼鼻子，露出一副卑鄙面孔。用筷子戳着盘子，微微动着嘴唇。

"难道跟孩子说了？"

我没回答他，但是，已经在内心用力摇头。我不会说的。我不能说。

013

"此事我会与警察商量。"

说完,我离开了餐桌。我早就决定了,万一对方真的来店里,就这么办。警察一定会支持我的。十五年前,为了守护夕见的成长,警察就帮了我。

"你要是想那样干,就那样干好了。"

男人的声音追赶着我,那是不怕被周围听到的声音。

"如果那样,我就把一切告诉她本人哦!"

原本汇聚到我脑中的血液,一瞬间逃离无踪,我的脸冰冷无比。回看对方的同时,店里的一切,在我眼中只剩一片空白。

二

"亚沙实姑姑,莫非您是第一次进这个家?"

夕见边和我一起下车,边问我的姐姐。

"是的,第一次。餐厅和楼上的住处,都是第一次。很久以前,从托儿所接了你之后,倒是来过门口很多次。"

"您当时就是坚决不进来啊。"

"夕见,你可一定要和你爸好好相处哦,可别像我一样,连家门都进不了。"

"我和爸爸好着呢,好着呢。"

三人穿过餐厅,爬上通往二楼的楼梯。就是这点运动量,我也觉得很吃力,一进起居室,立刻倒在坐垫上,筋疲力尽。夕见在厨房准备茶水,姐姐有点儿不知所措,呆站在那儿,茫然地环顾着这个家。

"坐下呀！"

"呃……"

"请坐。"

"幸人，你再大点儿声，我耳朵不好呀。"

三十年前，姐姐右耳失聪，在她十七岁的冬天。

"亚沙实姑姑，我爸爸病了，所以声音小。"

"没有，我只是过度疲劳，不算病，就是身体管理不当。根本不必担心。"我插话道。

"明明比我还担心呢。茶泡好了，亚沙实姑姑，快请坐呀！"

昨天我在店里晕倒，在医院过了一夜。今早八点过后，我在医院睡醒。睡着的时候，医生给我采了血，测了脑电波，打了点滴，说我只是过度疲劳。我告诉医生最近几天睡眠不好，医生便给了我一些饮食以及生活习惯方面的建议，并给我开了一个月的助眠药物。从药房取好药后，就坐上姐姐开的车，刚刚回到家。

"当时在店里的客人，怎么样了？"我刚刚在车里问夕见。

当然，我想问的，其实只有一个人，就是那个男人。

"救护车到来之前，大家就把结账的钱留下了。江泽先生等人，还多给了钱。最后来的那位客人……对了，那个是爸爸的熟人吗？只有他说，已经把钱付给您了。所以，我就没收他的钱。"

我默默地回头看她，没有说话，夕见马上吃惊地说："难道，您没收到？"

我赶紧说谎道："收到了。那个人，说什么了吗？"

"他说，他还会来的。"夕见轻松地说。

"幸人，你的表情好可怕啊！"

我回过神儿来，姐姐从矮桌对面目不转睛地看着我。

"你不是过度疲劳吧，是不是有什么烦心事儿？或者是，因为烦心，睡不着，才过度疲劳？"

"没、没有，店里的事儿太多了。"

"幸人，店里的事情你可以想，但是，为此烦心就完蛋了。烦和想，大不一样。你是要站着工作的人，睡眠不足绝对不行呀！"

我含糊地点头答应，夕见端来茶水放在矮桌上。茶水冒出的热气对面，佛龛上并排放着三张遗像。静静微笑的，是我的母亲。露齿而笑的，是亡妻悦子。面无表情看着这边的，是我的父亲。

有生以来，我失去了三位亲人。尽管如此，一直到五天前，我们的世界还算勉强维持着平衡。尽管风雨飘摇，却并未损毁。可是如今，这个家的房梁已经出现裂痕，嘎吱作响，这个不稳定信号，清晰可闻。不，嘎吱作响的不是我的世界，而是夕见的世界。自从失去了妈妈，女儿每天都在与这一残酷现实抗争，似乎终于达成了某种妥协，坚强地活到今天。在托儿所毕业典礼上，面对在观众席前排落座的妈妈们，小朋友们都高声歌唱，唯有夕见，直到最后都没开口。但是，如今她却用她自己的力量创造了笑对生活的新世界。

"咱们找个远一些的地方，一起出去看看怎么样？"

我这句话是对夕见和姐姐说的，还是对三张遗像说的，就连我自己也不清楚。

坐在矮桌对面的她俩，面露疑问。我想着该怎么把话继续说下去，想离开这里的想法——想离那个男人远一点儿的想法，并非临时起意。

"反正……我觉得，最近好多事情，挺累的。咱们出去看看，哪怕是一小段时间也行。"

"真的？"

夕见猛地扬起眉毛，我点点头。

"那么，"女儿说着，跑出起居室，回来时手里拿着一本很大的书，"我可有个想去的地方！"说着，她把书放下。

放在桌上的是一本旧摄影集。封面上写着"八津川京子"，是我不知道的摄影师。姐姐从旁边伸过手，随便翻了翻。照片都是黑白的，反映了市井民风。有在民居拍的，也有在小巷、水产市场、商店或者饮食店拍的。

"这位是我最崇拜的摄影师，虽然已经去世了。"

"那么，夕见想去的地方是……？"

夕见将摄影集拿到自己这边，翻到了有折痕的一页，说："这里。"

那是一张奇妙的照片。

与其他照片不同，被拍的对象并不是人。因为整体色调一片昏暗，应该是在夜间拍摄的。但它到底拍的是什么？照片下方的大约二分之一处，黑沉沉的。上方散落着很多白色小花。是从天上俯拍的草原夜色？下方的黑色是海还是湖？草原中央，有一条似乎是野生动物逃离的倾斜直线……不，也许是这一页有划痕。于是，我用手指去触摸那条直线，指尖光滑地滑过。

"拍的是天空？"我问。

仔细端详后才知道，那是夜空。下方的黑色是朦胧山影，上方的白色是璀璨群星。看起来像划痕的那处是流星。

"我想在相同的地方拍照，作为期末照提交。"

"期末照？"姐姐问。

夕见解释了大学期末考试的情况。

"期末照究竟拍什么主题，一直定不下来，我很苦恼。前几天，我突然想到，拍一些与最崇拜的摄影师作品相同的照片，说不定可以呢！"

"那不是剽窃吗？"

"不是啊。我特意设定了一个高水平目标，考验自己能接近大师到何种程度。你们说，期末照题目叫什么好呢？比如说《现在的自己》，怎么样？"

"不错呀，有意思，地点是哪里呢？"

夕见指着照片下方。每页都一样，照片下方附有摄影年月和地点。

我和姐姐一看，瞬间僵住了。

1981年11月　新潟县羽田上村

地名没有标注发音。但是，我和姐姐知道，"羽田上"的日语读音是"hatagami"。我们还知道，那个村在新潟县的什么地方。

"对不起……其实，我刚才那番话有一半是借口。"夕见抬起头，看着我们，"爸爸、亚沙实姑姑，还有去世的爷爷，你们曾经生活过的地方究竟是什么样子，你们从来都没有告诉过我，所以我很想知道。"

是的，那个村庄，正是我和姐姐出生的故乡。

那是三十年前，父亲带我们逃离的地方。

发生在羽田上村的事情，夕见一无所知。我、姐姐和父亲，也对她只字未提。不仅如此，即使是我们三人之间，也从来不提那起案件，自从迁居埼玉县，我们都假装忘记了过往。夕见知道的仅有一点——亚沙实的身体变成如今这样，是因为三十年前遭雷击所致。

"从很早开始，我就想去那里看一看。因为，不管怎么说，那里是我的根啊。"

我的目光再次被"羽田上村"四个字吸引过去。小时候，我听说过这个名字的由来。那是在寒冬的厨房里，母亲给我们做午饭、烤石斑鱼的时候。

——这种鱼的名字，本来是"雷"的意思哦。

每年的十一月至十二月，石斑鱼的味道最鲜美。此时，靠近日本海一侧正是打雷频繁的季节，因此，模拟雷声的古语"hatahata"，就成了这种鱼的名字。

——因为这个村子打雷频繁，人们就说是"被雷鸣声咬住的村子"，因此，村子的名字就成了"雷鸣"（Hatagami）。

記憶の崩壊と空白

记忆的
崩溃与空白

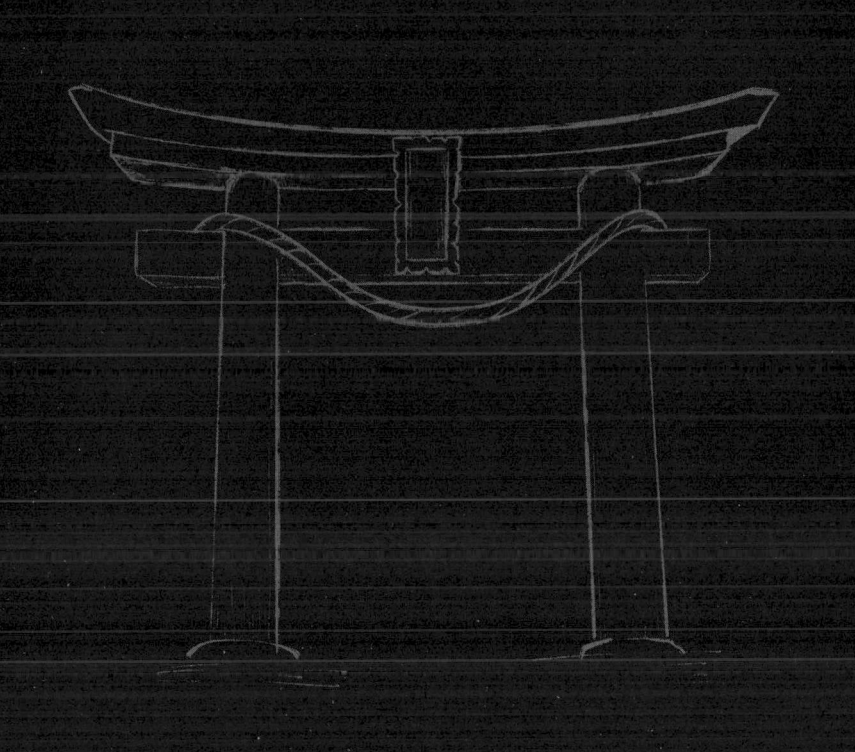

一

三十一年前。

那个案件发生的前一年。

羽田上村，有一条东西向贯通的主干道，我的父母在路边开了一家小酒馆。主打地方菜配日本酒，食材主要是新潟县所产的鱼贝类和山野菜，其中，本村特产的蘑菇用得最多。就像如今的我和夕见一样，当年在酒馆里，父亲在厨房忙碌，母亲招呼客人。店面结构也很像，一楼是酒馆，从后面的楼梯上去，二楼是我们住的地方。

从地图上看，羽田上村南面紧依连绵的越后山脉，北面是一座叫作后家山的大山。在山与山之间，犹如山间小路的缝隙之中，人们在这里繁衍生息。

此处距离大海不远，但因为在后家山对面，渔业并不发达，本地产业主要是炼钢铁和售卖蘑菇。据社会课上所学的本村的历史，在钢铁产业出现以前，人们主要依靠蘑菇过活。到了明治[1]时代，毗邻的

---

1 日本明治天皇时代的年号（1868—1912）。

柏崎市发现了油田，小小的羽田上村也依山建了很多炼油厂。与此同时，钢铁业兴盛，村子经济繁荣。但是，进入昭和[1]时代之后，海外的廉价石油进入日本，本国的石油产业急速衰退，村子的繁荣景象也宣告终结。我在村里的时候，炼油厂已经消失不见，只有幸存的钢铁产业和传统的蘑菇栽培产业支撑着村里的经济。

在羽田上村的村旗和宣传杂志上，印有本村经济繁荣时期制作的村徽。如今看来，那真是个讽刺的设计。三角形的正中嵌入一个倒三角，也就是由四个小三角形组成。上面的三角形涂成黑色，左下的涂成红色，右下的涂成褐色。每个颜色分别代表石油、钢铁和蘑菇。只有正中间的倒三角是白色，表示未来的新产业。但是，自昭和时代开始，炼油业衰退，最上面的三角形就失去了意义。新产业并没有兴起，第四个三角形没有涂上任何色彩，就这样，几十年过去了。

父母经营的小酒馆名为"英"，羽田上村仅此一家。每次出入家门，我都会留意那招牌，主要因为"英"是母亲的名字，所以，我很小就知道这个字读"hana"，毫无违和感。上小学时，老师告诉我们这个英就是"英语"的"英"，除了"hana"，还有另外的读法。知道这个，反而让我大吃一惊。当时的班主任是一位男老师，他在教室说明了这个汉字的由来。因为日语"央"字有"美丽"的意思，加上草字头，就读作"hana"，和"花"的发音一样。老师边说边看我。

"阿英，是个美人噢！"班里一个女生大声说。

我忘记她叫什么了，只记得她留着短发，眼睛细长。我当时朦胧

---

[1] 日本昭和天皇时代的年号（1926—1989）。

地想了想，虽然年龄小，但是自己的妈妈长得漂亮这件事，我还是明白的。

来店里的客人大都是男性。是因为当时的民风如此，还是因为村里的女性不出来喝酒？抑或是因为我的母亲长得漂亮？

客人们总是夸奖母亲漂亮。比起那些说词，我更讨厌他们说话的语气。每次听到，总觉得他们的声音好像正慢吞吞地触摸着母亲的肌肤。对酒馆本身，我也没什么好感，店里的客人都是粗鄙下流的家伙，而我就住在楼上，实在觉得丢脸。

本来，父亲和母亲的老家都不是羽田上村。

父亲名叫藤原南人，出生在群马县。在四兄弟中排行老三，两个哥哥分别叫北荣、东马，弟弟叫西太郎。据说我爷爷希望儿子们在日本的四面八方成名成家，因此分别起了这样的名字。但是，除了父亲，另外三个人都留在了当地的民营企业，只有父亲离开了故乡。而且，父亲到了与他名字相反的北面，在群山环抱的小村庄，开了一家小酒馆。

据说，外公外婆是在经济繁荣时期迁居到羽山上村的。我出生时，他们均已病逝。不知是否因为遗传，母亲也天生体弱多病，从小就经常向学校请假，卧病在床。

"可能也是因此，才喜欢上养花的吧。"

忘记是什么时候了，在酒馆的休息日，母亲一边看着朝南的院子，一边说。

我当时不太明白那是什么意思，就又问了一下，母亲说，在她小时候，每次卧病在床，外婆都会给她摘一些花，放在枕边。

"你外婆会在玻璃杯里放上水，插上花，放在我的枕头边上。"

不管是什么花，只要我一闭上眼睛，就能闻到一股清香。"

母亲笑着继续说。

"后来啊，即使不看枕边，我也能猜出那是什么花。"

在她笑眯眯的眼前，就是种着色彩缤纷花朵的院子。妈妈打理的这个小院，四季都花朵盛开。这些花不仅赏心悦目，母亲还会采来做药材。她从院子里采些叶子、花瓣、花籽或者花根，干燥后放入茶叶罐储存，并将它们各自的功效认真记在本子上。她自己身体不适时，或者我和姐姐吃坏了肚子、感冒时，父亲喝酒喝多了时，母亲都会一边翻看着笔记，一边将那些奇妙的干燥片煎煮或者研成粉末，让我们服下。虽然味道都很难闻，但是，长大后吃过的药，竟都不如那些有效。

"祭祀，说是要举行的。"

每次回首那个案件，我总会想起父亲在早餐桌上说的这句话，这句话是我那段记忆的"开端"。

那年十一月中旬，羽田上村迎来了严寒时节。所谓祭祀，是指神鸣讲，每年十一月的最后一个星期日，在位于后家山半山腰的雷电神社举行。

不知是真是假，据说，打雷频繁的地方蘑菇长得好。顾名思义，雷电神社祭祀的是雷神——自古以来村庄产业的守护神。十一月下旬，是那一带雷电开始频现的季节，同时也是蘑菇采摘结束的季节。人们会提前在神社晾晒大量的蘑菇，用它们制作蘑菇汤。然后，在祭祀当天，羽田上村的男女老少，全部聚集到神社喝蘑菇汤。感谢今年的收成，祈愿来年丰收。每年神鸣讲的准备工作一开始，原本封闭沉闷的村庄似乎一下子有了生气，所以我一直期待着。

但是，三十一年前九月的一天，昭和天皇突然吐血，开始与病魔做斗争。整个日本都被自我克制的情绪所包围，全国各地的传统祭祀活动都中止或者缩小规模。雷电神社虽然如往年一样准备了大量的蘑菇干，但神鸣讲是否依旧举办，还不清楚。村里人都等待着神社的决定。那时候，我心里想着，神社内会不会像往年一样摆很多摊位呢？我还能不能用父母给的零花钱，玩儿玩儿打靶游戏、抽抽签，与在祭祀活动中碰到的小伙伴一起在树林中跑来跑去呢？父亲爱好摄影，每年他都盼着带上他的单反相机，拍下祭祀的场景，因此，他也老早就惦记着祭祀能否举行。

"把祭祀用的汤送到天皇住的医院，不就好了吗？"

当时十二岁的我说出了这样的话，父亲一听，大声笑起来，早晨的阳光照进他那大张着的嘴巴中。那时，父亲经常笑。

"这个汤对身体好，但不一定能治病啊。从大老远的村子里送去'苔汤'，人家还以为下了毒呢，应该不会喝的吧。"

当地称蘑菇为"苔"（koke），蘑菇汤叫"苔汤"（kokejiru）。据说，村北绵延的后家山，也是因为自古以来盛产蘑菇，"koke"的发音逐渐转化为"goke"，和"后家"读音一样，这才有了"后家山"。

"你这家伙，自己都不喝的东西，竟然想让别人喝啊！"姐姐取笑我说。

我虽然出生在羽田上村，却不喜欢蘑菇，我从来没吃过。

"天皇是神，又不是人！"

"天皇当然是人了，因为是人才生病呀！"

我俩争辩着，声音越来越大。

"那个祭祀和往年一样吗？"慎重起见，我又问了父亲一遍。

父亲有把握地点点头。我拿着筷子的手，握紧了拳头。

"举办不举办，是由希惠的妈妈决定吗？"姐姐问道。

太良部希惠，是神社宫司[1]的独生女，和姐姐是同班同学。放学后，她俩总在一起玩儿，每次希惠来我家，我都会害羞地离开。希惠的皮肤总是晒得很黑，她的脸颊和胳膊总让我联想到黄油卷面包。她和白皮肤的姐姐在一起时，姐姐显得安静成熟，希惠则更开朗活泼。

希惠的母亲太良部容子，就是雷电神社的宫司。

据说，即使从全国范围看，女宫司也很少，很多大神社不接受女性成为宫司。原本雷电神社的宫司也都是男性，但是，上代宫司夫妇只生了一个女儿，就是容子。容子结婚后，丈夫以入赘的形式做了宫司，但是，没多久就病逝了。因此，她接替丈夫，成为首任女宫司。

"最后当然是由宫司决定的，不过，也可能是常来咱家的大佬们，他们和宫司说'办吧，办吧'。"

父亲说的"大佬"就是"大老板"的意思，本是表示"有钱人"的方言。在羽田上村，这个说法是特指四个人的，就是经常来"英"酒馆喝酒的四个人。他们像炫耀自己的存在一样，总是大声嚷嚷，一喝酒就用下流语言品评母亲的外貌。然后，就像确信对方会高兴一样，放肆地大笑。

"不是'来'，应该是'光临'吧！"

母亲端着茶过来，提醒父亲。父亲吐了吐舌头。

"咱家的生意也主要靠他们照顾呢，大家都说，如果没有他

---

[1] 日本神社的神职，掌管神社的营造、祭祀、祈祷等。

们，村子呀，神社呀，都不好办呢。"

二

自那以后，大概过了半个月。

那是一个星期五，母亲在雷电神社。神鸣讲将在后天举办。

因为要制作款待全体村民的蘑菇汤，必须事先做好准备工作，母亲就是被叫来帮忙的。要一只只检查那些被长期晾晒的蘑菇是否已经发霉变质，再把没问题的蘑菇用布认真擦干净，放在三口大锅里煮。煮好后，在寒冷的神社放置一天半，味道醇厚之后，在神鸣讲当天款待大家。每年都有几位女性被叫去帮忙，这是惯例。而母亲每每必在其列，不知是谁选定的。

因为母亲不在，"英"酒馆暂时歇业，父亲每年都利用这个星期五打扫和整修店面。傍晚，我和姐姐放学后，也帮父亲收拾。清空酒柜，擦拭里面。父亲拆下换气扇，我们用抹布擦掉上面的油污。待母亲回来后，我们就会围坐在平时客人用餐的桌子旁，而不是二楼住处的矮桌，一起吃父亲做的饭菜。全家人一起在楼下餐厅吃饭，一年也只有这一次，所以这事一直令我欢呼雀跃。每年，父亲都会准备四只酒壶，每人一只。他先给自己的酒壶装上酒，然后给我和姐姐的，还有酒量不好的母亲的酒壶里倒上茶。我们各自将酒或茶倒入面前的酒盅，一边吃饭，一边自斟自饮。我很讨厌来店里喝酒的那些男人，可每年这时，我会模仿他们的样子，用拇指和食指拿着酒盅，嘟着嘴小口喝茶。

那一年的那天，一直到傍晚，母亲都没回来。

母亲怎么还不回来？我们刚开始担心，电话就响了。室外已经很暗了，我记得大概是傍晚六点。父亲拿起听筒，电话是母亲从神社打来的。"蘑菇汤的准备工作不如预想的顺利，还要再忙一段时间。你先让孩子们吃晚饭吧。"我紧贴着父亲，竖起耳朵，听见了母亲说的话。而且，我还听到了响彻在母亲身后的男人们的笑声。

"还没准备好？怎么那么吵闹啊？"父亲放下电话，我问道。

父亲并不看我，回答道："前夜祭开始了吧。"

"前夜祭？"

"在祭祀前举办的小型祭祀。"

举办这种活动，我是初次听说。但是，据父亲说，每年在做蘑菇汤准备工作的晚上，都会举办这个仪式。

"这个祭祀要做什么呢？"

"大佬们聚在一起喝酒而已。"

正在打扫地板的姐姐答道。她将拖把头浸到水桶中，刚刚擦过的木地板溅上了灰色水点。她继续轻声说，声音小得几乎听不见。"希惠，很讨厌他们的。"

"不招待好这些大佬们，很多事都不好办啊。"

村里的大佬，是指黑泽、荒垣、筱林、长门四人。

黑泽家，是炼油起家的油业大亨，石油热时期拥有大量土地和房屋。因此，石油热衰退后，仍然持有巨额财产；荒垣家，依靠造铁技术，成功兴办金属加工业；筱林家，村里首屈一指的蘑菇大王；长门家，经营着村里唯一一所医院——长门综合医院。

村徽中涂成黑色、红色和褐色的三角，分别代表石油、造铁、蘑菇，也就是黑泽、荒垣、筱林三家。再加上经营大医院的长门家，这四家是本村的经济支柱。当时，这四家的掌权者，就是经常光顾父母小酒馆"英"的四个人：黑泽宗吾、荒垣猛、筱林一雄、长门幸辅。如今想来，他们当时都是四十岁左右、正值壮年的男人。

正如母亲以前所说，雷电神社的经营似乎也多依赖这四家的捐款。神社出售宫司亲笔书写的"雷除"字样的小护身符，作为惯例，村里人每年都会买新的。但是，毕竟那东西很便宜，根本赚不了钱。族人费和功德箱的收入也微不足道。

"要拿酒壶吗？"

姐姐收拾好拖把，回头看着父亲。

"你妈妈不在，今年就算了吧。"

父亲做了些简单的饭菜，姐姐帮忙，我只是怅然若失地看着。母亲好可怜，还要听着那些醉鬼们的叫嚷，继续干活。我也很可怜，被剥夺了一家四口围坐进餐的快乐。父亲将鲽鱼刺身、酱菜、烤半片杜父鱼端上餐桌。我和姐姐盛上米饭，一边吃鱼和酱菜，一边用玻璃杯喝水。父亲说要等母亲回来，所以他什么菜也不吃，只是慢慢地喝着一瓶啤酒。我也想等母亲回来，一开始尽量慢慢吃，但因为肚子饿，回过神儿来时，发现饭碗已经空了。之后，姐姐也吃好了，此时距离母亲打电话来，已经过去一个小时。

我和姐姐洗好碗后，姐姐从二楼拿了作业，在餐桌上写。她的笔袋和太良部希惠的一模一样，是去年春天上映的电影《龙猫》的周边商品。当时，我们三个一起乘巴士转电车去电影院，笔袋就是在电影院买的。本来我也想买点儿什么的，因此还带了零花钱，但因为是以女孩为主角的电影，不好意思买，就空手回来了。

"妈妈不会又身体不舒服吧？"

我看看店里的时钟，担心地说。

姐姐也点点头，说："神社的工作间也很冷啊。"

时间已经过了八点，太晚了。我和姐姐看完时间，将目光转向父亲。于是，父亲就像被催促着一样，站了起来。

"我给神社打个电话看看。"

这时，电话铃响了。

"这里是'英'。"

父亲拿起听筒，对面传来女人的声音。虽然听不清说什么，我本来以为是母亲，听上去却好像不是。

"没有……还没回来。"

之后几秒钟，电话里的女人什么也没说。过了一会儿，听筒里又传来断断续续的说话声，我听出来了，声音是雷电神社的宫司太良部容子。父亲一言不发，脸上的表情就像对方给他出了难解的谜语一般。我和姐姐也侧耳倾听，但父亲后来将听筒紧贴在耳朵上，我们就听不到了。

"——我马上过去。"

父亲挂掉电话，好像又被问到谜题一般，满脸疑问地回头看着我们。

"说是，你妈妈不在那边。"不等我们开口问，他就抓起椅背上的茶色皮夹克。"我马上就回来，别担心，你们在家等着。"

父亲出了店门，推拉门的格子窗透出他的背影，被竖着切分成细小的模样。父亲走向左手边的停车场，似乎想起车子被母亲开到神社了，他又马上转身，消失在右手边。寂静无声的夜晚，父亲疾行而去的脚步声，久久回荡在我的耳边。

母亲不见了，这到底是怎么回事？父亲不明缘由，我们更是一头雾水。我和姐姐呆立在餐桌边，眼睛盯着推拉门外面，那里只有无尽的黑暗。

当时，我还没意识到发生了什么大事，但已经眼眶发热，马上要流泪了。姐姐察觉到了，将手轻轻放在了我的头上。感受着姐姐手的温度，我的眼睛里充满了泪水。我双手紧握，紧闭双唇，涕泗横流。除了内心的不安，还有没能用酒壶喝茶的遗憾，没等母亲回来就吃得饱饱的后悔，这些是不是能赶走母亲身上的不幸呢？想着这些，我努力想停止哭泣，但做不到。当时，我小学六年级，个子算比较高的，几乎和小个头的父亲一样高。明明长这么高了，还一直哭，我觉得自己好丢脸，泪水却流个不停。

"没事，没事。"

姐姐摸着我的头，用方言小声说。现在的我，早已听不到也不说新潟方言了。而当年这句方言就像咒语一样，经常浮现在我的脑海中。

三

深夜，母亲被找到了。

在后家山另一侧，一条斜坡底下无路可走，因为尽头是一条河。我的母亲倒在冰冷的河水中，连鞋子也没穿。

那晚，父亲和村里人一起去寻找，最终是父亲发现了她。

山坡很陡，要搬运失去意识的母亲，只能沿着河边走。父亲背着母亲，和几个男人一起沿河滩走，终于到达离得最近的路上。一个人已经先行借用旁边人家的电话叫了救护车，母亲马上被送到了长门综合医院。

一位叫富田的农协男职员，到家里来接我和姐姐去医院。我俩手拉手坐在汽车后座，富田边开车边告诉我们母亲的情况，汽车行驶在漆黑的路上。

——先是在神社附近，找到了你们妈妈的鞋子。

那里距离河流，似乎相当远。

——她从那里一直都是光着脚，走到山里……到底怎么回事啊？

母亲躺在病床上，面色苍白，毫无血色，就像用白纸折成的一样。脸上罩着氧气面罩，雾气朦胧。那情景仿佛一张照片，如今依然历历在目。医生已经竭尽全力救母亲了吧，盖在母亲身上的白色被子没有一丝褶皱。

太良部容子紧跟着我们来到医院，说明了母亲从神社消失的经过。据她说，母亲和另外三个女性一起在与社务所并排的工作间，做蘑菇汤的准备工作。不过，今年比往年费时，只有一个人必须要傍晚赶回家，就先回去了。剩下的三个人各自给家里打了电话，告知家人今天要晚回去。

"七点过后，准备工作终于结束了。英和另外两人就拿了背包，离开了工作间。因为我还要做些正殿的准备工作，就去了那边……"

她在那边的工作告一段落后，偶然间看了一眼停车场，发现母亲的车还停在那儿。母亲是在一个小时前离开工作间的，容子非常吃惊，开始到处找我的母亲。

"她没在工作间,也没在办公室。"

办公室里的和式房间里,如往年一样,是正在喝前夜祭酒的四位大佬,太良部容子到那儿看了看,也不见我母亲。问了问四个人,他们说没见到。容子说母亲的车还在停车场,四个男人站起身,一起在周围搜寻了一番,还是没见到我的母亲。

"我想是不是有什么原因,没开车就回家了呢?就给府上打了电话。"

就是父亲接到的那通电话。

母亲为什么在神社失踪了?为什么赤脚倒在了河中?谁也不知道。浸泡在冰冷的河水中,母亲虚弱无比,医院也回天乏术,当晚母亲就去世了。生命之线,无声折断,医生宣告母亲死亡,我根本无法接受。

第二天,在村里的殡仪馆,我和父亲、姐姐并排坐在折叠椅上。

父亲低垂着头,如石头般一动不动。坐在我和父亲中间的姐姐,始终将手帕贴在脸上,抽搐着。有生以来,我不得不第一次面临"死"这个概念,根本无法接受。昨天,一听说母亲不见了,我就哭个不停,现在却流不出一滴眼泪。只是呆呆地看着地板,听着吊唁者的脚步声、低语声,久久地绵延不绝。听到村里人说,次日的神鸣讲即将如期举行时,我才开始落泪。在我看来,那就像是对我们一家的背叛。我怒火满腔,热泪满眶。姐姐从旁边抱住我的头,我将额头抵在姐姐胸前,哭个不停。见此情景,来吊唁的人们心生怜悯地小声啜泣,听见他们的抽泣声,我愤怒倍增,泪水横流,哽咽不止。

四

不久，雷声降临村庄。

那阵子每一天，云层都低垂着，几乎贴着房檐，整个村子宛若一幅中途不蘸墨、一口气完成的书画，失去了纵深感。在遥远的首都，昭和天皇仍然卧病在床，学校提醒大家，在贺年卡上不能写"祝贺"字样。比起已经去世的母亲，人们好像更重视将要辞世的人，这加剧了我的愤怒和悲伤。母亲的忌日没多少人知道，但是，如果有一天天皇去世了，那个日期一定会长久地留在人们记忆中吧。想着这些，我鼻子一酸，满眼是泪，教室变得模糊起来。

父亲就像变了一个人，沉默寡言。我和姐姐与他搭话，他也几乎没反应。有时他一动不动，像一棵很早之前就长在那里的大树。每逢此时，父亲的双眼就像树干上挖出的两个洞穴，但是，里面似乎有什么东西，又像是有什么人。"英"酒馆重新开业了，但客人很少，楼下总是很安静，也不见了那四位大佬的身影。

姐姐代替母亲承担了打扫和洗衣的家务。我想帮她忙，可是，她似乎想让母亲在自己身上复活一般，固执地非要自己做。在院子里也一样，只要有时间，她就会打理那里的花草。母亲整理的那本草药知识笔记，姐姐全部抄写下来，并把自己学的东西再补记上去。一旦父亲和我身体不舒服，她就煎煮植物的籽或根，让我们服用。

整洁的房间，院子里的花朵，我们的衣服，身体不适时喝的苦草药，一切都保持着原样。因为姐姐的努力，表面上，我们每天的生活依然如故，唯独母亲已经不在了。这个家，因为缺少了母亲，气氛已完全不同，那是无法言说的、不可逆转的变化。但是，我们必须承受着这种变化，努力过着每一天。而且，在这样的气氛中，一切都在朝着无可挽回的方向爆发，慢慢地曲折前行。

寒风刺骨，人们见面都互相说着"岁寒啊"，这是寒冷时节才用的寒暄语。大雪将村庄染成了白色，各家的屋顶看上去完全一样，我本来很喜爱这番景象，但如今，心中填满了愤怒和悲哀。每年，父亲一定会用相机拍下第一场雪，可是那一年，父亲根本没碰过放在起居室架子上的单反相机。

母亲被葬在了村中寺庙的墓地。因为藤原家的墓地远在群马县，父亲就新建了一个。放学后，我经常会一个人去墓地。看着变成一个方框的母亲，暗下决心，不管发生什么事，我都会在这个村子长大成人，永远陪在母亲身边。

新年来临，一月七日，昭和天皇驾崩。

平成，人们嘴里说着这个还不习惯的新年号，整个日本，自我约束的气氛越发浓厚。

不过，随着积雪融化，这种气氛渐行渐远，夏去秋来。此时，母亲的死似乎已被遗忘，人们只是平静地看着季节变迁。但是，如今想来，平稳的日子已经屈指可数，因为那个案件马上如期发生。

十一月，柏林墙倒塌。最后一个星期六，是母亲去世一周年的日子，我们在寺庙祭奠。那天，一大早就开始下雪，从寺庙正殿望去，松叶上有薄薄的一层白雪。在那个村庄，打雷前下雪，实属罕见。第二天，神鸣讲举办当日，就像要追上领先的降雪一样，从清晨开始，后家山雷声轰鸣。几小时后，这雷声夺走了我和姐姐的珍贵之物，给我们的人生带来巨变。

037

五

  雷雨云消散的下午,我和父亲、姐姐一起前往雷电神社。
  对于神鸣讲,我本应抱着纠结复杂的情绪,而我当时为什么会去呢?就算是被父亲带去的,在母亲去世的那个夜晚,我对村里人涌起的那种愤怒,已经消失了吗?这一点,我到现在也想不通。
  神社院内摆了很多摊位,大人小孩欢声笑语,兴高采烈。礼拜殿前,人们排起长队领蘑菇汤。领到蘑菇汤和一次性筷子后,捧着热气腾腾的汤碗离开队伍。之后,有的人坐到神社中央的折叠桌边,有的人坐在石阶上或者蹲在地上,喝着蘑菇汤。这种情景,我从小到大,反复看了多次。很小的时候,母亲或者父亲抱着我看;会走路后,姐姐牵着我的手看;知道害羞后,我就故意和家里人拉开些距离,站在他们后边看。
  每年的神鸣讲,我都和家人一起排队领蘑菇汤,但我并不领汤。虽然生长在羽田上村,我却怎么也吃不了蘑菇,这一点经常被姐姐嘲笑。作为厨师中的小字辈,我只能靠依稀记得的颜色和气味,大致想象那蘑菇汤的味道。
  听着周围的喧闹声,父亲、姐姐和我排在领蘑菇汤的队伍中。队伍停停走走,走走停停,我们终于一点点接近礼拜殿了。作为每年的惯例,大家还会在社务所前排队。神鸣讲当天,很多人要在这里买一个新护身符,小小的,上面写有"雷除"字样。我听从父母的嘱咐,从懂事时起,就将护身符放在口袋中。有了钱包后,就放在钱包里。姐姐应该也是如此。三十年前的那一天,我们是不是打算隔两年再买护身符,或者是压根儿没想着买护身符呢?不管怎样,如果当天我们排的不是领蘑菇汤的队伍,而是买护身符的队伍,之后的人生将大相径庭。

天空一声巨响。

我们头上只是干燥的冬日天空,但是,远处的大海上空却飘浮着乌云,就像一个灰色的庞然大物抖动着愤怒的肩膀。没有一丝风,乌云却在一点点逼近,又像是以肉眼不可见的速度,在徐徐膨胀一般。

终于,连续不断的轰鸣声响彻天空。边上有个大人说,今天早晨的雷又回来了。另外有个人,用醉醺醺的口气说:"好灵验啊。"

如往常一样,礼拜殿中放着暖炉和小矮桌,四位大佬——黑泽宗吾、荒垣猛、筱林一雄、长门幸辅围桌而坐。在比普通村民高出一段的地方,他们喝着酒,偶尔啜一口各自碗中的蘑菇汤。

排在我们前面的一家人领好了蘑菇汤,接着,我们站在了大锅前。负责盛蘑菇汤的是我不认识的三个中年女性,她们一看到我父亲也来了,都愣住了。

"因为去年没吃到啊!"

父亲是出于怎样的心情说出这句话的,我无从知晓。但是,他的侧脸看上去很平静。与此相反,往我们三个碗里盛蘑菇汤的女人们,却笑容僵硬。对此,我记忆清晰。

一个女人将冒着热气的汤碗递给父亲和姐姐,正要递给我,我说了一句"我就不用了"。听我这么说,她为难地点点头。接着,本打算将汤倒回锅里,又转念递给了排在我后面的人。

父亲和姐姐端着汤碗,我们二个离开队伍。见石阶的边上空着,我们便走过去。坐下来才发现忘记拿一次性筷子了,父亲又回去拿。

"什么都没变啊……"

就剩下我们俩时，姐姐小声说。

我还没回话，父亲就回来了。之后，他俩开始喝蘑菇汤，声音很轻。此时，天空仍在低沉轰鸣，周围的景色一片昏暗，人们和建筑物的轮廓开始模糊起来，就像照相机对焦偏离了一样。

"来啦？"

突然有人说话，我抬起头，看见有人在人群中朝我们微笑。原来是农协职员富田先生。一年前的晚上，就是他开车带我和姐姐去医院看望母亲的。父亲端着碗站起来，与富田在离我们稍远的地方相对而立。我只看见两个人动着嘴唇，却听不见他们说什么。

就在此时，天空炸裂了！

伴随着轰鸣声，我周围的空气颤抖着撕裂开来。我搞不懂到底发生了什么，在一刹那的静寂后，所有人一起喧闹起来。大家惊慌失措，我看见他们看着或者手指着某个地方，听见他们说着什么，才知道，就在刚才出现了雷击。而且，正中雷击的地方就是自己身后——礼拜殿的屋顶。我双耳剧痛，就像插入尖刺一般，身体被恐怖紧紧抓住，动弹不得。在东奔西逃的人群中，我搜寻着父亲的身影。姐姐在我身边站起来，蘑菇汤碗滚落在地，汤汁洒了出来。

"屋顶下——"

姐姐的话被打断了，我只看见一道雪白的光束。

六

睁开眼，我看见了天花板。

"就这样，别动。"

是一个年轻女人的声音，虽然就几个字，我也知道不是本地人的口音。

我在枕头上动动头，看看周围。我躺在床上，旁边放着一台带轮子的大机器。刚才一直在一起的父亲和姐姐，他们去哪儿了？心中一下子涌起不安和混乱，我看着刚刚说话的女人。

她一样样地详细询问了我现在的身体状况。一句句回答着，我才渐渐明白，她是护士，我现在躺在病房里。因为她说的是标准语，我以为自己是在遥远的东京某家医院。不过，接着走进来的却是我熟悉的男医生，他经常来学校给学生进行健康检查。

医生和护士给我戴上一个帽子，就像橄榄球选手戴的一样。又在我的胸部贴上了好几个吸盘。是不是测脑电波和心跳？因为他们没有说明，我感觉自己像被当作实验品一样，很不安。结束后，父亲进来告诉我发生了什么。

原来，我和姐姐在雷电神社遭到了雷击。救护车将被击倒的我们送到了长门综合医院。据当时的目击者所说，雷电直接击中了姐姐，然后，从姐姐传给旁边的我，我遭到了侧击。据说，我当场跪倒在地。姐姐整个人跳了起来，高度及胸。之后，她的身体砸向地面，衣服到处冒着烟。

"姐姐，怎么样了？"

"还没醒。"

姐姐在其他病房一直昏睡着。一道如闪电般的痕迹，从脖子往下，刻在了姐姐身上。医生和护士竭尽全力进行抢救，姐姐依然紧闭双眼，挣扎在死亡线上。

"直击和侧击，有很大的不同。"

医生还在操作机器，白大褂在我眼前晃来晃去，机器的导管一直延伸到我的头部。

"雷击触电的病人，我也是第一次看到。"

触电这个说法，就像是用湿手碰到了电池的感觉，听起来与发生在我和姐姐身上的事情相去甚远。

"可能如你所说……也许就是因为那个发卡。"

父亲呻吟般说出的这句话，我没理解。

"发卡……？"

"今天早晨，你不是说过吗？你姐姐想戴那个发卡的时候，你说戴上它可别引来雷击啊。就是那个银色的，小鸟形状的。"

我呆呆地看着父亲的脸，父亲也以同样的表情看着我，接着，皱紧眉头。

"……你不记得了吗？"

见我点头，父亲慢慢回头看看医生，医生一言不发地点点头。当时医生和父亲是不是已经就我失忆的可能性事先沟通过了呢？

"保险起见，我们来检查一下。"

家庭住址和电话号码，昨天吃了什么，再以前一点儿的事情，比如简单的算术题和汉字等。医生不停地问，让我答，有时同样的问题他会问两遍。医生还尝试先让我记住三个单词，中间插入其他问题后，再让我想起那三个单词的内容和顺序。他还让父亲配合检查，问父亲："对您儿子而言，留下深刻印象的事情有哪些？"父亲按照医生提示的时间段举出几个，我一一回答是否记得。其中包括，母亲去世，为母亲守夜时放声大哭，前一天刚刚举办的母亲去世一周年纪念，神鸣讲当天的事情等。

检查结果显示，我存在部分失忆症状。

有些事情已经过去太久，忘记也是没办法的。不过，从那时往前推算三年，在我十岁、十一岁、十二岁，以及现在的十三岁，父亲说出的一些事情中，我竟然有好几件完全没印象。尤其是母亲去世后的一年间，我的记忆缺失较多。这是检查结果的判定。但是，是否算是判定了呢？我也说不清。因为，这期间在学校学的算式和汉字，我都记得很清楚。因此，对检查结果，我一开始是怀疑的。缺失的那部分记忆，并非用空白填补的，而是本来就没有。到底是不记得还是不知道呢？自己无法断定。医生问我，这个想得起来吗，记得那个吗。我摇头，不知道是否真有其事。反之，我甚至想，是不是父亲记错了。

"总的来看，孩子还是自然想起来的情况更多一些，所以不必太担心。"

医生说完就和护士一起走出了病房。

的确，被雷电夺走的我的那部分记忆是否已经恢复，直到现在还不明了。但是，当时被父亲问到，不记得的事情，如今我都能想起来了。不过，那也许只是在我想方设法要想起来的过程中，不知不觉地将真正的记忆与听来的故事混为一谈而已。就像夕见一样，她并不记得自己小时候玩儿过"井店过家家"，但是，在听我回忆这件事的过程中，她不知不觉就把这件事当作自己的记忆了。

病房只剩下我们两个人，很长时间，父亲双手抱头，低着头坐在折叠椅上。我觉得父亲的样子好可怜，想和他说些什么，刚要开口，父亲却先动了动嘴唇。

"报应到孩子们身上了。"

到底遭了什么报应？看着满脸皱纹、缩成一团的父亲，我没忍心问。这时，医生和护士回来了。他们再次详细询问了我的身体感觉后，三个人的脸又变得模糊起来，我又睡着了。

等我再次醒来，已是深夜。那时，有四位急救患者被陆续送进了医院。

七

之后，通过各种渠道了解的信息交织混杂在一起。有我自己看到、听到的，有当时的报纸和新闻报道的，还有村里的大人和同班同学们，用兴师问罪般的语气告诉我的。

我和姐姐遭雷击的当天深夜，被救护车送来的是黑泽宗吾、荒垣猛、筱林一雄，还有医院的院长长门幸辅。他们四个人都是严重腹泻和呕吐，被初步诊断为食物中毒。医生马上给他们洗胃，服用抗菌剂，他们的症状才暂时得以缓解。但过了一会儿，那四个人又开始浑身剧烈痉挛。

第二天早晨，荒垣金属公司社长荒垣猛，死亡。

紧接着，第三天，村里最大的蘑菇农场主筱林一雄，死亡。

另外两人，油田大亨黑泽宗吾，长门综合医院的院长长门幸辅，虽然保住了性命，但病情没有好转，因此继续住院治疗。

警察介入调查，判定四人为白毒鹅膏中毒。这个在当地也被叫作"itikoko"，是一种长在山里的危险的毒蘑菇。

毫无疑问，是蘑菇汤所致。

当天，那四个人吃的相同的、并且含有蘑菇的食物，只有蘑菇汤。但是，村里其他人均无中毒症状。也就是说，白毒鹅膏只被掺到了这四人所喝的蘑菇汤中。怎么会发生这种事情呢？关于这一点，只要是本村村民，谁都能马上明白。因为这四人所喝的蘑菇汤，与村里其他人喝的是不一样的。

这与神鸣讲的历史有关。

远古时代，刚刚有神鸣讲之时，宫司将在后家山采集的蘑菇做成汤，供奉给神社的本尊神。此汤被叫作"雷电汤"，就是之后的蘑菇汤的起源。因为不是供人食用的，所以没有调味，祭祀结束就丢弃了。后来，宫司开始给雷电汤调味，参加者分而食之。再后来，村里的蘑菇栽培业日渐兴盛，神社制作了不同于雷电汤的，分给村民食用的蘑菇汤。这种蘑菇汤使用的蘑菇，是农户们收获后带到神社来的。因此，羽田上村的神鸣讲，形成了制作两种蘑菇汤的习俗。一种是用山蘑菇制作的少量雷电汤，一种是用农家栽培的蘑菇制作的大量蘑菇汤。

岁月更迭，一种规则诞生了。只有当年向神社捐钱多的人，才能食用雷电汤，具有神社回礼的意味。在经济上有所贡献的人，可以与神灵品尝同样的食物。在当时的羽田上村，向神社大额捐赠的只有四人，即黑泽宗吾、荒垣猛、筱林一雄、长门幸辅。因此，多年来，只有他们在神鸣讲当天食用雷电汤，村里人对此早已司空见惯。

显然，剧毒蘑菇白毒鹅膏，被掺入了四人在礼拜殿所喝的雷电汤之中。

关于掺入毒蘑菇的经过，警方有两种看法。一是村民从山里采蘑菇时，误采了毒蘑菇；二是有人在煮制时故意放入的。但是，前者的可能性极小。因为对于白毒鹅膏的可怕毒性，全村的大人无人不晓。放入蘑菇汤里的蘑菇，不论是山里采集的还是农家带来的，都是在秋季备好，在神社晒干的。在进行这项准备工作时，如果汤里面混有白毒鹅膏，不可能不被人发现。

大批媒体涌进村庄，案件引起社会关注。身体恢复后，我出院回家，看了电视新闻。姐姐还在医院昏睡不醒，我俩被雷击伤的事也被报道了，但就像是毒蘑菇案的一则逸闻。

时隔很久，仍然没抓到犯人。警察的搜索并无新进展，报道也逐渐减少，不久，村里就不见了媒体的踪影。进入十二月，新闻节目开始纷纷将当年发生的重大事件作为特集播放，但是，羽田上村的毒蘑菇案并未被包含其中。被特别报道的话题只有昭和天皇驾崩、春天开始的消费税征收、夏天逮捕了幼女连环拐骗杀人案的嫌疑人等。

然而，十二月十日，羽田上村的毒蘑菇案，再次受世人瞩目。

雷电神社宫司太良部容子，被发现自杀身亡。在神社的礼拜殿，她将和服的细腰带系在门框上，上吊自杀了。她女儿希惠发现后，马上叫了救护车，但是，据说希惠一眼就知道自己的母亲已经没救了。

在雷电汤中放入白毒鹅膏的，是不是宫司呢？她是不是因为犯下了可怕的罪行而悔恨不已，最终自我了断了呢？当然，报道并非直接言明，但是，几乎所有的新闻节目都在影射这种疑问。村里不管大人小孩，都认定毒蘑菇案的犯人就是宫司太良部容子，说起来就像确有其事一样。因为一直找不到犯人，大家也许心中不安吧。抑或是，把某个人看成犯人，想尽快回归原来的生活吧。关于犯罪理由，村里人也都煞有介事地议论纷纷。因为本村既非旅游景点，住户又少，雷电神社靠祈祷费和卖护身符的收入是难以为继的。神社的经济，实际上一直是靠黑泽宗吾、荒垣猛、筱林一雄和长门幸辅的定期捐款。在这种金钱交易中，是否产生了什么问题？因此，宫司才给四位大佬投毒呢？

当然，宫司的女儿希惠否定了这些传言：母亲绝不会做坏事。她不会对支持神社的人抱有恶意，真正的犯人肯定另有其人。死去的母亲虽然被全体村民怀疑，但是，她可能并非自杀，而是被犯人杀害，当了替罪羊。

她言辞激烈的申诉，拼命诉说的神态，也被新闻节目播出。如今想来，希惠那时是个美少女，长得很像她母亲。

"真的是宫司干的吗？"

我目不转睛地看着傍晚的新闻节目，问父亲。从神鸣讲那天开始，"英"酒馆就没营业，父亲往返于家和姐姐仍然昏睡的医院之间。

"那个人不会做这种事的。"

父亲小声说，侧脸对着电视，眼睛紧盯着自己的茶杯。虽然他看的是茶杯，但我总觉得，那眼神里似乎还有点儿别的什么。

几天后，父亲看的究竟是什么，我终于知道了。

八

契机是媒体拍到的一段录像。

录像里拍摄的是村里的风景。安静的午后，摄像机镜头从村子的主干道进入了一条小巷。小巷是东西向的，摄像机镜头从东向西拍摄，就在影像结束前，拍到了一位女性。录像拍到的是背影，而且穿的是便装，最初大家并未注意到是谁。但是，其中一个工作人员指出，这个人看上去像是太良部容子。工作人员叫住几个村民，请他们看静止画面，大家都点头说，画面上的人确实是宫司。

录像的拍摄日期是十二月十日，即太良部容子在神社礼拜殿上吊自杀的日子。录像的拍摄时间是下午一点多，是容子遗体被希惠发现的几小时以前。在录像中，太良部容子沿小巷行走，经过左手边的一家店时停住了，她将手放在了这家店门上，影像到此结束。

那家店就是"英"。媒体经过多番调查，掌握了大量相关信息，顿时兴奋起来。这些信息包括，这家店是藤原南人的家；店名来源于他妻子的名字，而他的妻子于一年前去世，死因不明；今年的神鸣讲，他的孩子们遭到雷击，女儿至今仍未恢复意识。

太良部容子在自杀前，去藤原家到底做什么？

报道人员马上找到父亲，当场给他看录像，请他说明情况。父亲只是一再摇头说，那一天谁也不曾来过。媒体仍然不死心，又给太良部容子的女儿希惠看录像。

希惠看完录像，直奔"英"而来。

当时我已经放学回家，在餐桌上写作业。我之所以没去我们住的二楼，而在一楼的店面，是因为父亲在这里。父亲每天往返于医院和家之间，回家后也几乎不上楼，就坐在一楼的椅子上，经常直愣愣地盯着餐桌。

"我是雷电神社的太良部。"

有人敲门，接着，我听见了这句话。我抬头一看，格子门外的小路上，穿着和姐姐同样校服的希惠站在那儿。

父亲起身开门，之后，脸一直朝向左边，一动不动。我放下铅笔,往父亲视线的方向看去。那里有两个男人,其中一个拿着摄像机。

"他们给我看了录像,就是拍到我妈妈的那段。"

希惠的声音微微颤抖,忽高忽低。

"临死前,我妈妈来这里做什么?"

父亲的双手直直地垂在身体两侧,与希惠面对面,一言不发。也许是光线的原因,父亲的样子就像一个栩栩如生的人偶。仿佛他被绑在透明木桩上,在被切断细绳的瞬间,马上就会"扑通"一声倒在地上。漫长的沉默之中,只能听到希惠急促的呼吸声,而且越来越急。

"请在这儿等一下。"

父亲转身背对希惠。

父亲之前从没和她说过敬语。父亲用手轻轻地摸了一下我的头,便走上楼梯。随着头上残存的温度迅速消失,我感觉父亲去了楼梯那边一个遥远的未知世界。录像是什么东西?希惠的母亲来过,是怎么回事?我实在想不明白,看看希惠的脸。四目相对,她勉强挤出了笑容。我也含糊地笑了笑,对姐姐的朋友,我一直如此。

会儿,父亲回来了。手里拿着一个白色信封。

就像打消某种念头一样,父亲将信封递给希惠。信封的开口处是撕开的,她迅速将手指放进去,抽出一张折成三折的便笺。站在一旁的两个男人,各自挪了挪脚,移到能看到信纸内容的地方。

我没看见写在便笺上的文字。希惠和两个男人离开后,我问父亲那是什么,他也没回答我。但是,通过之后的报道,我和世人一样,知道了一个令人吃惊的事实。

那封信是太良部容子所写,内容是指证父亲是毒蘑菇案的犯人。

太良部容子在信中说,举办神鸣讲的当天清晨,她看见父亲进入神社工作间，并在雷电汤中放进了白色的东西。待父亲离开，她马上去看锅里的东西，发现是蘑菇。当时，她脑海里也掠过一个念头，会不会是剧毒蘑菇白毒鹅膏？但是，她没有倒掉锅里的汤，也没告诉任何人。几小时后，神鸣讲开始，喝了雷电汤的四人，两人死亡，两人病重。背负着如此重大的罪责，她自己无法继续活下去。她对父亲说，这封信即使扔掉也完全没关系，所有一切都由父亲自己决定。只是，希望他想想家人。

便笺上的内容如上。

此事一经报道，不，还没报道时，父亲就接受了警察的讯问。警察问到神鸣讲当天清晨的事情，父亲说他一次也没出过门，一直待在家里，孩子们也知道。当然，警察马上就向我求证。

"我起床时已经九点左右了，不知道之前的事。"

我如实回答。警察脸上布满深深的皱纹，就像被雕刻上去的一样，他用显而易见的怀疑的目光瞪着我。

"听说你丧失记忆了呀？"

对此，我也只能实话实说。

"时有时无……我不知道。"

当下最重要的是在医院昏迷的姐姐的证词。太良部容子在神鸣讲当天清晨，看见父亲在雷电汤中放入了白毒鹅膏。但是，父亲说当时他一直在家。能够证明这一点的姐姐，因为触电还在昏迷中。

警察也好，媒体也罢，都恨不得姐姐马上能苏醒。长门综合医院门前，总是有拿着摄像机的男人抽着烟站在那里。姐姐病房所在的楼层，有好几个警察一直待命。有一次，我和父亲一起去探望姐姐，因为我要先坐巴士回家，就先走出病房，当时，我看见警察在姐姐病房前迅速走动着。我悄悄返回,从走廊拐角处往那边看,只见他们将脸紧贴在病房推拉门上,一动不动地竖起耳朵听着。他们大概是怀疑,一旦姐姐醒来,父亲会教唆姐姐说什么吧。

我在学校遭到了纠缠不休的欺负。每到课间休息,大家就围住我的书桌,揪我的衣服和头发,让我老实交代。但是,我实在没什么可说的。我一去厕所,他们就大声嚷着"杀人了,杀人了",纷纷逃开。后来,恶作剧迅速升级。我小便时,他们会在背后搞小动作,不停用手、脚或者难听的话欺负我。学校的饭菜中如果有蘑菇,他们就都把自己盘里的拣出来,放进我的盘子。我只能屏住呼吸,欲哭无泪地吞下去。

一个周六下午,我在放学回家的路上遭到了伏击。远远看见五六个同班同学,手里都拿着什么东西,我马上转身往回走。身后有紧跟上来的脚步声,我跑了起来,但是,追上来的脚步声越来越清晰。

"干什么呢?"

不知从何处,传来如坚冰一般的声音。

感觉追我的家伙们停下了脚步,我也停下来回头看。只见太良部希惠从旁边的小路走了过来,她穿着高中校服,外套是一件茶色粗呢短大衣。几个同班同学迅速交换一下眼神,扔掉手中的东西,跑掉了。这时我才发现,他们手里拿的是从地里拔出的蘑菇。一到冬天,蘑菇的伞盖全部打开,布满裂纹。我默默地看着,希惠站在旁边,和我一样低头看着蘑菇。

"都是因为我吧……"

我摇摇头,比起否定之意,更多是因为,当时我根本不知道到底是谁的错,到底发生了什么。摇头的瞬间,我泪流满面,就像装满热

051

水的气球破裂一样。一辆小货车从身旁开过,上面装着培育香菇的原木,听着远去的引擎声,我们一言不发。

"信上写的,是真的吗?"

我抽动着鼻子问她,这是我一直想确认的事情。那天,父亲递给希惠的便笺上,真写着报道所说的内容吗?可是,希惠沉默着点点头。她因瘦弱而深陷的双眼,变成了两个圆圆的影子。

"那么,希惠姐的妈妈为什么不做些什么呢?明明看见我爸爸往雷电汤中放毒蘑菇,她为什么什么都不做呢?"

"我不知道。"

她双眼对着地面的蘑菇,却没看。沉默一会儿后,希惠似乎打算尽快结束这个话题,抬起头,看向巴士站方向。

"我正要去医院看亚沙实呢。"

她问我是否一起去,我摇摇头。

"我昨天和爸爸去过了。"

在她妈妈自杀前和自杀后,只要有时间,希惠都会去医院探望姐姐。我知道这个是因为有一次和父亲去看姐姐,因为不想和随时待命的警察碰面,我们就故意绕远,从反方向的走廊回到病房。半路上,只见希惠孤零零地坐在长椅上。我们尴尬地看看彼此,稍微聊了几句。据说,她每天都来看姐姐,只是我和父亲在病房时,她就坐在外面,等我们走了再进去。

——大概是,怕见面尴尬吧。

虽说是探望,但因为姐姐一直昏迷,我们也只能看看她的样子而已。听我这么说,希惠从包里拿出一台随身听。

——我会播放她喜欢的曲子。不能给睡着的人随便戴耳机,我就放在她枕边，调到最小音量给她听。

我问希惠是什么曲子，原来是当时姐姐喜爱的"南天群星"演唱的《所有人的歌》。

九

村里又响起了雷声，打雷后，下雪了。

一天下午，医院打来电话，那时我刚放学回家。那天下雪，回家时迎着风，风里夹着雪，根本睁不开眼睛，我是倒着走回家的。医院说姐姐醒过来了，父亲听完电话，立刻开车带我一起赶往医院。

病房里除了医生护士，如我们所想，还有几个警察。一见父亲进来，警察们都阴沉着脸，表情中似乎夹杂着懊恼和困惑。

姐姐说，神鸣讲当天早晨，父亲一次都没离开过家。

姐姐这句话，对于警察而言，是不得不相信的。因为，自从神鸣讲那天起，姐姐就一直在医院昏迷不醒，不论是雷电汤中被混入毒蘑菇，还是父亲被怀疑为犯人，她都无从知晓，因此也不可能为了保护父亲而说谎。

于是，案件搜查触礁，进退两难。警方认为，神鸣讲当天清晨，太良部谷子见到的并非父亲，而是另有其人。但是，那个人是谁？毫无头绪。

积雪最厚的时节，姐姐出院回家。

姐姐右耳听力丧失，身体被刻上了可怕的闪电痕迹。

与被雷击伤前相比，姐姐还有一个更大的变化。那就是，她再未和父亲说一句话。到底为什么，当时的我还不明白。

积雪融化之前，父亲办好了母亲墓地的移葬手续，带着我和姐姐，还有放有母亲骨灰的白色罐子，离开了羽田上村。

"……代替你，孩子们遭到了报应啊。"

往车里装行李时，同村的一个男人走过来，眼神冰冷地说。不论警察是否消除了对父亲的怀疑，村里人还是认为父亲就是犯人。我把被子塞进小货车，努力不去看那个男人，但还是想起了父亲曾经在病房说的那句话。

——报应到孩子们身上了。

之后，我们开始在陌生的埼玉县生活。

父亲开始在建筑公司工作，我们住的公司宿舍，本来是给单身人士居住的小公寓。父亲靠着做不习惯的体力活儿赚钱，每天累得精疲力竭。姐姐依然和父亲零交流，他们两个这样，我也变得很少说话。家里仅有两个房间，一直充满着紧张的、有点儿类似白色的空气。

只有我和姐姐的时候，案件和在羽田上村生活时的事情，我们也只字不提。我不希望姐姐想起那些，自己也不愿意想起。但是，有一件事，我无论如何都要向姐姐道歉。姐姐身上被刻下的可怕痕迹，姐姐失去听力的右耳，每当我想起这些，就被不断冰冷膨胀的悔恨所折磨。是不是自己改变了姐姐的人生？是不是自己让姐姐的身体变成了那样？悔恨膨胀至极，终于有一天，冲破我的嘴，喷涌而出。

——把发卡拿下来吧。我要是再认真点儿告诉你这个，就好了。

那是一个小鸟形状的金属发卡。当然，那么小的发卡，实际上或许无法引雷，从科学角度，可能不会发生。即便如此，我还是觉得都怪自己，这种想法挥之不去。

——听爸爸说的。神鸣讲那天早晨，我看见姐姐戴着发卡，曾经担心你会被雷击。

既然担心，再强调一下就好了。不管怎样，让姐姐把发卡拿掉就好了。虽然一直想道歉，但是一旦想要开口，又觉得"对不起"这个说法太不合适，想用最接近的说法说出来，又想不到。沉默良久，泪眼中，房间扭曲了，姐姐的脸变形了。

——因为……

姐姐动了动嘴，小声说了句什么，我没听清。

我用力眨了眨眼，盈满双眼的泪水一直流到了下巴，姐姐的脸一下子清晰起来，她看着我的前胸。姐姐再一次重复了同样的话，然后走进隔壁房间，关上拉门。我侧耳倾听，想听听有什么动静，却一直没有声音。我就像被抛弃一样，当场僵住，动弹不得。不过，我拼命思考着姐姐那句话的意思。最终，我仅按字面意思理解了那句话。毕竟，当时我还只是个孩子。

——因为，我全都忘记了。

不过，后来我了解了这句话的真意。

忘记，是不可能做到的。

大约一年以后，姐姐在转校的高中毕业，开始在附近一家小贸易公司做会计。此时，父亲决定用他拼命攒的钱，开一家新的和食餐馆。一天早饭后，父亲在矮桌上给我们看一张建筑平面图。一楼是店铺，二楼是住宅，和"英"一模一样。

"我想在此，重新开始新生活。"

父亲面对我们，露出久违的笑容。我很开心。每天，父亲都是灰头土脸地回家，然后在浴室不停地洗着满是泥土的工作服。我一直觉

055

得，那根本不是真正的父亲。不止如此，一旦开始新生活，也许父亲和姐姐的关系会有所变化。家里紧张的空气，虽然不可能完全恢复原样，但多少也会发生些变化吧。可是，姐姐却直直地盯着父亲，说出了这样的话——

"爸爸你，没有这种资格。"

自从两人不说话以来，这是姐姐第一次清楚地对父亲发声。姐姐看着父亲，双眼似乎是混浊的灰色。姐姐为何这样说？父亲不是犯人，她明明比任何人都清楚。案发当天清晨，父亲从未离家，做证的不是别人，正是姐姐。

父亲沉默着出门去工作后，我才和姐姐说出我的疑问。

"我向警察撒谎了……"

姐姐的回答，让我越发困惑。

"可是，姐姐，当时你应该什么都不知道吧？毒蘑菇案也好，爸爸被怀疑是犯人也好，什么都……"

没等我说完，姐姐摇摇头，向我坦白了令人吃惊的事实。

"其实，我早在几天前就苏醒了。案件也都了解了，爸爸被怀疑的事情，也都知道。"

姐姐到底是怎么知道的？是医生和护士说的吗？那不可能。为了向姐姐确认父亲的不在场证明，警察应该已经明确禁止医院的员工谈及案件。并告诉他们，即使姐姐醒过来，也什么都不要说。况且，如果医院的工作人员明知姐姐已经醒过来了，却好几天都不联系家人，也是不可能的。

不过，当时在我脑海中浮现出一种可能性。

"……是希惠姐？"

沉默良久，姐姐承认了。她醒来时，病房里只有希惠，将全部情况都告诉了她。希惠没有叫医生和护士，而是将她妈妈的自杀，她妈妈留下的信，姐姐长时间昏迷期间发生的事情，全部告诉了姐姐。

"希惠说，照当时的情况，爸爸可能要被抓起来。我和希惠都不知如何是好。"

之后的几天，姐姐也一边继续装作昏迷不醒，一边前思后想该怎么办。最终，她决定说谎。于是告诉警察，神鸣讲当天清晨——雷电汤中被放入白毒鹅膏那个时间段，父亲没有离开家，她一直和父亲在一起。

"爸爸……那天早晨，去神社了吗？"

我想知道实情。

"不知道。"

"你并没一直看到爸爸？"

姐姐闭着眼，轻轻地，但是，明确地点点头。

现在，我依然相信父亲不是犯人。但是，这肯定是因为，我不能从客观角度判断此事的缘故。因此，看见的，也成了看不见的。当时，父亲多次被警察传唤，每次回家都像拖拽着身体一样疲惫不堪，父亲的那种模样，我亲眼所见。我自己也在学校遭到同班同学的欺负。当我走在村路上，所有视线都如夹着沙子的狂风般，刺痛着我。对于这一切的反驳意识，掠夺了我的客观立场。与我不同，发生在羽田上村的事件经过，姐姐都是从希惠那里听说并了解的。她比我更能客观地做出判断。那么，结果如何？她也和村民以及警察一样，认为父亲就是犯人。若是客观地看待此案，无论如何，结论都是如此。

——代替你，孩子们遭到了报应啊。

我们离开羽田上村时，那男人甩出的这句话，在姐姐听来，也肯定别有意味。我们被同一个雷击中，结果却是天壤之别。我所遭受的只是几个小时的昏迷和零星的记忆丧失。但是，姐姐的单耳听力被毁，身体还被刻上了永远无法消除的痕迹。

之后，姐姐没让任何人帮忙，凭一己之力搬到了一间旧公寓。就在我和父亲搬到这里的一周前。当时，"一炊"的店招已经挂上。

此后，我们从没提过那次案件。

但是，直到今天，我每天都会想起当年之事。

每次想起，我都会听到一个声音。那是目光冰冷的村民抛出那句不负责的话后，我突然听到的声音。父亲坐进汽车，在启动点火开关前，毫无血色的嘴唇，嘀咕了这样一句。我听得很真切。他说：

"没错。"

真相の解明と雷撃

真相的
阐明与雷击

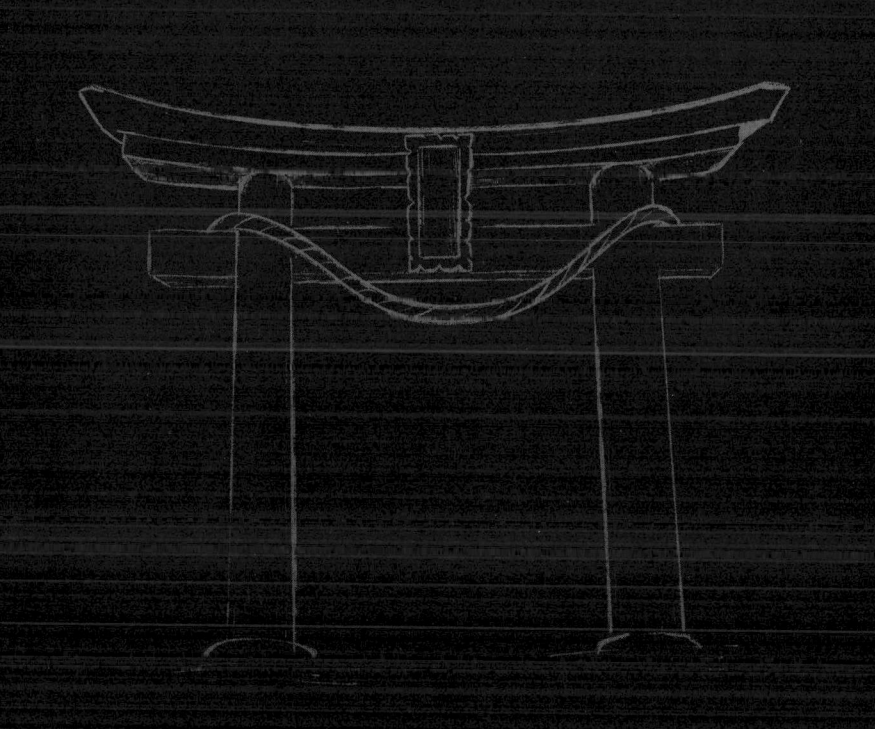

一

穿过越后山脉，薄云满天。气温骤降，即使在开着暖气的车里也能感到。

下坡到平地，车子进入沿海的国道。姐姐握着方向盘，偶尔看看导航画面。我坐在副驾驶位置，透过车窗眺望着佐渡岛。用姐姐的车，由姐姐来开车，是因为我"大病初愈"。

"白毒鹅膏，果然是剧毒呢。这里写得很可怕。"

夕见坐在后座，盯着手机屏幕。

"噢，我来念念啊。中毒致死率达百分之五十至九十。与同属于鹅膏菌科鹅膏菌属的剧毒蘑菇——鬼笔鹅膏和鳞柄鹅膏，并称为剧毒蘑菇三大家。毒性——"

"毒性大都含在褶皱中，一旦误食，六小时至十五小时，毒性发作。症状为剧烈呕吐与腹泻。开始表现为腹痛，之后肝脏、肾脏受损，出现痉挛、脱水等类似霍乱症状而死亡。也有以下情况：食用数日后，出现肝脏肥大、黄疸、胃肠出血，以及因其他内脏细胞受损而死亡。"

夕见还没读出来，我已将以上内容全都背了出来。夕见打开的那个网站，似乎就是我之前多次浏览过的。

离开羽田上村后的三十年间，我和父亲、姐姐，从未提及过去的一切。但是，偶尔我会调查一下那个案件。因此，对毒蘑菇所知甚详。不过，关于案件，至今仍然一无所获。不论如何调查，也找不出已知事实之外的信息。

"——潜伏期时，因为毒素成分'阿妈特金'[1]在体内循环，没有速效治疗方案。毒素抗热抗干燥，即使烹饪或晒干，也不能消除……可怕。"

"是'阿妈特系金'吧？"

"嗯？"

"发音不是'阿妈特金'，应该是'阿妈特系金'吧？"

"啊，真是呢。不愧是当事人，很了解啊。"

"我在厨师资格课程中学过。"

"对了，羽田上村是不是快到了？爸爸和亚沙实姑姑，不要忘记自己的身份设定哦。爸爸是编辑，姑姑是撰稿人，两位在调查日本的祭祀活动。为了写报道什么的。还有，我是摄影师。"

这种非常含糊的人物设定，是夕见想出来的。令人吃惊的是，她还给每个人印了名片。我是自由编辑深川由纪夫，姐姐是自由撰稿人古桥明子。唯独与真名相同的是，名字读音的首字母。夕见的名片上印着"Photographer（摄影师）Yumi"，没准儿她当初只是想印这一张吧。

---

[1] 与下文"阿妈特系金"均指α-amanitin，即α-鹅膏蕈碱，对动物有致死作用。

三十年间，我和姐姐、父亲都只字不提的事情，为什么会告诉夕见呢？想到这个，我才第一次意识到自己后悔不已。直到最后，我都没能告诉悦子，我的父亲可能是杀人犯，我可能是杀人犯的儿子。这样的事实，我不想让悦子知道，我俩从学生时代起就在一起，唯独对这件事我始终守口如瓶。我也想过，找个时间告诉她吧，一定要告诉她，但是不知不觉就错过了时机，直到悦子去世。这件事是构建我这个人的最重要的一部分，她全然不知，就离开了这个世界。

也许因此，我才告诉了夕见。

"嗯，毫不隐瞒地说，我也觉得爷爷可能是犯人。"

当我讲完发生在羽田上村的事情，沉默良久，夕见抬起头。

"虽说如此，爷爷会杀人，我还是无法想象。因此，其中是不是有出人意料的重大理由呢？"

当然，那还用说吗？假设父亲是犯人，那到底是为什么呢？对此，不论是我还是姐姐，虽然彼此没说出口，其实三十年来，我们一直在思考这个问题。如今，被并非当事人的夕见一说，"理由"这两个字再次清晰地浮现在脑海。

"我想知道理由。去那里拍照时，顺便查一查吧。"

顺便，我正想对这个不合时宜的措辞说些什么，姐姐开口了。

"我也想知道。"

我吃惊地看向姐姐，她也好像被自己的话惊到了，眨巴着眼睛。

"我是一直想知道的。如果弄清楚了，对父亲的看法也许会发生变化。……虽然已经晚了。"

姐姐将柔弱的视线投向一处，那里放着父亲的遗像。

"咦，这是什么？"

夕见在后座惊叫道。

"是一个人的博客。上面写着,采蘑菇时,绝对不能吃白色的蘑菇。因为大多是剧毒蘑菇。三十年前,那四个大人物吃的蘑菇汤,是叫雷电汤对吧?里面不就放了白蘑菇吗?难道谁也没觉得危险?啊,他们以为是金针菇吗?"

我当场否定。"不会的。白毒鹅膏状似香菇,不可能被错看成金针菇的。而且,我们通常看见的金针菇呈现白色,是因为那是白色品种,其实自然色是褐色。因此,即使雷电汤所用的山蘑菇中含有金针菇,也应该不是白色,而是褐色的。"我看着后座说。夕见一听,皱起眉头。

"那么,既然里面放了白蘑菇,为什么还要吃呢?"

实际上,我知道答案。但是,姐姐先开口了。

"雷电汤中,一直是放白蘑菇的。一种叫作大银杏菇[1]的白蘑菇,村里人都会采来吃的。"

"原来如此。就是说,那四个人以为是大银杏菇,结果误食了白毒鹅膏?"

"当时是这么说的。村里和新闻,都这么说。我也是同样的想法。"

"大、银、杏……咦?"

夕见在智能手机上输入单词,又发出惊叫。

"大银杏菇,简直大得出奇啊,伞盖足有婴儿的脸那么大!白毒鹅膏才只有香菇那样大小,两者怎么会混淆呢?"

---

[1] 日文假名"オオイチョウ"对应的汉字为"大银杏",在中国,这种蘑菇常被叫作大白桩菇或雷蘑,可食用,也可入药。

"你去看看就知道了。"

姐姐露出侧脸，稍微笑了笑。

汽车导航的目的地是雷电神社。电话预约了村里唯一的旅馆，但因为我们一大早就出发了，离办理入住还有一段时间，就决定先去神社。如果神鸣讲的习俗至今仍然持续，现在应该正是准备时期吧。

车子离开沿海的国道，一直向东开去。

右边是连绵的越后山脉，终于，后家山开始在左前方慢慢浮现。像这样从远处眺望后家山的次数，屈指可数。三十年前，我们离开羽田上村时，父亲开着车，我坐在后座上，一次也没回头。最后看到眼前的景象，是什么时候呢？

太阳光阴沉下去，整个天空变成了单一的灰色。道路两旁，只有掉光叶子的树木，像殡葬队伍一样排列着。汽车行驶了一阵儿，也不见对面有车过来。

不久，车子开进一个小小的隧道。

过了隧道，就是羽田上村。

"这个隧道变新了。"

姐姐的侧脸与黑暗融为一体。

"夕见，这里啊，很早以前很危险的。墙壁就像是用手削出来的一样。我们偶尔乘巴士过这个隧道，到村外去，感觉就像在电视里看到的电影《夺宝奇兵》一样，总是让人胆战心惊的。我和你奶奶一起去买衣服时，上高中后与希惠一起去看电影时，都是这样——"

"看电影那时候，我也在。"我接着姐姐的话说。

"啊，是吗？"

"那次看的电影是《龙猫》。"

"对，《龙猫》。"

那是母亲去世那一年的春天。我们完全不知道，半年后将会有悲哀降临。我和姐姐、希惠三个人在巴士里欢呼雀跃。归途中，看见越来越近的后家山，我们终于安心了。对了，从远处眺望后家山，可能那是最后一次吧。

"隧道变新了？可能是地震以后翻新的吧？"

被姐姐一说，后知后觉的我也想起来了。二〇〇四年发生的新潟县中越地震，这里可能受灾了。这一带应该有六级以上的强震。

那次地震发生在十月，同年的七月，悦子去世。那时，我带着夕见，像逃难一样，刚刚搬到"一炊"的二楼。看到震灾新闻时，羽田上村在我的脑中闪现了一下，但根本没去想那里是不是受灾了。

汽车穿过隧道，天空阴暗，人也感觉晕乎乎的。前方出现了写有"羽田上村"的路标。红褐色路标，锈迹斑斑，在路过的一瞬间，我感觉进入了一个密闭空间。在这个村庄生活之时，这种空气，是我幼小身体的肌肤经常感受到的。

汽车开向横亘村庄的主干道。有时与小货车交会而过，有时要等候背着农具的老婆婆横穿马路，车子一路从西向东开去。

"这条路的里面，就是咱们家。"

追寻着记忆，我指了指道路右侧。与主干道平行的小路上，有我们曾经生活过的家。这条小路，是采访毒蘑菇案的节目组在录像中发现太良部容子的路，是容子在自绝性命前走过的路，是容子的女儿希惠带着摄影师走过的路。姐姐转动方向盘，车子进入小路。左右的房子数量与记忆中差不多，但我都没有印象。主干道两旁大都还是旧农户，但这里毕竟是住宅区，三十年间变化很大。

感觉就是这一带,于是姐姐停下车。看向道路右边,确实觉得那里就是"英"——我们曾经的家。当然,如今已经没有我们的房子了,只有一幢两层普通住宅,屋顶上装有黑色太阳能电池板。我们默默地看着房子,后面开来一辆小汽车,姐姐发动汽车。那已是别人的房子,透过前挡风玻璃,我看着它渐行渐远。

车子回到主干道,前行了一段,在村中央左转,开进后家山的山脚下。道路变成了未铺设的泥土路,且迅速变窄,树枝从左右两侧伸出。眼前出现了参拜神社的参道入口,沿此上行,将抵达位于半山腰的神社。

"这边没变啊。"

伴随着轮胎摩擦小石子的声音,姐姐说。

参道狭窄,只能容纳一辆车通行,道路正中长着杂草。地面逐渐从石子路变成土路,坡度渐陡,道路两旁树影参差,仿佛骸骨中伸出两只手一样。一如从前,如今树下也长着数不尽的蘑菇,其中几个品种应该带有轻易夺人性命的毒素吧。正想着这些,从对面并排着的树木中出现一个人影。脸部是一个黑影,从肩膀看应该是男性。是谁呢?来历不明的人影逐渐向我们靠近。面对着行驶的车辆,他就站在我们正前方。

对方的脸逼近眼前,我抬起头。

好像在哪里见过……

我的身体往边上一闪,肩膀撞到了车门。驾驶座上的姐姐笑着道歉。车子右转,正要进入通往雷电神社的陡峭山路。回过神儿来,男子踪影全无,刚才就像是我睡醒前又做了一个短暂的梦,转眼间,印象逐渐淡薄至消失。

067

二

"眼镜，眼镜。"

车子停在雷电神社停车场。夕见从后座下来，抓住我的袖子说。她准备的冒牌名片和平光眼镜，事先已经给了我。

"好不容易想了个假名字，还印了名片，要是脸被认出来，就没意义了……好。这下两个人看起来都像其他人了。"

我的眼镜是银色边框，姐姐的是黑色边框，我们戴的都是普通框架眼镜。我看看姐姐，她第一次戴眼镜，确实像变了一个人。毕竟，姐姐有可能见到曾经的好友希惠，所以，她本来就化了比平常更浓的、试图掩盖面部特征的妆容。

"是有人来参拜吗？"

夕见看向停车场一边。小货车两辆，暗白色普通轿车一辆，灰色小轿车一辆，四辆车集中停在一处。灰色车像是新车，即使天空阴沉，车身也像被淋湿了一样发着光。走近一看，前车窗内侧摆着很多玩偶，虽然不知其名，但一看便知是与迪士尼相关的。一对松鼠，长下巴的狗，绿色宇宙人等。默默地看了一会儿，我们向鸟居走去。鸟居前面，神社的空地很开阔，正面就是礼拜殿。脚下踩的土地像冰一样，刺骨的寒冷，透过鞋子传遍全身。

"这里的神是女的。"

夕见停下脚步，按下了单反相机的快门。

"夕见，你怎么知道？"

"那边，屋顶的最高处，不是有木头伸出来吗？"

在写有"雷电神社"的匾额上方，屋顶的最高处，木材分别朝右上和左上直直地伸出，像武士头盔一样。这种装饰性的长木叫千木，据夕见所说，千木的顶端若与地面垂直，即被纵向砍下的，那就说明神社供奉的是男神；若千木顶端与地面平行，即被横向砍下的，那供奉的就是女神。在这里生活时，我们从来没有意识到这一点。的确，千木的顶端是被横向切割的，切口朝向天空。

"去年的期末照，我拍了住持一家，住持很了解宗教建筑，给我讲了很多。"

神社周围树木丛生，左手边有一座两层建筑，仿佛隐藏在树木之中。那是太良部家自己的住宅。建筑轮廓仍然和记忆中一样，但在树木中若隐若现的样子已经有着明显的岁月痕迹。正面的礼拜殿，大概已经修缮或者粉刷了几次，却与记忆中毫无二致，反而是太良部家的房子，看起来陈旧很多。

"这儿原来是希惠家……我过去经常来玩儿呢。"

从姐姐唇间飘出的白色气息，在微风中流淌。

如今，谁在那里生活呢？太良部希惠是否有了家庭？她母亲太良部容子，年轻守寡，当时被口无遮拦的村民称为"后家山的后家"，后家还有未亡人、寡妇的意思。希惠有没有结婚呢？如果结婚了，现在的宫司极有可能是她丈夫。

我们的右手边是社务所，办公室右边，就是被叫作工作间的建筑。母亲每年就是在这里帮忙做蘑菇汤的准备工作。据说三十年前，疑似父亲的一个人也是在这里将白毒鹅膏混入雷电汤中。入口附近有四个女人坐在那儿干活，远看也能知道，她们在做蘑菇汤的准备工作。

看起来，那个风俗至今依然持续着。

"夕见，给你看看刚才的答案。"

"什么答案？"

"关于大银杏菇和白毒鹅膏。"

大银杏菇是大型蘑菇，白毒鹅膏只有香菇大小，三十年前，为什么四位大佬没能区分呢？看看蘑菇汤的准备工作，答案就会一目了然。

看我们走近，四个女人马上就停下手中的工作，看向我们。她们围坐在一张大蓝色防雨布上，中间是两堆干蘑菇。她们每人手里都拿着一块类似手巾的布，大概一如从前，用它来逐个擦拭干蘑菇，检查是不是有发霉的吧。

夕见似乎明白了什么，"啊"了一声。姐姐小声回应"是吧"。

堆在蓝布上的干蘑菇，大都是被剖开的。用于蘑菇汤的蘑菇，若是个头较小的，就直接晒干，但是大部分都是将伞盖和茎剖成小块来晒干。听说剖成小块有以下两个原因：其一，蘑菇太大，在长时间干燥的过程中，会变得过硬；其二，蘑菇剖成小块，汤汁会更浓稠。总之是为了让一碗蘑菇汤包含所有品种的蘑菇。不能区分白毒鹅膏和大银杏菇的原因，就在于此。因为所有蘑菇都被剖成小块混在了一起，已经无法区分。

"请问，你们是在做祭祀的准备吗？"姐姐屈膝蹲下，问道。

四个人同时停下手里的活，面无表情，不约而同地，一言不发。

"那个，请问是不是在做神鸣讲的准备？"

"你们是谁？"

看起来年龄最大的老奶奶问道，声音冷漠，仿佛拒人千里之外。这个奶奶年龄将近八十岁，也有可能过了八十岁。另外三个人也毫无顾忌地看着我们俩，等着我们回答。其中两人大概五十岁，另外一个是年轻女孩，年龄大概相当于说话那位奶奶的孙辈，将长发染成了栗色。摆放着玩偶的新车，大概是她的吧。

"啊，不好意思。我们是采访全国祭祀活动的记者。是为这位深川先生负责的杂志。"

愣了一会儿我才反应过来，原来说的是我。

"是的，我们来收集有关各类祭祀的材料。"我赶紧开口说。

姐姐似乎担心我说话不利索，马上接着说："我是撰稿人，那位是负责摄影的。听说这个羽田上村有个有名的祭祀，就想来了解一下。"

不知道是不是"有名"这个词起了作用，四个人的脸上马上浮现出仿佛自己被夸奖的表情。只有栗色头发的年轻女孩多少带点儿苦笑，但看起来也是开心的。

"我们也能被采访啊。嗯，说起那个……"

最年长的老婆婆变换一下坐姿，慢慢朝向我们。姐姐点头表达谢意，看着蓝布上堆着的小山一样的干蘑菇。

"据说，要做祭祀上分发的蘑菇汤对吧？啊，不是蘑菇汤——"

姐姐似乎努力要想起来，看着天空。姐姐的演技真是出乎意料，我很吃惊，也抱着手臂做思考状。

"叫苔汤。"老婆婆说。

"因为这里把蘑菇叫作苔。"年轻女孩补充道。

"为什么这么说，我也不清楚，有谁知道吗？"

"不知道。"

老婆婆马上回答。另外两人也摇摇头。之后，四个人你一言我一语地说，哪里的谁谁的夫人说是"蘑菇"，哪里的老爷爷说是

"葺"，气氛终于缓和起来。接着，轮到夕见开口了。

"分给村民的苔汤，是要做两种吧？一种是用栽培的蘑菇做的一般的苔汤，另一种是——"

夕见好像是在模仿她姑姑，为了要想起来，也看向天空。但是这次，没有人马上回答。栗色头发的年轻女孩一脸茫然，另外三人短暂交换了一下眼神，老婆婆终于朝向我们说："你说的是雷电汤吧。"

"啊，是这个！雷电汤。用山里采的蘑菇做的。"

"你知道得很清楚嘛。从很久以前，就不再做雷电汤啦。"

"是吗？"

"献给神灵的，现在还是做的。还是用从山里采的蘑菇来做。不过，人不再喝这种汤了。"

"为什么呢？"

于是，她们又做出了与刚才完全一样的反应。年轻的一脸茫然，另外三人短暂交换眼神后，还是老婆婆开口回答。

"很久以前，出现过事故。"

"事故？"

"雷电汤呢，原本是只有特殊人物才能喝的，但是他们中毒了。自那以后，山采蘑菇做的雷电汤就只献给神灵了。"

老婆婆又移动一下坐姿，正面朝向夕见。

"本来，很久以前就是这样的，那时，我们这个岁数的人还没出生呢，原来雷电汤就是只献给神灵的。可能就是因为出现了人喝这种汤的风俗，才遭到惩罚，中毒了吧。"

中毒这种表达，印象中与实际发生的事情之间相去甚远，是否因为我们是村子以外的人，才有意减弱某种印象呢？

"有这样的事情啊。"

"虽说并不是交换,大家喝的苔汤,比过去变得豪华啦。现在的汤不只有蘑菇,里面还放白菜呀、菜薹啦,很有营养的。所以,准备也更花时间了。"

她的方言口音重,而且语速很快,夕见到底能不能听明白?我正纳闷儿,老婆婆突然伸出手臂,使劲儿拍打着我的肩膀。

"你怎么回事?从刚才就只让摄影师说,自己不干活儿。"

说着,张开大嘴笑起来,其他三人也哈哈大笑。老婆婆的臂力惊人,我蹲着差一点儿摔倒,还好脚跟稳没倒下。

"那个事故之后,还发生了什么其他变化吗?比如,祭祀的方法之类的……"我问她。

老婆婆几乎像翻白眼一样,使劲儿朝上看着,回答说,就是上锁吧。

"准备好的苔汤,一直到祭祀前,都放在后面这个工作间,入口一定要上锁的。原来,谁也不会去锁门的。"

"为什么要上锁呢?"

原因我完全明了,但也要问一问。

老婆婆说一声"这个……",想了一会儿。我知道她在想什么。

"因为不小心。"

看来,要问出毒蘑菇案件,还是有困难的。我点点头,不再问了。老婆婆却突然将她满是皱纹的脸靠近我说。

"对了,你们……不会是知道我们是犯罪同伙吧?"

"犯罪?"

老婆婆收起下巴,摇晃着下垂的脸颊,继续说。

"不只是我们……全体村民都是。在这里生活的所有人都是罪犯……这件事，你们知道的吧？"

她那怒目而视的眼神让我很困惑，我不由得看向另外三个人。栗色头发的年轻女孩也好，那两个五十岁左右的妇人也罢，都和刚才判若两人，表情僵硬，低着头不看我。我再看向老婆婆，她那混浊的眼睛直直地看着我，似乎连松弛的红色下眼睑都在瞪着我。

"说采蘑菇是犯罪。"她猛地探出上半身，"我的孙子在网上查过了，说是在山上采蘑菇，相当于盗窃罪。"

一瞬间，另外三人一起笑起来，老婆婆也忍不住笑了出来。年轻女孩一边笑得痛苦地喘着气，一边"啪啪"拍着老婆婆的后背。

"所以，我又查了一遍，说是如果所有者许可，就没关系。"

"你呀，真是多余，我好不容易说个拿手的笑话，半途而废了！"

老婆婆举起拳头，做出要打年轻女孩的样子。我这才意识到自己被耍了。不过，姐姐和夕见刚才就意识到了，她俩也在大声笑着。

"这种，现在很流行吗？"

老婆婆终于忍住笑，问我。

"您说的，'这种'是指什么？"

"就是调查祭祀呀。宫司说了，几天前，也有人来调查神鸣讲呀、苔汤什么的。噢，实际上当时我就想，那个叫什么，采访？我也想接受一下试试呢。毕竟活了这么大岁数，也想做些有用的事情。"

"就因为这个？"年轻女孩大声说。

"我刚才就在想，您话可真多呀！"

对于完全陌生的我们，能如此语气温和，似乎就是因为这个原因。事到如今，我才对我们所做的假采访开始抱有罪恶感。

"是吗？很流行对吧？"

老婆婆再次问我。

"我觉得并不是特别流行，只不过对感兴趣的人来说，应该还算流行吧。"

因为羽田上村的神鸣讲是罕见的风俗，一定会有真正对此感兴趣之人。事实上，前几天也确实有人来调查过神鸣讲和蘑菇汤。

"对了，听说这里的神社，原来做宫司的是女性。"

"现在也是啊。"老婆婆大声回答。"是上代宫司的女儿，那姑娘做得很好啊。"

看来，自那之后，希惠成为神职人员，继承了雷电神社的管理工作。

"她努力学习，获取了资格，成了很棒的宫司。神鸣讲，也就是在她学习的那两年停办了。之后一次都没停过，真了不起。一开始，是我们这些村里的老一辈儿来教她呢。——啊，说话太多，活儿都来不及干了。必须干活儿啦！"

说着，老婆婆"啪"地拍拍手，将身体转向堆成小山的干蘑菇。其余三人也跟着她，手头马上忙碌起来。这种切换真是干脆利索，仅仅几秒钟，四个人就像什么事也没发生过一样，全神贯注于工作中。她们都紧闭双唇，从一边的蘑菇堆上拿起干蘑菇，迅速检查表面，用手巾擦拭后，抛向另一堆。香菇、蟹味菇、木耳、平菇——还有不太常见的网菌、旱蟹味菇、黄绿口蘑。直到今日，我还记着村里栽培的蘑菇品种，但是，像这样切成细碎状，就很难分辨到底是哪种蘑菇了。

"我可以拍照片吗？"

夕见问。老婆婆很随意地回一声"可以啊",侧脸却变成了配合拍照的姿态。另外三人也一样,夕见按下快门的时候,每个人脸上都特意浮现出认真的表情,栗色头发的女孩还偶尔抬脸看向远处。

"这些蘑菇,是从秋末开始就在礼拜殿晾晒的吧?"

夕见看着取景框问,仍然是老婆婆作为代表回答。她手里迅速地忙活着,表情很认真。

"礼拜殿?是礼拜殿前面。没有太阳,是晒不干的啊。不过,晒得太干,就会硬邦邦的。晒四五天后,就把蘑菇搬到这个工作间来,放进做苔汤用的锅里。"

"从老早开始就这样做吗?"

"是的呀。"

"雷电汤供人食用时,也是一样吧?从山里采来蘑菇,也是这样在礼拜殿前晾晒,然后放进工作间的锅里?"

"是。雷电汤的锅,比一般的苔汤锅呢,要更小一些。"

"大概有多大呢?"

老婆婆暂时停下手中的活儿,想了想。

"和做咖喱的锅差不多。"

咖喱锅的大小,各家各样。每年的神鸣讲,我都看见四个大佬围坐在雷电汤的锅边,遭雷击的那天也一样。四人在礼拜殿的地板上盘腿而坐,喝着酒,中间是直径约三十厘米的,看起来高高的圆筒形深底锅。

"最近,也有很多人将蘑菇冷冻保存呢。"

姐姐看着干蘑菇堆,深有感触地说。

"量这么大,确实很难保存啊。不用晒干,直接冷冻,既不会发霉，准备工作也能轻松些……"

"蘑菇，就是要通过晒太阳，营养价值才会提高。"

突然，从背后传来一个声音。

"据说，蛋白质、钾、钙，都会浓缩，维生素D等，会提高近十倍。"

如果不是穿着白色宫司服和裙裤，我们恐怕不会马上认出站在那里的人就是太良部希惠。我们离开羽田上村时，她才十七岁，三十年间，她容颜已改，唯一与当年面影重合的，就是那双凛然坚定的眼睛。曾经被晒黑的皮肤，如今和姐姐的一样白皙。那种健康的光彩已然远去，如今的她，身上有一种如水墨人物般的静美。看着眼前的她，我才懂得，当年的希惠还是个孩子。对当时的我而言，她一直是比我大、比我成熟得多的女性。

"晒出来的蘑菇做的汤汁很多，是新鲜蘑菇不能比的。晒干后，味道更鲜美，这是蘑菇独有的特征。比如海带或者鲣鱼干，晒干后鲜味会浓缩，但不会增加。"

"这位就是这里的宫司。"老婆婆说。

我们三人站起身，面向太良部希惠。

"我们在调查日本的祭祀活动。所以，正在请教关于神鸣讲的方方面面。"

夕见轻松地说着假话，向太良部介绍我是自由编辑深川，姐姐是撰稿人古桥。希惠司空见惯地听着介绍，也没细看我们，点头致意。同时，看向我们身后，对忙碌着的四位说了几句慰劳之辞。老婆婆拿自己的腰疼开着玩笑，希惠也微张着薄唇笑着，回了一个有风度的玩笑。

077

我们到底是谁,她似乎毫不在意。

"关于这个神社的起源等,社务所外有介绍册,大致情况都写在上面,请参阅。照片呢,只要是建筑物的外面,都可以自由拍摄。"

说完,希惠迅速地低头致意,从我们旁边穿过去,绕过蓝色地垫,消失在工作间。这期间,穿着草鞋的她步履轻盈,几乎没有声响。

之后,她没再走出工作间,我们等了一会儿,只听见移动物品的声音。

"我去问问,能不能采访她一下。"

夕见走向工作间入口,我和姐姐交换一下眼神,跟在夕见后面。

这是我今生第一次走进工作间,感觉像是厨房和仓库的合体。里间有陈旧的自来水管、煤气设备和料理台,入口旁放着很多纸箱子和整理架。希惠就在整理架的前面。进门处的水泥地面上,平放着几根长条旗,竹竿上缠着布条。希惠将旗子拿在手中,灵巧地转动竹竿展开布条。布条是白底蓝字,上面写着"神鸣讲"。我记得过去是没有这种东西的。她一根根确认旗子的状态后,再转动竹竿将布条缠起,夹在腋下。

"那个……我们想问一下祭祀的情况。"

夕见有点儿不好意思地说。

希惠头也没回,答道:"因为忙着准备,现在有点儿……"

"其实,我们也在调查三十年前发生的案件。"

本想将旗帜拿起来的希惠,停下了手。我也像被击中了胃部,动弹不得。

"我们事先已做了很多调查,哪怕只是确认一下是否准确,您看可以吗?"

三

"既然已经调查过了，就没有再问的必要了吧？"

我们跟着希惠走进了紧邻工作间左边的社务所。

房间正中央摆放着黑皮沙发，我们和希惠相对而坐。夕见催促着我们拿出名片，希惠几乎连看都没看，就放在了矮桌一角。

希惠直直地看着我的脸。扮作摄影师的夕见总是问这问那，显得不自然。而且刚才我也被老婆婆取笑了，于是，我先开了口。

"正是因此，我们才想请您确认一下，如果我们对事实有误解或者夸张，甚至写得完全不符，可能会给您添麻烦。"

我设想，如果这样说，她作为宫司就会不得不开口了吧。如果有可能被乱写一通，她应该会说出自己知道的情况吧。我居然镇静到能有此打算，连我自己也感到意外。

夕见提出要来羽田上村时，起初我是当场反对的。我当时想，在这个村庄，即使到了现在，也许人们还认为三十年前毒蘑菇案的犯人是藤原南人，而我和姐姐是犯人的孩子。我们怎么能踏进这个地方呢？但是，真的来到这里才发现，刚才的老婆婆也好，眼前的希惠也好，都是毫无疑心地与我们交谈。

时间已经过去了三十年。最初我们怎么也不会想到，居然会和希惠如此近距离地相对而坐。只要借助假名字、眼镜和化妆之力，连她也没发现我们是谁。

"当时，被认定为毒蘑菇案犯人的，是在村里经营居酒屋的藤原南人吧？据说，他被怀疑是犯人的依据是，上代宫司太良部容子所写的一封信。那封信，现在何处呢？"

发现我们的谎言畅通无阻，我也变得大胆起来。或许夕见斩钉截铁的言行，也给了我勇气吧。

"我保管着。"

"能给我们看吗？"

"不大方便。"希惠补充道，"因为是私人物品。"

信是她母亲给我父亲的，从根本上讲，所有权应该归我父亲所有。但我还是暂时点头认可。

"信的内容，能否告知一下呢？当然，我们也回看了当时的报道，掌握了一些情况。"

希惠移开目光。但是，在此之前，她似乎特意多看了我一会儿。

"三十年前……神鸣讲当天清晨，响起了那个季节的第一次雷声。"

接着，她沉默了一会儿。然后，像是终于想起了已经忘记的台词，抬起头，不停地说了起来。

"在这座山上，有个我们叫作雷场的、经常打雷的地方。在那里打了一个大雷。之后，天空轰鸣着，就在这雷声中，藤原南人进入了神社院内。我母亲看到了这一幕。"

所谓雷场，就是靠近后家山山顶那一带。据说是从前山体滑坡形成的，有两个网球场那么大，黑土裸露。树木在那里无法存活，因为土下是连绵的岩石。由于日照好，环绕此处的树木长势快，易遭雷击。

"神鸣讲举行的当天早晨，我母亲看到藤原南人进了工作间，往料理台的雷电汤锅中放了白色物品，之后就离开了。于是，我母亲马上去确认，发现他放的是蘑菇。她似乎脑海中闪过一念，也许是某种剧毒蘑菇。"

"是白毒鹅膏吧?"

仿佛这句话本身就带有毒性一样,希惠穿着神社装束的肩膀一下子僵住了,点了一下头。

"但是,母亲没有扔掉那锅雷电汤,也没有告诉任何人。我不知为什么。总之信里是这样写的。因此,在那次神鸣讲祭祀中,两人死亡,两人身患重症,母亲认为她自己有责任,她不能背负着罪责活下去。"

于是,在雷电神社的礼拜殿,太良部容子自缢身亡。

"您母亲,具体点儿说,是在什么情况下目击藤原南人的?比如,她当时站在什么地方?"

"这个信里没有写。不过,因为那天早晨打的是干雷,母亲很快就从被子里起身去了雷场,这个我也记得。如果是伴雨而来的雷,就不必担心引发山火,但若是不下雨的干雷,就有发生山火的危险。因此,自古以来,雷电神社的宫司必须要前去确认。过了一会儿,似乎是确认没有发生山火的危险,母亲就回来了。我想,大概就是那时目击的吧。母亲离开家时,天还很黑,应该是回来的时候吧。"

"是从雷场的山路下来的时候吗?"

"应该是下山之后吧,不到山脚下是看不见工作间的。"

雷电神社院内基本呈正方形,周长约二百米。鸟居[1]为最下面的一个边,上面的一个边就是礼拜殿,左边为住宅,右边是社务所和工作间。通往雷场的道路,就在礼拜殿与住宅之间,正好是从左上角的

---

[1] 日本神社的建筑之一,多设在神社入口处,以两根支柱与一至二根横梁构成,部分鸟居的横梁中央有牌匾。

部位延伸出去。因此,从那条路回来,从入口到工作间,有五十多米的距离。

"应该有一段距离呢。"

"您的意思是有可能看错?不会的。"

"为什么?"

希惠挺直后背,仿佛要出示确凿证据一般,回答道。

"因为我母亲不会凭模棱两可的事实就认定谁是犯人,她不是那种人。"

愿意相信父母的心情,绝不仅仅是希惠你才有的。我一边努力抑制着不把这种心情表现出来,一边回应道。

"可是,神鸣讲那天早晨,藤原南人一步都没离开过家,这一点不是他的家人已经做证了吗?"

姐姐的证词,证明了这一点。

希惠似乎稍微有些沮丧,但目光依然坚毅。我们紧闭双唇,互相凝视着对方,一会儿,希惠先移开了视线。她低头看着有环形纹路的矮桌,洁白脖颈边的头发无力地垂了下来。

"总之,已经是太久以前的事情了,真相如何,我不得而知。"

"那么,请让我往下接着说。当时,警察根据太良部容子的信,认为藤原南人是毒蘑菇案的罪犯。可是,犯罪动机是什么呢?您怎么看?"

见她沉默着摇摇头,我再追问道。

"据说在案件发生的一年前,距今三十一年前,藤原南人的妻子在进行神鸣讲的准备工作后,原因不明地死去。听说,村民们都说,那件事与毒蘑菇案有关。"

"我不清楚。"

她回答得很干脆,看来是不想回答与事实无关的问题。我看向周围,想找个话茬儿。希惠的右侧,连接工作间的拉门旁有一个木制电话桌,上面放着带有传真机的电话。从外观看,应该不是当年用过的电话,不过,三十一年前,电话是不是也曾放在这里呢?当年母亲打电话告诉家里,说蘑菇汤准备工作很费时,要晚些回去的时候,是不是就站在这里呢?从母亲的电话声音中,我听到了大佬们饮酒的声音,当时四位大佬在哪里呢?到底,母亲是怎样从神社消失的呢?

我看向希惠的背后,在稍微高出一截的地方,有一间用拉门隔开的房间。

"据说,在每年村里的女性准备蘑菇汤的时节,都会在神社举办前夜祭,现在还有吗?"

"没有了。本来也不是正式的活动。"

"过去在哪儿举办?"

"就是现在你看到的和式房间。"

她的语气让我感觉自己已经完全被她看穿了。其实,希惠是不是已经知道我是谁?甚至知道,我如今正在想念我的母亲?

不过,又好像并非如此。

"关于藤原南人的夫人从神社失踪之事,当时我被警察反复盘问。但是,我当然不得而知,连我母亲也不知道。反正,据说就是,等众人回过神儿时,发现她已经不见了。我母亲和大佬们,就是当时举行前夜祭的人,一起到处寻找,也没发现。后来,联系了藤原南人以及村里人,大家一起找……"

沿山的北侧下坡,有一条河,父亲发现,我母亲泡在冰冷的河水中。

"当年，还是宫司的我母亲让我待在家里，我只能担心地等待消息。"

"你刚刚说的大佬，就是第二年在神鸣讲上吃了白毒鹅膏的人吧？油田富翁黑泽宗吾，经营荒垣金属公司的荒垣猛，最大的蘑菇生产销售商筱林一雄，长门综合医院院长长门幸辅。其中，荒垣与筱林中毒身亡，黑泽与长门病情严重——"

希惠看向别处，笑了。

"……怎么了？"

我问道，她笑着摇摇头。

"没什么，其实，你们都已经调查过了吧。在那个案件刚刚发生时，以及后来，来采访的人很多很多。但是，像你这样什么都不看就滔滔不绝的，还是头一个。"

我冷静地回应说，因为我们反复阅读了资料。

"对了，当时病重的黑泽宗吾与长门幸辅，后来怎样了？"

"这个你没调查吗？"

"当然也掌握了一些信息。"

我说，目前为止仅在网上查询过几次。我没发现有关两人死亡的报道。本来，如果不是因为白毒鹅膏后遗症引发的死亡，不管他们在村里多么知名，也不一定被报道。三十年过去了，他们都应该已经七十岁上下了。可我不知道他们是否还活着，有没有后遗症，是不是还在这个村子生活着。

"既然如此，我就没必要说了。"

说着，希惠看向墙上的挂钟，时针已经过了下午一点。她应该不是为了看时间,而是想制造机会结束谈话吧。

"我还有工作要做,抱歉了。"

不等我们回答,她就站起身。我们不好强留,也只能站起来。

"对了,我刚才在外面问过了,说是几天前,也有人来这里调查神鸣讲和蘑菇汤?"

"嗯,一位先生。"

她说对方说了名字,但她忘记了。

"他说的不是姓,也不是名字,什么来的?感觉好像是笔名……他没给我名片,我也就没特意去记。"

说完,希惠脸上浮现出苦笑,似乎是特意给我们看的。

"那位先生,就是单纯来调查祭祀的。"

四

"腰杆儿也会更直吧!"

走出社务所,只见老婆婆坐在那儿,将手放在腰部,把另外三个人逗得哈哈大笑。姐姐问,怎么了,老婆婆满脸自豪地说起了"维生素D"。

"蘑菇中的维生素D,是身体吸收钙所必需的。所以呀,蘑菇对骨头好。晒干的蘑菇,更好。骨头啥也不吃,却能变结实,真是让人不可思议呀!是吧?"

确实不可思议,我们三个点头道。

"地震时也是的,这个村子的人,因为吃蘑菇逃得快,谁也没死。"

"是因为人少吧。"

栗色头发的年轻女孩说。紧接着,老婆婆和另外两人都大笑起来。

"中越地震发生时,这附近的灾情如何?"

夕见蹲着问。老婆婆用力眨着双眼,想说些什么,但隔了很久还不说,年轻女孩先回答道。

"那时我才四岁,几乎什么也不记得。"

"啊,我和你同龄。"

"真的吗?噢,厉害。而且,你还是摄影师呢!"

夕见含糊地笑笑,老婆婆此时不再翻眼珠,插嘴道:

"那个,太可怕了。道路都歪歪扭扭了,房子也倒塌了。因为这个建筑结实,没倒掉。但是鸟居变成一条腿儿啦。一根柱子也立在那儿,真让人吃惊呢。对吧,宫司?"

老婆婆的声音传向工作间,但是希惠没回应。似乎传来转动旗杆的声音。老婆婆也不再等,再次朝向我们。

"我只在这里说说啊,那天要有地震,我是知道的。因为一大早,天空中就飘着地震云呢。"

"咦,真的会有那个吗?"

夕见津津有味地看着天空。我也听说过,天空中如果飘着像波浪一样的云层,就是大地震的预兆。

"有的,有的,那个真吓人啊!"

"那么,老婆婆,您因为看见了那个云,提前做了应对地震的准备吗?"

"没有,怎么可能做准备呢?因为,是地震发生后,我才知道那是地震云的呀。"

很难判断她是说真的，还是开玩笑。三位女性都笑了，我们也只能笑笑。老婆婆有点儿迟疑地看看我们，突然低声说：

"不过，有件可怕的事。这里，虽然除了鸟居，都安然无恙，但是，出现了趁火打劫的人。说什么好呢？趁火打劫，或者趁地震打劫？"

据说，神社的香资箱被毁坏，所有的钱都被偷走了。社务所和住宅都有被人翻过的痕迹。

"因为担心地震后发生山体滑坡，宫司就暂时住在山下的旅馆。香资箱就是在那期间被偷的。我听说之后就想啊，俗话说，地震、打雷、火灾、老爸，是世上四大怕。还真是可怕呀——"

她的话音突然中断了。我顺着她的视线回头看，只见希惠正从工作间走出来。老婆婆就像被切断了电源，一下子变得很老实，马上转向干蘑菇堆。

"对外人，不能说太多……"

老婆婆自言自语地说，再次着手拣蘑菇。希惠一言不发地从她身后走过。老婆婆紧闭双唇，另外三人也跟着默默地忙碌起来，于是，我们离开了此地。这时，希惠的背影刚刚消失在礼拜殿之中。

"有一点，我想确认一下。"

我一说，姐姐和夕见也心领神会地点点头。我们一起走向通往雷场的那条路——礼拜殿和住宅之间，四角形神社院内的左上角。在那条道路周边，我们停下脚步，回头望去，树木环绕之中的神社院内一览无余。右边是鸟居，左边是礼拜殿。正面是那四位忙碌的女性。她们对面就是工作间入口，能看到里面的料理台、水槽和煤气灶。相

087

反,我们的身影被枝叶掩映,应该难以分辨。的确,正如希惠刚才所说,太良部容子可能就是从这里目击了我父亲的身影。当时雷场打了干雷,她去确认是否有火灾,返回的时候看见的。

可是,距离还是很远。

假设我父亲穿过鸟居,进入神社院内,直接走向工作间,太良部容子与父亲之间的距离应该逐渐接近。父亲走到工作间入口时,两人之间距离最近,但也要有大约五十米。即使看错,也不奇怪。

"我们来试验一下吧!"

说完,夕见马上朝神社入口方向跑去。她在鸟居附近停下脚步,看了我们一眼,之后慢慢朝工作间走去。如刚刚预测的一样,她的身影渐渐变大,但是,即使是邻近工作间入口处,也并不能清晰看见她的面容。老婆婆和夕见说了什么,两人相视而笑。之后,夕见朝希惠所在的礼拜殿看了一眼,迅速进入了工作间。她站在料理台前,随便动了动双手,应该是再现犯人往雷电汤中投入白毒鹅膏的情景吧。

"要说……看得见呢,倒是也看得见。"

"但是,说希惠的母亲是从这里目击的,到底只是想象吧。实际上可能并不是这里,有可能是别的地方吧。或者更近的地方?"

"那样的话,只能是站在神社院内了,那么对方也能看见这边。"

不过,如果是在礼拜殿或者社务所那边,就看不见工作间了。

"那么,也许是她回家后看到的?可能是从家门口,也可能是进家门之后,隔着窗户看到的?"

姐姐这样说,我就试着走到住宅前面,那也只是向旁边移动了几米而已,看到的东西基本没什么变化。我和姐姐思考着,远处的夕见做出"可以了吗"的手势,我们点点头。夕见有点儿故作自然地朝这边走来。

"希惠……没结婚吗?"

姐姐突然看着天空小声说。

"怎么了?怎么突然说这个?"

"没什么。"

姐姐的眼睛就像印上了云的色彩,呈现一抹灰色,不知为何,我一时找不出合适的话。我看向夕见,只见她站在神社区域的正中央,往后看着。她看着工作间?不,好像是工作间上方的部位。过了一会儿,夕见还是一动不动,我催促着姐姐,和我一起走过去。

"你在做什么呢?"

我们走到夕见身旁,她从双肩包里取出摄影集,目不转睛地看着打开的那一页。抬头看向天空,然后又盯着影集。

"……就是那里!"

夕见举起摄影集,朝向寒冷的天空,影集上拍摄的山脊线,与延伸在工作间后面的越后山脉的山脊线完全一样。

五

我们电话预约的旅馆叫作"一位",是村里唯一的民宿。

为了能在前台正确填写假名字,我和姐姐在车里又各自确认了一遍深川由纪夫和谷桥明子的汉字。到了旅馆才发现,根本没有前台。年迈的旅馆老板,腰弯得像折断了一样,不问自答地说,旅馆基本处于停业状态。过去因为石油热,村里热闹非凡,为了让外来工人居住,他的上一代建了这家旅馆。炼油业衰退之后,家人就把二楼的三间客房进行了再利用,只是偶尔有住客时,才赶紧腾出来。老人说得极诚实。

"就是这样,这房子至少有将近一百年了呢。"

老人将我们带到楼上客房,他刚下楼,夕见就好奇地看着墙壁和天花板。铺着地板的房间一角,放着带有农协标志的纸箱,从没有盖紧的缝隙,可见类似刺绣工具的东西。应该是主人家的私人物品吧。

我推开正面腰窗的拉门,看向外面。这间民宿位于村东,窗户朝西,那么右手边就是后家山,左手边能隐约看见越后山脉。

摄影家八津川京子曾经拍摄的照片,就是从后家山拍到的,背景是越后山脉的天空。反复对比后发现,她当时放相机的位置好像比雷电神社还要高。因此,我们能想到的地方,只有一处。

"那个叫雷场的地方,从神社往上爬要多久?"

夕见边问边靠近左墙边的厚重电视机。她按下兼做音量旋钮的开关,我告诉她这个是要往外拉才能打开的。可是,她往外拉也没反应,才发现电源被拔掉了。夕见插上电源,画面上只出现了沙尘暴一样的东西。

"我记得要花三十分钟,现在可能会稍微快点儿吧!"

"相反,不是要花更长时间吗?幸人你也四十多岁了呀!"

姐姐站在我旁边,将额头靠近窗户。我们都戴着平光眼镜,这样并排站在窗边,感觉两人像在演戏一样。

"三脉叶马兰、大吴风草、观音草……紫金牛的果实是鲜红的。"

下面有一个院子，打理得不错。虽不知姐姐刚才说的都是什么，但晚秋的花朵开得很美。紫色、黄色、粉色。干涸的水池边有一种长着红色果实的草，那大概就是紫金牛吧。在这个村子生活时，母亲经常指着院里的花朵，就像刚刚姐姐一样，一个个地说出名字，告诉我。

　　"幸人，那时你偶尔会从外面带花回来呢！"

　　"是呀。"

　　在我小学三、四年级的时候，每当在路边或山野发现漂亮的花，我就会连根拔起带回家，送给母亲。我自豪地拿出花，母亲总是高兴地说"很漂亮"，然后就帮我种在她那宝贵的院子里。如今想来，我带回的那些杂草的繁殖力，对母亲认真打理的院子，是个麻烦吧。

　　"你还给爸爸带回了食材呢！"

　　"橡树果吧？"

　　当年，我在后家山捡了很多橡树果。父亲见了也特别高兴，说要做橡果饼。但是，可能因为酒馆生意忙，很长时间也没做。好像是过了大约一个月，我很担心那些果子实际上是不是已经被扔掉了。因此，有一天，当父亲把我叫到厨房，给我看冒着热气的橡果饼时，我高兴得几乎要流泪。我们一家四口吃了甜甜的、有种特殊味道的橡果饼。晚上，父亲微笑着给"英"的客人也做了这个饼，还自豪地说是儿子采回来的果子。只有那时，我才走下楼梯，悄悄环视一下并不喜欢的酒馆，内心很自豪。我不像姐姐，她每天灵巧地帮忙做家务，除了空长个头，我什么也不会做。但是那天我很高兴，觉得自己也给家里帮了忙。

　　"那个，做起来很麻烦的。"

"什么？"

"橡果饼，做起来很费事的。橡果很涩，如果处理不好，涩味会使嘴发麻。所以，要先剥掉外壳，在太阳下晒干，再剥光薄皮，将果实浸在流水中，之后再与草木灰一起浸泡在水里，最后才能使用。"

怪不得隔了很久才吃到橡果饼，原来如此啊。

"亏我还是在和食店厨房工作的人呢……到现在才知道。"

"我也是偶然看见爸爸自己在去除涩味，他还嘱咐我不要告诉你。"

父亲肯定是担心我受打击吧。就当时我的个性来看，如果知道处理橡果要那么费力，我确实会受打击的。

"我还记得，后来的款冬花茎被我搞砸了。"

我在心里回忆着。因为橡果饼的成功，我很起劲，于是，当我看到款冬花茎在春天的树荫下露出头时，心想大概可以作为店里的食材，就采回了很多。而且，为了给父亲惊喜，我还偷偷地放在了厨房的料理台上。但是，我采来的并不是款冬花茎，而是侧金盏花。在冰雪融化后的树根处，因为它的花苞形状与款冬花茎几乎完全一样，我就搞错了。父亲一看料理台上放了很多侧金盏花，马上把我叫了过去。虽然我觉得父亲的声音有点儿奇怪，但还是含羞带笑地下了楼。姐姐刚从学校回来，她和父亲在那儿说着什么。

父亲看向我，问道："是你把这个放在这里的吗？"我点点头。父亲告诉我，侧金盏花是含有剧毒的。一旦误食，严重时会夺人性命。父亲的声音很平静，但表情很可怕。

"幸人以为是款冬花茎吧。"

姐姐在旁边解围说。这一点，父亲也是知道的。父亲批评我说，不能将自己搞不清楚的东西，随便放在料理台上。当时厨房很冷，我流着眼泪，没哭出声。我把料理台上的侧金盏花拢在一处，扔进垃圾桶，回到二楼，还是不停掉眼泪。我尽量不出声地哭泣，终于要止住泪水时，姐姐走进了房间。我的鼻涕一直流到了嘴边，姐姐好像什么都没发生一样，告诉我侧金盏花是一种什么花。它含苞静候阳光，一旦被太阳照到，就会完全绽放，花朵很大。之后花朵精确地追随着阳光，内部变得很温暖，深受昆虫喜爱，它们聚集而来。昆虫会传播花粉，花朵就会不断增加。当时，姐姐是不是本想向我传授什么经验教训？或者只是单纯地想让我转换心情？

"没事，没事。"

最后，姐姐仍然说着这句咒语一样的话，把手放在我的头上。

"事到如今再问有点儿怪，当时姐姐为什么给我讲侧金盏花呢？"

"什么时候？"

"噢，就是我小时候，采摘款冬花茎那次。"

听我这么一问，姐姐先是抿紧嘴唇，然后看着窗外，低声说："因为，非常像。"

当然，她说的大概并不是侧金盏花与款冬花茎非常像吧。我思考着姐姐这句话的意思。侧金盏花的花朵，到底和什么相像呢？

"这是在猜谜吗？"

"嗯，算是吧。"

我想了一会儿，还是不明白，只能适可而止。

"反正，我当时严肃反省了。之后再也没摘过自己搞不清楚的东西了。"

"你很明智。"

"不过——"

我脸上还留有浅笑，但突然感觉脑中一片空白。

不过——我要说什么呢？现在，我到底想要接着说什么呢？仿佛这个词并非出自我自己，而是别人说的一样，"不过"这个词，在我的嘴唇和咽喉中，残留着强烈的违和感。

"这个电视，什么影像也没有。"

背后传来很大的响声，我回过头。夕见转换着电视频道，不知她从哪里学的，正用掌心"啪啪"地拍着电视机。

"这是旧式的，是放不出的。"

旅馆老板连门也不敲就进来了。夕见正抬起右手，想再拍一次，听老板这么说，只好放下手，关了电源。老板颤巍巍地端着一个托盘，上面放着茶壶、茶杯，还有几只装在小袋子里的薄脆饼干。他在矮桌边屈膝，微笑着往四只茶杯里倒茶，我们围坐过来。老板将茶杯推到每个人跟前，自己也坐了下来。因为腰弯得厉害，显得他的头很低。紧挨着桌面的额头上，有犬腹一样的色斑。

"吃这个吧。新潟的薄脆米饼很好吃。这里因为过去有油田，大家才纷纷从四面八方聚在一起，组成了村落。老早开始，这里就不产大米，因为周围地区都是产米的。"

酱油味薄脆大米饼干，看起来确实很好吃，我拿起一个，问道：

"说起油田……大约三十年前，这个村庄在祭祀活动中有人死亡，油田大佬家也有人遭遇不幸吗？"

笑容从旅馆老板的脸上消失，有点儿凸出的门牙也隐于唇间。

"您是说黑泽宗吾先生吧？"

"嗯，是这个人，好像还有另外三人也因为毒蘑菇遭遇了不幸。据说对村子来说，这四家是很重要的。"

刚才没能问希惠，我们想了解这四家的现状如何。食用白毒鹅膏致死的是荒垣金属的荒垣猛、蘑菇种植户筱林一雄。没有死亡，但身患重症的是油田大佬黑泽宗吾、长门综合医院的长门幸辅。——可是，旅馆老板就像戒备不熟悉的动物一样，肩膀僵硬，紧闭双唇。令人吃惊的是，这种沉默迅速支配了房间的空气，我感觉呼吸困难，就像被塞进一只无形的袋子中。

"其实，祭祀中发生的事故倒也没什么，主要是村里的产业发展很令人担心。最近我们媒体都很重视各个地区的发展力啊。"

我绞尽脑汁想出这句话，老板才"啊"一声松了口。空气中的沉闷感也渐渐消失，但似乎肌肤上还残存着一些。这与我孩提时代曾感受过的、被封闭的感觉非常相似。大人们低着头，将袋子的通风口一个个塞住，孩子们在袋子里来来往往，有时左思右想。当时的我，经常有这种感觉。

"荒垣家的独生子接替死去的父亲，成为荒垣金属的社长，现在也干得很好。我儿子和儿媳就在荒垣金属的工厂工作。经营油田的黑泽，虽然保住了性命，但因为有后遗症，也是他的长子继承了家业，现在靠倒卖土地也赚了不少钱。"

我问："黑泽宗吾本人怎么样了？"

老板回答说："现在基本没有后遗症了，他已经能开车了，还能喝酒了。长门也有后遗症，但因为没有继承人，现在只是名义上的院长。实际上，医院都是他夫人在管理，据说比原来还赚钱呢。"

老板比画出钱的手势，用手指做了个圆圈，上下摇摇，再次露出门牙微笑着。

"原来如此,每家的家业还在继续呢。"

"那是,因为都是有钱的大佬啊!"

说这句话时,虽然旅馆老板还是笑着,但是,有那么一瞬间,他的双眼像鸽子一样失去了神采。

"筱林家,怎样了呢?"

从雷电神社开往这个旅馆的途中,我们开车看了看黑泽家、长门家、荒垣家和筱林家。他们的房子都建在后家山的山脚下,路上并没花多少时间。四家中三家的宅邸还在原来的地方——只有一家,筱林家的房子消失了。栽培蘑菇的塑料大棚、保存原木的仓库,一如从前,唯独大宅子不见了。

"他家的房子……塌了……"

"可是,塑料大棚和仓库还在呢。"

"全都卖给别人了。筱林家也有一个独生子,虽然继承了家业,但父亲因毒蘑菇致死后,儿子就一点一点卖掉了土地和财产,悻悻地离开了村子。据说好像去了东京、神奈川还是埼玉,也不知做没做生意。"

旅馆老板喝口茶,舌头舔舔嘴边。

"他本来就是在东京读的大学,毕业后在城市过了一段摩登日子,不习惯这里的生活。一直唠叨着让他继承家业的老爸去世,没准儿对他而言正中下怀呢……说不定,他如今在外大获成功,住着比原来还大的房子呢。"

在东京、神奈川或者埼玉,要盖一栋比原来筱林家还大的房子,似乎比较困难。原来如此,这样就明白了。只有筱林家因为三十年前的突发事件，房子和生意都从村里消失了。

"噢，还有几家是之前分家出来的，所以，筱林这个姓氏，村里还是有的。"

老板布满皱纹的脸上，似乎浮现出怜悯的笑意。

这时，突然从电视那边传来男人的声音。

回头看，电视里什么也没有，本来就没接电源。

"该来的，总会来的。"

"……什么呀？"

旅馆老板用枯枝一样的手指，做出戳墙壁的动作，戳了两三下。

"啊，今天隔壁也有房客吧？"

"不止今天，第四天了。平常我都是靠儿子夫妻俩在外赚钱生活，真是难得啊！……那好，请好好休息。"

喝完茶，他像压倒矮桌一样站起身。告知晚饭六点在一楼客厅，男浴室开到八点，女浴室开到十点，之后是家人用，希望我们尽早。说完，拿着自己的茶杯走向房门。

"房门是不锁的，请保管好贵重物品。"

六

姐姐开车沿主干道开到村庄的中部，然后转到南面。天空依然阴沉灰暗，我们要去一位女士家，她叫清泽照美。

主人离开之后，我们三人低声交谈，以防被隔壁听到，就母亲的死，我们交换了意见。三十一年前的晚上，母亲在雷电神社完成神鸣讲蘑菇汤的准备工作后，消失无踪。后来被发现浸泡在后家山北侧的河流中。之后被救护车送往医院，但是抢救无效，当天晚上就停止了呼吸。母亲为何失踪，为何浸在冰冷的河水中，原因不明。但是，姐姐说，如果问一问当时的医生或护士，或许会知道些情况。从此入手，可能会进一步抓住与案件相关的新线索。

不是说，穿针引线吗？

于是，我用深川由纪夫的假名给长门医院打了电话，谎称要进行采访。我问在医院工作时间最长的人是谁，对方回答说是负责医院清扫和配膳的，一位姓役所的人。后来役所接了电话，是位男性。起初，他似乎对我们的采访存有戒心，话很少。我说我们是在调查各地的历史，他就开始说些自身经历，后来越说越起劲儿。我瞅准时机，问他是否记得三十一年前的晚上，有位叫藤原英的女子被送到了医院，他说记得。但是，他只是从当时的医生和护士长那里听说的，并未亲眼见过。我问医生和护士长现在的情况，他说，医生年龄大了，已经去世。护士长清泽照美健在，现已退休。

道路左边是荒垣金属的大工厂，右边是大小不一的蘑菇养殖塑料大棚。周围的住宅，既有旧式农家房子，也有很显眼的时髦西洋建筑，或是极其普通的木制建筑。车里很冷，因为夕见在后座开着车窗，抓拍着风景。快下午四点了，村里的气温开始下降。

"是那儿吧？"

姐姐减速。道路右侧，在蘑菇塑料大棚与白菜地之间，有一栋孤零零的两层住宅。开到旁边一看，挂在门柱上的门牌上写着"清泽"，好像就是这里。停车场停着一辆灰色小轿车。

将车停在路旁，我们三人下了车。走近一看，小轿车似乎是新车，前挡风玻璃内侧摆着很多玩偶，有一对松鼠、小狗和绿色宇宙人等。

"这是停在神社的那辆车。"

夕见说，我和姐姐也默默点头。

七

"我就知道你们会来的。"

清泽照美在被炉对面低着头，深深地吐了一口气。我们正寻找着合适的语言，她突然扬起脸，得意地笑着说。

"因为刚刚给我打电话了呀。"

我们请役所先生告知了清泽照美家的电话号码，离开旅馆前，先打电话与她约好了。到这里才知道，出来见我们的正是在雷电神社遇到的那位老婆婆。电话里的声音就很像，但还是没想到居然是同一个人。

我们喝着她泡的茶。墙上贴着海报，似乎是当地的五人少女偶像组合，组合名称模仿"稻作"的发音。

"这个村子从老早以前，就只种植蘑菇，不过，一说新潟县，还是大米有名啊。"

清泽照美也回头看看海报。夕见问老人是她们的粉丝吗，她高兴地扬起嘴角，回答说外孙女是。

"我外孙女不是组合成员哦，是粉丝，所以随便乱贴的。她们的脸都长得很像吧？可我外孙女都能分清楚，这是谁啊，那是谁啊，如数家珍。"

清泽笑着说，外孙女和女儿夫妇一起住在柏崎，自己的丈夫去世后，她一直自己一个人生活，女儿一家经常来看望她。车里摆放的玩偶也是外孙女在游戏中心给她抓到的。

"刚才我们给医院打电话，听说您在长门综合医院工作了很长时间？"

"很长哦，不过，退休的七年前……我就不做护士了。"

"这是为什么呢？"

她突然一言不发地瞪着我的双眼。

"因为成了护师[1]呀。"

这是老婆婆第二次开玩笑，我还没反应过来，姐姐和夕见已经大笑起来。待笑声停止，我进入正题。

"其实，不只是雷电神社和神鸣讲，我们也在调查三十年前发生的事情。"

于是，和旅馆老板一样，她也马上紧闭双唇，就像瞬间被缝住了一样。等了一会儿，她还是纹丝不动。像化脓一样湿润的眼皮里，双眼直直地看着我。

"就是在神社见到您时，您说的'事故'。在神鸣讲的雷电汤中，混入了白毒鹅膏——"

"那不是事故。"

就像针脚被用力扯断一样，她突然开口了。声音很厚重，仿佛变了个人。她自己似乎也被吓着了，瞪大眼睛停顿一会儿，像叹气一样

---

[1] 2001年起，日本的女护士和男护士，都改称"看護師"（护师）。

咳嗽几声，语气平静地说。

"那是杀人案。"

我仿佛在她脸的内部，看到了另外一张脸。不，不只是她和旅馆老板，了解当时情况的村里人，可能都有另外一张面孔吧。

"白天见到你们时，以为你们是外地人，什么都不知道，所以就说是事故。既然你们知道，我就不那样说了。那是杀人案，是一个男人干的，叫藤原南人。"

既然她这样说，我也就顺水推舟。

"我们也这样认为，听说因为卷进这个案子，村里人都受了苦。正因如此，我们才想调查到底为什么会发生那样的事情，特别想寻求您的协助，这才到您府上拜访。"

清泽照美的喉咙中发出一声短促的叹息声。

"啊，虽说是过去的事了，我也一样想了解呀。"

像是为了交谈做准备，她用茶水润润喉咙。

"……从哪儿说起？"

"您当时在长门综合医院工作，所以，有关三十年前的案件，以及案件前一年在医院去世的藤原英，我们想问您一下。"

"可是……这两件事，有什么关系？"

她反问道。但是从声音判断，似乎并不单纯是疑问。

"我们在思考凶手作案的动机。据说，案件前一年，藤原南人妻子的不明原因死亡，与案件动机相关。对此，您怎么看呢？"

其实，我们的预期是，既然清泽照美很了解当时的情况，她应该会对这个"一般见解"付之一笑。然而，我们的预期落空了。

"哦，可能有关系吧。"

"为什么……您会这样认为呢？"

被我一问，她头一次移开了目光。笑容完全从脸上消失，只留下微笑过后的皱纹。

"唉……我从来没告诉过别人。"

"什么事？"

过了一会儿，她才重新开口。一字一句从像袋子一样的嘴里，轻轻说出，仿佛自言自语般，不得要领。

"那位在河里被找到的夫人被送到医院后，我听到了很奇怪的话……当时我不明其意，毕竟救命要紧，也就没特别在意……"

语句到此中断，为了让她继续说，我特意没出声。姐姐和夕见也紧闭双唇，注视着清泽照美的脸。可能感到了沉默的压力，她又开始慢慢接着说。她说出的内容，是此前的任何记录中以及我自己的记忆中，从来都没有的。

"藤原英被送到医院的那天晚上——"

她说的是三十一年前，母亲在医院被急救之事。在对患者竭尽全力的抢救之后，医生离开了病房，病房里除了护士长清泽照美，还有"藤原南人""上高中的女儿"和"上小学的儿子"。也就是，父亲、姐姐和我。

"她儿子抽泣得太厉害，在他妈妈床边吐了。所以，藤原南人就带儿子出去了，她女儿和我就在病房收拾呕吐物——"

她说，当时母亲暂时恢复了意识。她在打扫完呕吐物，收拾好毛巾回来后，注意到了这一点。母亲在床上微睁双眼，自己拿掉氧气面罩，动了动嘴唇。女儿将耳朵贴在妈妈嘴边，努力要听清她说的话。

"就像这样啊。"

清泽照美弯曲上身,将一只耳朵紧贴被炉台板。据她说,虽然不知道母亲在说什么,但母亲最后重复了两遍的话,清晰地传到了她的耳朵里。

"'不要吃蘑菇'……这样说的。"

接着,她看见母亲再次闭上双眼,同时,浑身失去了力量。清泽照美马上确认母亲的病情,意识模糊,没有反应。她赶紧重新给母亲戴上氧气面罩,呼叫医生。

"可是……之后夫人再也没睁开眼睛,去世了。"

我努力克制着自己不去看姐姐。临死前恢复意识的母亲,究竟和当时在场的姐姐说了什么?"不要吃蘑菇"这句话,到底是何意?为什么直到现在,姐姐从未告知我这些?我满脑子都是问号,第一次意识到自己存在记忆空白区。我不记得这些。乘坐富田先生的车,我们奔到病房。母亲躺在病床上,脸白得像折纸,毫无血色。母亲脸上罩着氧气面罩,水雾朦胧。这些情景,我记忆犹新。不知这些是不是自己的真实记忆?抑或是,在从父亲和姐姐那里听说的过程中,逐渐认为那就是自己的记忆?不过,对于一连串的事情,我脑中确实有印象。包括太良部容子来到病房,告知母亲从神社失踪的经过。可是,我因抽泣过度呕吐,被父亲带出病房这件事,无论怎么搜肠刮肚,也想不起来。清泽照美刚刚说的情景,应该确实存在,但是,无论我怎样在脑海里尝试描述,却怎么也不能把自己的形象放进去。

"所以……一年后的神鸣讲中,藤原南人引发毒蘑菇案这件事,他夫人应该事先知道的吧。"

我隐约思索的事情,清泽照美说了出来。

"那天夜里,大家四处寻找从神社失踪的夫人,据说最后发现她的是藤原南人。之后，藤原南人背着夫人沿着河滩走，直到送上救护车。当时，夫人可能已经——这样说可能不太好——是濒死状态了。从送到医院时的状态看的话是那样。不过，在被藤原南人背着送到救护车的路上，两人之间可能说了些什么。究竟说的什么，我不知道啊。虽然不知道，会不会是藤原南人对夫人说'我要给他们搞个毒蘑菇出来'之类的？所以，夫人在病房睁开眼时，才对女儿说'不要吃蘑菇'，对不对？"

沉默再次降临，我终于将目光转向姐姐的脸。姐姐也看着我。她稍微动动嘴唇，好像说"等会儿"，但我已经迫不及待。

"藤原英在说'不要吃蘑菇'这句话之前，还对女儿讲了什么？您一点儿也没听见吗？"

虽然我在问清泽照美，实际上，这话也是说给姐姐听的。姐姐似乎也明白了我的意图，清泽照美刚一摇头，姐姐就开口了。

"当时，藤原英已经非常虚弱，我觉得，即使她想说什么，也发不出声音了。她女儿虽然也拼命想要理解妈妈想说的话，但除了最后一句，什么也没听到。"

话音刚落，夕见的脚在被炉中迅速动了一下，姐姐赶紧补上一句。

"当然，这只是我的想象。"

看来，姐姐和清泽照美一样，也只听到了母亲说的最后一句话。但是，我依然不明白，姐姐为何将此事隐瞒至今？

姐姐再次开口。

"听了您的讲述，实际上，也许藤原英知道将会发生毒蘑菇案。但是，断言犯人就是藤原南人是不是有点儿草率呢？"

也许感觉到自己被责备了，清泽照美胆怯地低头朝下看。是的，实际上，姐姐就是在责备她。这样可不行，我赶紧从旁插嘴。

"或者，可能藤原英的话，和一年后发生的案件没有任何关系。"

临时硬造的这个想法，连我自己也并不相信。那是命悬一线之人，拼尽力气说出的最后一句话，不可能不重要。而且，与蘑菇相关的事情，除了一年后发生的神鸣讲毒蘑菇案，找不出其他任何一个。

我整理了一下完全混乱的大脑，将刚刚的话题思考再三，大概存在以下两种可能。其一，母亲知道将会发生毒蘑菇案。其二，母亲知道将会发生毒蘑菇案，并且知道想要引发此案的人是谁。但是，前者的可能性很小。因为我无法想象究竟是在什么状况下，母亲知道会发生那样的事情。再看一下后者。假设母亲知道将会发生毒蘑菇案，并且知道想要引发此案的人是谁，那么她是如何知道的？当天，母亲在去雷电神社准备蘑菇汤之前，毫无异样。那么，她知道这事的时间点，就是在离开家之后。也就是说，从母亲离开家，到清泽照美听到母亲说"不要吃蘑菇"的这段时间内，她有可能接触到的人，除了背着她沿着河滩走的父亲，还有帮忙寻找的村里的男人们，雷电神社原宫司太良部容子，与母亲一起帮忙准备蘑菇汤的三位女性，喝前夜酒的黑泽宗吾、荒坦猛、筱林一雄、长门幸辅。母亲从以上这些人中的某一个人口中听到了什么——想到这儿，我在心里暗自叹息。是谁？听到什么？我所知实在太少，不管怎么绞尽脑汁，也只能想到这些。

"原来如此，我明白了。"

我转回到话题上。

"毒蘑菇案的犯人是藤原南人。此案与一年前藤原英之死有关。我觉得清泽女士这样想也是理所当然的。"

我原以为，通过赞同她的意见，可能会引出进一步的信息。但是，清泽的反应出乎意料。她抱着胳膊思索着，看起来像是我说出了她难以接受的意见。但是，我明明只是总结重复了她刚才的话而已。

"难道……还有什么？"我问道。

"不对头啊。"她思索着嘟囔道，重新抱了抱胳膊，又思索起来，"不对头啊。所以，不管是夫人去世一年后发生毒蘑菇案时，还是藤原南人被警察带走时，刚才的话，我从未告诉任何人。当然，我有时会想起来……但没和别人说过。"

"什么不对头呢？"

"哎呀……按常理想象，都会这样认为吧。夫人之死，责任在某人。藤原南人就想报复此人。于是，第二年就在雷电汤中混入毒蘑菇，杀了对方。总之呢，就是复仇。"

假设犯人是父亲，我也会这么想。姐姐和夕见大概也一样。父亲的动机就是为母亲复仇。复仇的对象——刚才清泽照美含糊其词地说是"某人"，其实就是那四个大佬。而且，还有一点可以认为是父亲做的理由。那是我们离开这个村子时，我亲耳听到的父亲那句——"没错"。

坐在驾驶座上的父亲，确实嘟囔了这句话。

"不过，我觉得也可能并非如此。"

清泽照美将茶杯移到旁边，抬起上身，几乎将脸放在被炉台面上，小声说出了完全出乎我们意料的话。

"那对夫妻，可能关系不大好吧。"

我感觉就像听到了完全不懂的语言。

"……为什么？"

"从一开始就感觉有点儿奇怪。因为，你看啊，自己的夫人都快死了，一般都会说'坚持住''没事的'，或者握着对方的手吧。但是，藤原南人呢，在我们对藤原英进行抢救时，以及救治结束后，他只是一直站在病房的一角。上高中的女儿和上小学的儿子，紧贴着妈妈的手或脚，大声哭泣着，儿子哭得都呕吐了。"

"是不是因为太突然……人已经恍惚了？"

但是，清泽照美朝我们看了一眼之后，用很确信的动作摇摇头。

"对于他夫人的情况，藤原南人说过，死就死了吧。"

这是我们根本无法相信的话。

"是对清泽女士您，这样说的吗？"

她再次摇头。

"对他儿子说的。"

我感觉房间里的温度无声地下降了。我完全想不出任何语言，即使想到，也没有勇气说出口。我再次直面记忆的空白，哪怕只是说出一句话的瞬间，自己都会被那片空白吞噬。

夕见代替我，开了口。

"那是在怎样的状况下说的这句话？"

"就在藤原英恢复意识之后，我马上去叫医生——"

清泽照美与医生一起检查母亲的病情，她让在场的姐姐去告诉我和父亲。姐姐跑出病房，但好像在什么地方错过了，一会儿，只有我和父亲回来了。

"我告诉他们两个，病人刚刚恢复了意识，我和医生必须商量治疗方案，就要走出病房时……儿子看到妈妈又开始哭起来，藤原南人却依然只是呆呆地站在那里……不过，他突然对着哭泣的儿子说出了极其荒唐的话。"

清泽照美的声音，瞬间有了一种力量。

"他说，死就死了吧。"

自从被雷击那天起，直至今日，我几百次地摸索着记忆。但是，没有一次像现在一样，切实地寻求着触手可及的某种东西。

"我不知道他出于什么原因，会说出这样的话……他的儿子一定很吃惊，最主要的，肯定很伤心吧。"

不，肯定被如雷一般的愤怒击中了。我当时一定满腔愤怒，双颊颤抖，瞪着父亲。

"第二年的神鸣讲，发生了毒蘑菇案。藤原南人被认定是犯人时，我想起了一年前的很多事。因此，虽然我觉得，藤原南人往雷电汤中混入毒蘑菇，可能和他夫人的死有关，但他却说过夫人'死就死了吧'这样的话。实在搞不清楚怎么回事，所以，自己的所见所闻，没有告诉任何人。"

我的大脑中已经满是问号，似乎马上要出现裂缝。清泽照美刚才说了"不对头"，而我内心的混乱远不是这句话可以表达的。

忽然从雷电神社消失的母亲，在临终前的病房，告诉姐姐"不要吃蘑菇"。次年，在神鸣讲祭祀时发生了毒蘑菇案，四位大佬吃了白毒鹅膏，两人死亡，两人重症。之后，雷电神社宫司太良部容子自杀。自杀前，她写信指认我父亲是毒蘑菇案犯。——综合以上内容，确实很容易认为父亲就是犯人。假设他为了给母亲复仇，策划毒杀了四位大佬。并且，母亲知晓此事。但是，另一方面，对于命悬一线的母亲，父亲却曾说"死就死了吧"。父亲怎么能说出这样的话？

他和母亲一起开了小酒馆"英",两人一直互相关心、彼此扶持。到底为什么?出于什么缘由?

"虽然有很多让我感觉不对头的地方,但我还是觉得藤原南人是犯人。就像我一开始说的。藤原南人这个人呢,他原本就不是羽田上村的人。对雷电神社的历史也好,蘑菇汤的由来也罢,都不了解。所以,才会做出那么过分的事情。如果了解,无论如何也不会做吧。"

这样说不对。父亲对雷电神社和蘑菇汤非常了解。毕竟,他和羽田上村土生土长的母亲一起生活。最主要的是他通过小酒馆"英",能比一般的村民更多地与人交流。我在小学也学了雷电神社和蘑菇汤的历史,当我得意地讲出来时,父亲不仅已经了解了这些,还会给我添加一些说明。对此,我记忆犹新。

我不能将这些说出来,很难过。在难过的深层,三个月前刚刚去世的父亲,变成了难以理解的模糊存在,我甚至感觉他的身影也扭曲变形了。在和父亲一起长期生活的日子里,有很多幸福的回忆,教会我做饭和做生意的也是父亲。现在的我特别想知道真相。虽然来这个村子是为了让夕见远离威胁者,同样,我也希望弄清过去的一切。

四人围坐在被炉边,不知不觉已经沉默良久。在这个我们已经熟悉的房间中,时间似乎静止了,一片沉静。清泽照美背后有一个放电视的架子,在架子里面不能一下子就取出物品的地方,可以看见火车、拼图等木制玩具。可能是在墙上贴海报的外孙女小时候的玩具吧。

"当时最可怜的,还是孩子们啊。"

清泽照美一边小声嘀咕着,一边看看我和姐姐的脸。我不由得浑身紧张。

"自那以后,已经过去三十年了,他们正好和你们差不多年纪。姐弟俩相差四岁,脸庞好像也和你们有点儿像呢。"

她没有再进一步确认相似之处,而是垂下了眼帘。我暂时放松了警惕,可是,一瞬间,在我毫无防备的心中,突然刺入了如冰一样的话。

"就因为他们的爸爸做了坏事,两个孩子遭到了雷击啊。他女儿的身体被击成那个样子……我刚才说当时可怜,现在也很可怜啊,因为她身上的烧伤痕迹,一辈子也无法消失吧。"

我的肺好像冻结了一般,无法吐出吸进来的空气。

在埼玉上初中时,我曾被一个同班同学嘲笑说:"你姐姐是小流氓。"我们两个人的姐姐都在同一个高中,据说他姐姐在更衣室看到了我姐姐的皮肤。当同学嘲笑我说:"你姐姐身上满是刺青!"的时候,我真想使出浑身力气揍他一顿。但我不能,正因为不能,我感觉自己被打得遍体鳞伤。回家后,姐姐发现我脸上有泪痕,问发生什么事了。我能做的,只是摇头。当时,姐姐也是用那句像咒语一样的话安慰了我,就是那句离开羽田上村之后,她唯一使用的方言。即使我将事情原委告诉姐姐,情况也必定一样。姐姐肯定用同样的话安慰我。

"那个女孩住院时……您也照顾她了吗?"姐姐双手捧着茶碗,问道。"照顾"这个词,姐姐自己和清泽照美似乎都没注意。

"我去看护她了。"

姐姐忽然睁大双眼。她和清泽两个人,白天在雷电神社遇到之前——三十年前,她们就应该见过。

"每天要给她擦拭很多遍身体,还要涂抹药物。虽然知道疤痕消不掉，这样做也无济于事。那个女孩终于苏醒过来时……啊，她肯定吓坏了吧！毕竟身体已经变成了那个样子。想想自己以后的人生，她当时一定很绝望。我也觉得实在太可怜了，还曾偷偷掉眼泪。"

她的话无可指摘，且非常坦率，正因为如此，我才感觉姐姐更加可怜。

八

离开时，她给了我们每人两个橘子，我们上了车。晚秋天短，已然日暮。整个村子沉入一片黑暗，凭借前车灯的光，我们朝主干道开去。

"为什么你一直没说呢？"

我向手握方向盘的姐姐问道。只是这么简短一问，姐姐也知道我问的是什么。

"老实说，我当时以为妈妈在说梦话。因为只听到了那一句，怎么能想到一年后会发生那么可怕的案件。"

"案件发生之后呢？"

"正因为发生了，才绝对不能说了。一旦说了，不只是我，连幸人你也会相信爸爸是犯人吧。"

确实如此。如果姐姐告诉了我，我肯定会有清泽照美那样的想法。母亲知道父亲会引发毒蘑菇案——所以，她用尽最后的力气，告诉姐姐"不要吃蘑菇"——也就是说，毒蘑菇案的犯人，就是父亲。

111

"嗯，如果我是姐姐，大概也不会说的。"

"幸入你才是，为什么不告诉我呢？爸爸曾经说妈妈'死就死了吧'。"

"我根本不记得听到过这句话。"

我的回答似乎如姐姐所料，她点点头，紧闭双唇。

"亚沙实姑姑，奶奶说不让你吃蘑菇，你就不吃了吗？"

夕见从后座问道，那口气就像在说平常的劝诫什么的。也许她是故意为之吧。女儿的体贴一如从前。十五年前，从她把蓟花放到朝阳处开始，她就是个体贴的孩子。

"蘑菇嘛……"

说到这儿，姐姐就注视着车窗前方，只有发动机的声音传入车内。车灯照射的乡村小道上，时而有小石子飞过，留下一道细细的影子，从车下消失。

"那之后，也像平常一样吃呀……因为我真觉得妈妈说的是梦话。"

"所以，亚沙实姑姑刚刚还说，如果今天晚饭有蘑菇，您和我一起把爸爸那份也吃掉，对吧？"

横向延伸的街灯，指示着那里是主干道的方向。街灯断断续续地排列着，车子朝着稀稀落落的灯光开去。

"不过，不管是旅馆老板，还是清泽照美，一说到毒蘑菇案，表情都变得好可怕呀。"

夕见应该是双手捂着脸，从她的声音，我就能感觉到。

"啊……我们要是暴露了真实身份，那就太可怕了。一旦暴露了，他们会怎么对待我们呀？"

"那样的话，咱们只要回家不就行了吗？"

"就像逃离一样？"

就是为了逃离，我才带夕见来到这里，根本无暇考虑以后的事情。但我知道，即使真实身份不暴露，我们也不能一直待在这个村子里。最终，我们还是要回到埼玉，回到自己家里，虽然那个男人可能随时会出现。我们根本没有迁居的资本，即使有，今后的住处，迟早也会被人知道。

九

"隔壁，好像也有女的嘛……"

在昏暗的走廊停下脚步，夕见小声说。

"不是男的吗？"

"咦？不会吧！"

在民宿"一位"的一楼，我们并排着往楼梯上面看。迤着的二间客房，最靠近楼梯口的是我们的房间，隔壁是从四天前开始住宿的那位客人的房间。刚才见到有人开门进去了，但从背影看不清是男是女。总体感觉背影细长，长发系在脑后。因为逆光，其他没看清楚。

因为男浴室八点结束，之后是女浴室，所以我就先洗了澡。回来时，碰见夕见在进行旅馆"探险"。

"咋样，哪里都不错吧？"

我俩一起上楼梯。隔着拖鞋也能感到地板很冷。

"等会儿洗澡时，我和亚沙实姑姑，是不是分开洗比较好？"

"你在意吗？"

"我怕姑姑……会有什么……"

三十年前，姐姐因遭雷击而昏迷，苏醒后，我们一起搬到了埼玉。当时正好是她高二结束后的春假，因此，高三这一年，她是在新学校度过的。不管什么季节，她都是穿长袖衬衫上学的。但是，体育课上，她也和大家一样穿短袖体操服。夏天的游泳课，好像也穿学校指定的游泳衣。姐姐的皮肤上留有紫色疤痕，据说有的同学直接表现出不适，还有人跟老师说不想和姐姐在一个泳池。这些事应该是让她很伤心难过的，但姐姐总是笑着和我说。起初我觉得姐姐太好强，可能事实上就是这样。不过，也许只有好强的人，才能真正变得坚强吧。

"只要你不在意就没关系。"

打开房门，姐姐正坐在矮桌前，吃着清泽照美给的橘子。见我们进来，她挡着嘴笑了。洗完澡口渴，我也剥了一个吃。很快到了晚饭时间，我们三个一起下楼。

进入后面的和式房间，中间摆着一只长方形矮桌，旅馆老板坐在桌角。一看见我们，他就露出门牙朝我们笑。桌上摆着两大盘菜品，还有一个酱菜拼盘。两大盘菜一盘是蔬菜炒猪肉，一盘是有油豆腐和鱼卷的炖菜。两盘中最显眼的是白菜。酱菜拼盘，大约一半也是白菜。筷子和小碟子只放了三人份的，隔壁房间的客人大概不吃吧。

"现在正煮着银杏饭呢。"

感觉他的表情似乎在说"瞧好吧您"。夕见好像没明白他说的话。

"这里，将'白果'说成'银杏'，树叫作'银杏树'。"

"啊，我很喜欢吃白果。这里是有名的蘑菇产地，我还在想，肯定会有蘑菇饭呢。"

边说,边悄悄戳戳我的后背。

"我家不做蘑菇饭。我们自己也不吃。"

"是吗?"

"不吉利呀!"

他的口气就像在说极为平常的事情,用手指了指桌边的坐垫。虽然他没再补充说明什么,但很容易觉察到,他家应该是从三十年前开始就不吃蘑菇了。也许,村里还有其他家庭也是如此吧。

我们就座后,主人往每个人的茶杯里倒上茶。随后,对着里面的推拉门说"生鱼片"。从推拉门后面走出一位与姐姐年龄相仿的女性,轻轻点点头,将一只盘子放在桌上。大概是主人说的"儿子夫妇"中的儿媳妇吧。盘里漂亮地摆放着切得很小的鱼段,一旁剥下的银色鱼皮闪闪发光。

"是hatahata(叉牙鱼)吧!"

我说完,主人感叹般"嚯"的一声,双唇呈圆形。

"您知道得真清楚啊。"

端来生鱼片的女性返回里间。她拉开推拉门时,我看见里边有一张小餐桌,三个人围坐在那儿,显得有点儿拥挤。一位大约四十五岁的男性,另外还有一个男孩和一个女孩,都是十儿岁的样子。应该是主人的儿子和孙辈吧。男人盯着放有啤酒的玻璃杯,好像找借口一样,不看我们这边。两个孩子中像是哥哥的男孩,默默动着筷子,好像不高兴似的,眼睛也不抬一下。相反,妹妹却故意向我们投来了犀利的目光。感觉我们好像突然闯入别人家里,给人添了麻烦。

"说是'连着写两个hatahata,就是雷神'呢。"

115

"……什么？"

"hatahata这个鱼，是这样写的。"

主人拿起旁边的广告纸和圆珠笔，写下了"鱩"和"鱪"两个字，字写得很漂亮，让人出乎意料。

"这两个字，每一个都念hatahata。那么，把两个字的左边盖住的话，你看看。"

他用食指将两个鱼字旁盖住，确实就念"雷神"了。这是我从没听说过的文字游戏，只是我不知道而已，抑或是主人的独创？

"倒上茶了，还是先喝点儿啤酒吧。"

主人站起来，从推拉门那边拿出一瓶啤酒和三个杯子。姐姐从不喝酒，夕见尚未成年。听我说完，不知为何，他只把一只杯子放了回去。然后，重新在我身边坐下，用双手小心地为我倒酒，手上静脉凸显，像涂鸦一样。我道谢后，正要喝酒，他的手又移向另一个杯子。我只好拿起酒瓶，他满脸吃惊地握住酒杯。

"那就谢谢啦。"

我们吃饭时，主人像品酒一样，慢慢喝着那杯啤酒。尽管如此，说话声音和动作幅度还是渐渐大起来。我们基本是听他一个人在说话，他说不喜欢新潟出身的田中角荣，还说运动员巨人马场也是新潟出身[1]。

"马场，他家是开果蔬店的。吃蔬菜竟能长那么大个子，真让人吃惊啊！"

我已经很久没喝酒了。自从那天有人往家里打电话之后，再无饮

---

[1] 田中角荣（1918—1993），日本政治家、建筑师，曾任日本首相；巨人马场（1938—1999），本名马场正平，日本职业摔角手。

酒之兴。

"旅馆的名字'一位',就是结出红色果实的紫杉[1]吗?"姐姐问道。

"是的是的。"主人高兴地点头,还做了进一步说明。紫杉虽不是高大树木,却是优质木材,秋天结的红果甜美可口。正因为喜爱紫杉的品质,他的父亲,即旅馆创业者,才想开一家小巧质优、饭菜美味的旅馆。听他这样说,我想起了父亲曾经说过的"一炊"缘起。父亲说,店名取自中国故事"一炊之梦"[2]。从前有个男子,借来能如人所愿、出人头地的枕头,在梦中经历了极尽荣华的一生。可是,当他一觉醒来,发现刚刚煮的饭还没熟呢。因此,"一炊之梦"比喻人生的荣华富贵,是稍纵即逝的。

——不过,即使稍纵即逝,也是珍贵的。

埼玉的"一炊"开业前夕,父亲曾这样对我说。当时我上初三,说实话,没能好好理解。只是,平时话很少的父亲,却主动说那么长一段话,我感觉很稀奇,就盯着他的侧脸。

——吃饭、喝酒的时间虽然很短暂,但你也要尽量珍惜它。

如今,我稍微理解了父亲的话。蓦然回首,我们一家在羽田上村平安度过的日子,极其短暂。婚后,我与悦子共同生活的时间也很短,我们一起抚养夕见的时间更短。随着年龄的增长,只有与过往比较的时间不断延长,人生停摆的那一刻才渐行渐远。正因如此,我深

---

[1] 紫杉,红豆杉,日语汉字是"一位"。古代贵族、高官手持的笏即用紫杉木所制,故将该树名写作"一位"。
[2] 出自唐代李泌的《枕中记》。意为饭尚未蒸熟,一场好梦已醒,原比喻人生虚幻,后比喻不能实现的梦想。

深感到，一切的一切都是无比珍贵的。我悄悄看看夕见，她正一边大口吃饭，一边笑着。不能让女儿的幸福稍纵即逝，这种想法再次充盈我心。

"金枪鱼那靠近腹部脂肪很多的部分不是叫'中肚'吗？小时候，爷爷和别人打电话时说到这个词，我当时不明白，后来问爷爷'中肚，是什么呀'。"

主人不停点头。

"于是，爷爷就解释说金枪鱼的脂肪怎么怎么样。"

"哦。"

"接着，我想了一会儿，好像用很认真的表情问了爷爷另一个问题。"

"哦？"

"'中肚半端[1]，是什么呢？'"

主人和姐姐同时笑了起来。这件事我知道，但还是笑了。父亲和夕见的这段对话，就发生在"一炊"的厨房。我记得，就连很少有表情变化的父亲，当时也晃了晃肩膀。

"你和爷爷很要好嘛。"

"也不是，怎么说呢，我爷爷话很少的。"

"男人嘛，都那样。"

好像他自己也一样似的，主人这才抱着胳膊，闭上了嘴巴。可是，马上又笑逐颜开地说："你这个'中肚半端'，说得好啊。"如

---

[1] 此处是小孩子因为对语言懵懂，说出的可爱话。日语中有"中途半端"（意为半途而废）的说法，"中途"的发音"tyuuto"与"中肚"（tyuutoro）的发音接近。所以，小孩子就以为是一个词。

果他知道夕见所说的"爷爷"就是"藤原南人",他会是怎样的表情呢?

啤酒喝完了,主人从身后的架子上拿过一升[1]瓶装的本地酒。酒瓶边放着一个纸巾盒大小的旧收音机,银色的天线伸展着,可能刚刚主人还在听吧。夕见往那边看看,说有生以来第一次看见真的收音机。不光是主人,我和姐姐也很吃惊。

"你没听过广播吗?"

"没用收音机听过,偶尔用手机听。"

主人略微点点头,往我和他自己的杯子里倒酒,告诉夕见说,这个村子,从老早开始家家必有收音机。

"秋末时节,换上新电池,防雷用。"

"可是,看天气预报,用电视不是更方便吗?"

"不不,雷声接近,是靠声音知道的。"

记得我们住在这里时,一楼的餐馆"英"和二楼的住宅,都放有收音机。晚秋多云的天气,父亲一定会打开收音机,调到中波AM。不论是哪个广播电台,一旦雷声接近,就会出现特殊的"嘎嘎"噪声,通知雷声即将来临。父亲说,这是因为在雷雨云当中产生的电流,干扰了电波。

"对了,为什么在这边,雷电季节不是夏天,而是冬天呢?"

"反正,打雷就是冬天。虽然有种说法是'打雷藏肚脐',在这里,打雷的季节,根本没人会露出肚脐呀。"

这里之所以冬季雷多,据说是空气与海水的温差所致。对马暖流

---

[1] 日本容积单位。日本的一升相当于1.803公升。

流入日本海，海水变暖。相反，来自北方西伯利亚的冷空气南下。温差产生的水蒸气形成云层。云层吸收水蒸气，进一步变大，最终从海上绵延到陆地。但是，云层无法翻越越后山脉，就停留在那里形成了雷雨云。

"有俳句云'只此一声巨响，降雪雷声轰隆'。"

在刚刚写了"鱲鮴"的广告纸上，主人又写了这句话，后面还加上了"高滨　子"。他思考着，努力要想出"滨"字与"子"字之间发音为"kyo"的汉字，马上又放弃了，于是放下圆珠笔。[1]

"在这边，冬天的雷叫作'降雪雷'。因为打雷后，马上下雪。你们可能没见过，降雪雷，很厉害啊。和夏天打雷不一样的，'轰隆'一声，最多两声，就结束了。时间短，但是巨响无比啊。"

主人用表情表现了那种巨响。

"打雷多在天亮前，不管在这里住多久，总会被吓得魂飞魄散。"

"明天早晨，不会打雷吧？"

夕见跪着在榻榻米上往前移，靠近面向室外的清扫窗[2]。

"咦——云消失了。"

夕见将脸扎进窗帘间隙，一动不动地看着外面，然后，她突然回头看向这边，睁大眼睛说：

"没准儿能拍到流星！"

---

[1] 此处完整人名为高滨虚子（1874—1959）。日本俳句诗人、小说家。正冈子规之后的俳坛领袖人物。文中因旅馆老板想不起"虚"字的写法，此处出现空白部分。"虚"的日语读音为"kyo"。

[2] 也叫扫除窗，是在日式房间内紧接地板开设的窗子，便于清除室内垃圾。

十

车子开到雷电神社停车场，关掉引擎。瞬间，黑暗与静寂包围了我们。

"……灯开着呢。"

姐姐用手指着鸟居对面的、位于神社院内右手边的社务所。

三个人下了车，夕见拿出从旅馆借用的手电筒。只有一个手电筒，打开后，那微弱的光，似乎更显出周围的黑暗。我跟在夕见后面，姐姐在我身后，我们斜穿过神社院内，朝着灯亮的地方走去。

我敲敲社务所的门，一会儿，希惠探头出来了。和白天一样，她还穿着一身白色神官服[1]。三天后就是神鸣讲祭祀了，她还在忙着准备吧。

"我们把车停在停车场了，可以吧？"

我们直说想去雷场那里拍星星。希惠面无表情地瞥了我们一眼，简短回答说，没关系，但请小心，别发生意外事故。说完就关上了门。对于希惠冷漠的态度，夕见做出颤抖的样子，姐姐拍拍她的后背。

从礼拜殿旁边穿过，一进入山路，脚下就升起一股冰冻般的寒气。

"夕见喜欢摄影，是受爷爷的影响吗？"

姐姐的声音渐渐被黑暗吞噬。

"与其说是影响，更多是遗传吧。"

夕见拿手电筒上下左右摇晃着，照着前面的路。从这里到雷场只有一条路，但并不是笔直的，前方的视野变幻莫测。

---

[1] 神社的神职人员在神事或礼典等场合中穿着的服装，主要分为正装、礼装、常装等。

"毕竟，在最近听说毒蘑菇案之前，我根本不知道爷爷喜爱拍照。"

原本很喜欢拍照的父亲，在母亲去世后，再也没有拿起过相机，也再未聊起过拍照的话题。夕见上高中二年级时，用攒的零花钱和打工钱买了单反相机，后来上大学选择了摄影专业。在这两个时间节点，父亲从来没有提起自己的摄影爱好，我也没说什么。

"照相机的事情也一样，我根本不了解爷爷。来到这里，才重新了解。"

我在旅馆喝的本地酒有点儿上头了，爬着陡峭的山路，冰冷的空气却在逐渐使手脚失去知觉。我的意识有点儿模糊，感觉不规则晃动的手电筒光，像是自己在上下左右摇晃一般。倏忽间，摇曳在光中的树影，又像是不明生物在蠕动。

"这里长蘑菇吗？"

夕见把手电筒照向旁边。我们嗅到湿润的泥土气息，听到像在低声细语的树叶摩擦声。光照中，如巨蛇般的树根忽隐忽现。从"蛇"的侧腹部伸出一团团像恶性肿瘤般的东西，那大概就是丛生的蘑菇吧。光照转向正面，细碎不成形的落叶，从前面向这边吹来。光的侧面又出现了一团团圆形的东西，我一边看着它们，在脑海中浮现出父亲喜悦的脸庞，于是伸出双手。

"大概就是这儿？"

夕见的声音让我回过神儿来。

呈现在眼前的就是宽阔的雷场。树木稀疏，有两个网球场大小。在入口处，我们停下脚步。

"太……"

夕见看向天空。

雷场被群星环抱着。环顾四周，满眼都是白光流动。小时候来过这里几次，但晚上却是第一次来。回望身后，越后山脉的山脊线在远处延伸着。漆黑的山影，看起来好似歪斜的无底洞。

"绝对是在这里拍的。"

夕见从双肩包中取出摄影集，用手电筒照着页码，找到摄影家八津川京子拍的流星照片。打开一看，照片中山脊线的位置和形状，确实无限接近此处所见。不过，相机的位置似乎还要靠深处一点儿。

"咦……什么声音？"

听夕见一说，我和姐姐才注意到。有一种持续不间断的声音，像蛇威胁敌人时发出的一样。一旦意识到，就清晰地传到耳边，不可思议的是，刚才居然没注意到。声音来自身后吗？我转身看，没有手电筒照明，眼前顿时一片黑暗。

一束圆锥形的光，孤零零地亮着。

不知那到底是什么，也不知它的大小和远近。雷场深处应该是地面中断的崖壁，而那束光看起来似乎在更深远的地方，像是浮在空中，一动不动。奇妙的声音不断持续着，我侧耳倾听，好像是从发光处传来。

我正奇怪声音和光束来自何方，只见夕见默默地朝那边走去，拿着手电筒渐行渐远，我和姐姐也追了过去。声音越发清晰，前面浮现的光束也在视野中逐渐变大。向前走了一段路，夕见用手电筒照过去，出现了人的身影。刚才见到的光，似乎是那个人头上戴的灯。我们不知对方在做什么，照着手电筒接近，那个身影也没反应。

距离只有几米远时，我们看到了对方的全身。身材瘦长，长发束在后面。我洗好澡回房间时，曾看到有人进入隔壁房间，感觉与眼前这个人有点儿像。当时我和夕见还争论过人影到底是男是女。此刻，浮现在手电筒光中的侧脸，显然是男性。

我们停下脚步，等待对方反应。男人戴着眼镜，侧脸转向这边，他正在往三脚架上安装单反相机。脖子上还挂着另一个单反相机。腰带上挂着一台便携式收音机，刚刚持续的声音就来自这里。

"晚上好。"

最终还是夕见先打了招呼，对方和我们一样大吃一惊，往后跳了一大步。他警惕地弯着腰，凝视着我们。看不出多他大年龄，既像老成的青年，也像矫健的老者。他说"完……"，那声音，也给我同样的印象。"完……全没注意到。"

男人站起身，他的头灯正好照着我的眼睛。他慌忙转动额头的带子，将光照向旁边，恭恭敬敬地低头致意。

"抱歉，晚上好。"

不论怎么专注，在如此寂静之处有人说话，脸还被手电筒光照到，他居然没注意到。我正纳闷儿，他也没抬头，不知怎么，感觉他的目光一直朝向夕见那边。

"我正想拍照呢。"

他说出了显而易见之事，渐渐抬起头。双眼仍然朝着夕见看。

"……是防雷的吗？"

我指着一直发出杂音的收音机问，心想他是否要用AM中波感知雷电云？可是，他摇摇头，回了一句我没马上明白的话。

"流星突入大气圈发光时，周边的大气会暂时形成高密度电离层，反射FM电波，叫作流星散射通信。"

他看看我们的表情，马上交替使用手势和身体姿势重新进行说明，原来他是在等待流星。先将收音机的频率调到某个远处的FM广播电台。可是，FM电波与AM不同，容易受到物体影响，因山体干扰，很难接收到。不过，一旦流星接近，FM电波就会受其影响，发生反射，原本接收不到的电波就可以到达了。就是说，一旦听到收音机里的声音，说明流星就在附近出现。大概就是这个原理。

"总之，我是用它来感知流星的。"

男人给我们看看他腰间的收音机，看起来似乎是便宜货。

"那个……您为什么在这里拍流星呢？"

夕见不可思议地问。在自己想拍流星的地方，想不到竟然有人抢先一步来了，她当然要问了。

"以前，我母亲曾经在这儿拍过。"

"您母亲……？"

"就是这个人。"

令人吃惊的是，男人用手指的是夕见拿着的八津川京子的摄影集。夕见看看摄影集，看看男人，再看看摄影集，小声说：

"您是……八津川京子的儿子？"

噗哈哈，男人怪笑着，扶了扶眼镜。

"从年龄看，也不像八津川女士的儿子呀！"

兴奋的夕见不停问来问去，男人一一作答。据他说他叫彩根，确实是已故的八津川女士的独生子，一边研究各地乡土历史，一边在全国各地拍照，还发表了几部著作。

"你们是？"

被这么一问，夕见虽然还兴奋着，却也按照事先设定的角色，介

125

绍我是编辑深川,姐姐是撰稿人古桥,她自己是摄影师,是八津川京子的忠实粉丝。

"实际上,刚刚在民宿,我看见彩根先生您进房间了,我们就住在您隔壁。"

"啊,是吗?我也在想,好像来了一家人。哎呀,如果太吵,就对不住了啊。我呢,有自言自语的毛病。"

"完全没听到呀,您别在意。我也在这里拍照,可以吗?"

彩根微笑着说,请,请。将自己的三脚架往边上挪了挪。这里地方很大,不挪也没关系。夕见把手电筒递给姐姐,从双肩包中取出三脚架放好。此时,彩根的收音机依然杂音不断。

"几天前,您曾经和雷电神社的宫司交谈过吗?"

因为他是研究乡土历史的,我想可能是他,就问了问。果然如我所料,他为调查神鸣讲来到这个村子,也见过了雷电神社的宫司。希惠说曾经有人来过,说了一个非名非姓的称呼,似乎就是这位彩根先生。

"我是顺便来这里拍流星。追寻母亲拍照的地方,走遍整个日本,这本来就像是我的毕生事业。哦,对不起,我先做一下拍照准备。"

他将相机和三脚架改变一下方向,又继续说起来。我们并没问他,他却把之前调查所得的知识告诉了我们。

"据说,羽田上村之所以自古以来就祭祀雷神,是因为遭遇雷击的地方,蘑菇长得多……"

这的确是科学事实。雷击之后,蘑菇真的长得多,有时甚至会有两倍以上的收成。原因是,感受到电流的蘑菇会让它的子实体,即伞盖部分急速成长,努力要生出更多的子孙。

"一个强有力的说法是,对蘑菇而言,雷击是可能导致自己灭绝的恐怖之物,因此,它们必须事先留下尽可能多的分身,于是就自动使伞盖急速成长。其他作物,比如水稻之类的,遇到雷击也会丰收。因此,日本自古就将雷视为神圣之物。词源也是由神而来。'神在咆哮',就是'雷',这个词源[1],太棒了。"

他调整好相机后,又帮夕见设置。

"不是有'纸垂'这种东西吗?就是装饰在神社,或吊挂在圆形年糕上,将白纸一点点折叠起来的东西。据说这也是象征闪电的。相扑入场式,横纲的刺绣护身带,都要用纸垂装饰,据说也是因为相扑本来就是祈祷五谷丰登的祭祀仪式。好,这个也准备完毕。"

彩根说完的同时,准备工作也完成了。他将两手放在腰部,虽然穿着羽绒服,但也能看出他的腰身很细。黑暗中,两只三脚架如兄妹般并排着,置于其上的两台单反相机镜头,对着遥远的越后山脉的山脊线。

"好,接下来只剩等待流星了。"

两人单手拿着装在相机上的遥控快门,准备拍照。彩根将头灯转到脑后,夕见也关掉手电筒,相机前方一片黑暗。

"彩根先生操作这个相机很熟练,您用了多长时间?"

彩根正要回答夕见的问题,收音机的杂音突然消失,传来男人的说话声。

收音机捕捉到了播放电波。

"不会吧。"彩根将拳头伸向天空,夕见也迅速握紧右手。两

---

[1] 此处词源,日语原文不只在意思上,在发音上的关联也很密切。"神在咆哮"发音为"kami ga naru",日语中"雷"发音为"kaminari"。

127

人都按下了遥控快门。彩根将空无一物的左手也举起来，不知为何还弯下腰，姿势就像初学滑雪的人。两人的呼吸、同等间隔多次按下快门的声音。收音机里再次传来杂音，但是，只有一瞬间，极短且听不清内容的男声又在耳边响起，同时，在视线的上半部分，夜空被切割成一条直线。

实际上，那真是如梦幻般的瞬间。

几秒钟之内，大家全都静止不动。天空中再无动静，挂在彩根腰部的收音机只剩下杂音。

"大概……"

夕见的声音有些颤抖。

"刚刚拍到了！"

彩根轻轻点头，接着，两人像约好一般互相看看对方。彩根将头灯转回到额头上，在那光亮中，夕见双目圆睁，像鼓起来一样。

"确认一下吧。我的是胶卷，用那个……你的那个……相机看！"

彩根结结巴巴地说着，夕见赶紧从三脚架上拿下相机，我们将脸凑在一起，盯着屏幕。夕见显示出第一张照片，拍摄角度与八津川京子摄影集当中的一模一样。整体画面中，天空的大小，山影的样子，山脊线的形状。并且，从天空的左上到右下，一条如划痕般的白色直线，清晰延伸，将黑暗斜分开来。

"这个……连流星划过的地方都一样啊。"

姐姐说，双手握住夕见的手臂。确实，屏幕显示的照片上，就连流星的轨迹，也和八津川京子的照片完全一致。

"哎呀，竟然有这样的事情啊……"

彩根也感叹不已，弯曲着瘦长的身体，盯着照片不断感叹着。夕见呢，静静地，一声不吭。她来到雷场，就是想和自己崇拜的摄影家在同样的地方，拍出同样的构图，但是，她怎么也不会想到，竟然拍出了如此相近的照片。

这时，有个低沉的声音震动着鼓膜。

我知道这个声音——在这个村子生活时，我无数次听过的声音。我仰望天空。曾经璀璨闪耀的群星，踪迹全无。短短一瞬间，乌云就遮蔽天空了吗？不，不对。大概只是在黑暗中曾经看着灯光的缘故，眼前就模糊不清了。持续仰望天空，渐渐地，双眼再次看见了群星。刚才的响声，是心理作用吗？我扭头往后看，瞬间，冰冷的手捂住胸口。

没有星。

雷场深处，地面中断成崖壁的方向。此处看不见的日本海横亘之处。这次，眼睛看得很清晰，的确是云层在逐渐扩展。可能是上空吹着强风，乌云迅速吞噬追赶着群星。我没和彩根打招呼，将手伸向他腰间发出杂音的收音机。

"啊，很吵吗？"

"不——"

我将接收电波调到AM。胡乱旋转调频按钮，在听到人声时停止。一个年轻的男性在说着什么，尽管声音清晰，很显然，也夹杂着"嘎嘎"的不自然杂音。

"回去吧！"

我的声音中交织着焦躁不安，彩根应该听出来了，但他却高兴地看着天空说："要打雷了吧。"

"我还想可能不会打雷呢。也许能拍到闪电，若能在雷神掌控的羽田上村拍到雷，那就再好不过了。"

他用头灯照着手边，开始给相机盖上防雨罩。夕见一看，也将自己的相机放回到三脚架上。

"危险，回去吧。"我小声告诉夕见。

彩根笑着说："没关系的。据说人被雷击的概率是千万分之一。比中彩票的概率低多了。"

"和概率没关系。"

天空在轰鸣。声音巨大，使腹部剧烈震动。我迅速看向姐姐的同时，周围被一片白光照射。姐姐冻结般的脸，后面林立的树木。一切如白昼般闪现又消失，之后是撕裂天空般的巨大雷鸣。我正要抓住夕见和姐姐的手臂离开这里，姐姐却抢先一步迅速跑开了，喉咙里像呻吟一般发出"唉"的叫声。夕见赶紧用手电筒照向那边，姐姐的背影消失在树林中。如今想来，那是正确的判断。比起树木稀疏之处，密林丛生的地方遭遇雷击的可能性要小得多。但是，姐姐是不是瞬间做出这个判断才开始跑的？我并不清楚。为了追上姐姐，我从夕见手中夺过手电筒。

"回到雷场入口处！不要接近单棵树木！"

等不及夕见回答，我就朝姐姐躲进的树林跑去。第一滴冰冷的雨点打在额头上。几秒后，如抛洒小石子的声音响彻四周，瞬间增多的雨点开始击打全身。头上还没有乌云，似乎是空中的风将雨点吹向这里。我跑进树林，不见姐姐的身影。耸立的树干遮挡了视线，什么都看不见。我大声喊着姐姐，在树木间穿梭。此刻，天空像压抑着愤怒般开始轰鸣，那轰鸣声正在一秒秒靠近，我不是用耳朵，而是用肌肤感觉到的。黑暗中，有什么东西绊住了我的右脚。我整个身子翻转起来，肩膀重重地撞向潮湿的地面。我扒拉着泥土站起身，右手中的手电筒不见了。我慌忙转过头，稍远处有一束横向的光。虽然并没多远，但前面一片黑暗，感觉就像与世隔绝一般。我像爬行动物一样往前爬。雨水落到后脖颈，肺部满是潮湿泥土的气息，我向前伸出手。可是，就在我马上碰到手电筒之前，光亮中出现了一个人的鞋子，我趴在地上一动不动。

"……你明白吗？"

我只能看到沾满污泥的鞋子和工装裤，还有在腰间晃动的挎包。来人的上半身淹没在黑暗中，无法看清。

然而，那声音，我绝不会听错。

"……你明白吗？"

他为什么在这里？

"你以为自己能逃掉吧？"

我以为自己能逃掉？我从来没有认为，我能逃掉。而且，这次也不是深思熟虑之后采取的行动。我只是一心想离开，才来到这个村子。我只是一心想带夕见逃离这个男人的视线。哪里会想到，我们竟然暴露了行踪。

"抱歉，我急需钱用啊！"

雨点本应激烈敲打着头上的枝叶——空中的雷电云应该在持续轰鸣，可是，我全都听不到。我听见的，只有这个男人冷漠的声音。

"今晚之内，你就找个地方取现金。开车就能找到便利店吧！[1]"

---

1 日本的便利店大多设有自动取款机，能提供取款服务。

接到这个男人电话的第一天,我就深感恐怖。但此时的恐怖增大了数倍,充满整个肺脏。逃不掉了。逃不掉了——逃不掉了。无声的喊叫响彻脑海。五十万日元也好,一百万日元也罢,只要能守护夕见的一生,我都可以给你。但是,这永远不会结束。这个男人是何许人,我不知道。可是,他知晓事故的真相,这个事实永远无法改变。

"你非要拒绝的话,我现在可以马上告诉她本人。"

浑身是血、倒在地面的悦子的身体。如跳舞般四散的手脚。小轿车粉碎的前挡风玻璃。白色陶瓷碎片上用万能笔写的"蓟花"字样。

——爸爸的花,会长大的哦。

——花,要朝着太阳才会长大哦。

天空炸裂了。轰鸣声贯穿两耳,涌入大脑,我根本听不到男人在说什么。滚落的手电筒的光往侧面照着,映出我的身影。孩提时代的我。双手拿着蘑菇。站在面前的男人。

——在哪里……

回过神儿来,我正手握电筒,踩着潮湿的地面奔跑。我想同时逃脱现实和记忆,于是拼命动着双脚。雨点如子弹一样从正面击打全身,土变成了泥,没跑几步就跌倒在地。我不知道自己在往哪里跑,只是用手电筒胡乱照射着。树丛那边有人影晃动,马上又消失不见。逃不掉了。逃不掉了。满脑子都在大声叫喊,双眼马上要被挤出来似的。不知何时,手电筒再次掉落,我呻吟着双手抓住泥土。雷声轰鸣。巨大的闪光将周围景色照成一片白色。树丛前方再次出现男人的身影。雷场深处。形成崖壁之地。闪电消失后,我一直一动不动,紧紧盯着那个地方。

——没错。

父亲离开村庄时说的话。

我不知道当时这句话的含义,但是,父亲的声音中饱含着某种强烈的情感。那声音虽然很小,几乎像自言自语,但我确实感觉到了。

没错。

我用双手按下泥土,站起身。手电筒仍然滚落在地,我紧紧盯着男人所在的地方,像在雨中游泳一般,朝那个方向走去。没错。没错。这个声音交替拽着我的双脚,带我穿过左右的树影。树影的动作进一步加快,打在脸上的雨点越来越密,像穿越黑暗般,我奔跑起来。巨大的闪电将视线纵向切割,这时,我清晰地看到了站在雷场边缘的男人。我听到了自己的叫喊。那叫喊与撕裂空气的炸裂声重合,明明很近,却感觉很远,就像三十年前从自己口中发出的声音,如今才听到一般。在重合扭曲的时间中,转换的世界将男人的存在从我眼前抹去了。之后,什么也看不见,什么也听不见,我浑身湿透,呆立在那里。

十一

我要和朋友在家里办生日晚会。姐姐突然说。

那是十月中旬,我们从羽田上村搬到埼玉的半年后。

姐姐生日当天,我离开学校后,没有回家。无所事事地在外消磨时光。在街上走来走去,眺望附近的荒川河,在游戏中心看别人玩儿俄罗斯方块。公寓狭小,我不想和姐姐的新朋友碰面。

我知道姐姐还在用那个龙猫笔袋,就半路顺便去了杂货店,买了一个更成熟些的、像拼图一样贴着假花的笔袋。它几乎花光了我攒的零花钱,那是父亲偶尔给我的。

那是个秋天,太阳落山,天黑了,为保险起见,我还是没回家。一个人走夜路,是我有生以来第一次,很害怕。所以,最后就站在车站旁边光线比较亮的地方。大人们路过时可能会提醒我不要夜里外出,我就看着周围,假装在等人。但是,没有一个人和我打招呼,人们毫不在意的脚步声加剧了我的不安。父亲通常是晚上八点半下班回来,为了不被父亲发现,一直撑到那之前,我才往家走。

打开房门,一看门口没有多余的鞋子,我就放心了。可是,刹那间,姐姐一脸怒气地从走廊过来了。她穿着只有重要场合才穿的淡蓝色衬衫,戴着母亲之前戴过的细锁链式项链。她问我在什么地方干什么了。我站在门口如实回答。然后,姐姐呵斥道:"你知道我有多担心吗?"看到她脸上有泪痕,我心中涌起强烈的悔恨。但是,我没能道歉,而是手臂擦着她的衬衫,从姐姐身边走了过去。进入房间后,发现正中央的餐桌上,摆放着姐姐事先买好的袋装红茶、纸杯、薯条和百奇小饼干,都是没开封的。我问,生日晚会怎样啊。随后走进房间的姐姐一边收拾餐桌上的东西,一边说"不知道"。刚才一直瞪着我的双眼,没朝我看。

——别告诉爸爸啊。

她马上就注意到,晚会没办成的事被我看穿了。

——幸人今天晚回家的事,我也不会告诉爸爸的。

从来不和父亲说话的姐姐,居然提出了这样的交换条件。我故意随便点点头,想起了放在书包里的生日礼物。但最终,我还是没能把它送给姐姐。之后,虽然过去了很多年,但我因为害怕让姐姐想起那个泡了汤的生日晚会，直到现在，那个贴着假花的笔袋，还在我自己手里。

没来参加生日晚会的那些人，可能就是曾经取笑姐姐的那些人，当时，我真想把她们杀了。我当时真这样想，被警察抓住也没关系。但是，就像姐姐被嘲笑是小流氓时一样，我还是什么也没做，只是偷偷哭了几次。钻进被窝，我做了一个梦，梦里却没有我自己。在梦中，姐姐开心地准备着生日晚会，准备好后，满足地看着摆着点心和纸杯的餐桌。就这样，时间一点点过去，窗外天色已暗，姐姐打开电灯。荧光灯下，姐姐面无表情地看着被照成白色的餐桌。终于，她的膝盖像被抽去骨头般弯曲下来，姐姐坐在地板上开始哭泣。虽然家里没有别人，姐姐却捂住脸，压低声音。——这个情景，实际上是否存在，我并不知道。从生日的第二天开始，姐姐就像什么都没发生过一样，活泼开朗如前。至少在我面前，她没流过眼泪。想来，直到现在，我只见过姐姐哭过一次，就在母亲去世时。

而现在，姐姐在我面前哭泣。

我们所在的地方是在雷电社务所。相向摆放的一对沙发上，我和彩根坐一个，姐姐和夕见坐一个。姐姐瘦弱的肩膀靠着夕见，不停抽泣着。

开着煤油取暖炉，房间的温度很高，但是，浑身湿透的我们，都几乎没了体温。脱下湿透的外衣，我们变成了这副模样。不能脱掉长袖衬衫的姐姐，穿着短袖T恤的夕见，只穿着一件汗衫的我和彩根。室内笼罩着煤油和湿衣服的气味。

雷击就发生在眼前，之后，我抓着坐在泥泞中的姐姐的手臂，回到了雷场入口处。彩根戴着头灯在那边等候，我马上就知道了入口的方向。从那里沿着山路下山时，姐姐一直放声大哭。电闪雷鸣仍在持续,她好像已经根本不在乎一样,不停地哭泣。

终于到达了雷电神社,敲敲社务所的门,不等我们说明,希惠就请我们进了屋内。之后,她往煤油取暖炉中加些煤油,让几乎走不动路的姐姐脱下外套,从工作间拿来很多毛巾。

"我铺了被子,那位女士……"

希惠从里面的稍微高出一段的和式房间中探出头来说。

"还是把衣服脱了,好好擦擦身,稍微躺一下比较好吧。我还准备了替换的衣服,是我的衣服,抱歉啊。"

夕见慢慢将姐姐从沙发上拉起来,让她靠着自己,朝里面走去。三十一年前母亲失踪时,四位大佬就是在这个和式房间饮酒,庆祝前夜祭。从半开的推拉门,可以看见白色被子。被子铺在房间靠里的地方,清扫窗旁边。被子跟前是用木板盖住的地炉,上面放着一张旧矮桌。夕见和姐姐进去后,夕见关上房门,朝工作间走去,传来金属器皿碰撞的响声。

"这位撰稿人……好像很怕打雷嘛。"

彩根将脸凑过来,小声说。

"不光是雷,好像她看到了什么特别可怕的东西一样。"

"没有比雷更可怕的东西了。"

我想都没想,就脱口说出了这句话。彩根点点头,似乎在说"确实",将手臂交叉于消瘦的胸前。因为寒冷,他毛发竖起,显得更加年轻,即使在明亮之处,仍然看不出他大概的年龄。

"请喝点儿水吧。"

希惠端来了放着热水的茶杯,将两只放在桌上,另两只放在托盘上,端着走向和式房间。她在门口打声招呼,夕见稍微开开门,表达谢意后端过茶杯，再轻轻关上门。

"冬天的雷，规模非常大啊！"

彩根用汗衫前襟擦了擦眼镜，将镜片对着天花板的灯光。

"说是有夏天雷声的数十倍，甚至数百倍的能量。对照看冬夏的闪电照片，各具特征，很有趣呢。冬天的雷，是将许多闪电聚集成一体。整体的形状，怎么说呢？就像抬起头的八岐大蛇[1]。"

不管是刚刚在雷场落下的雷，还是三十年前击中我和姐姐的雷，从远处看，是不是都是这种形状呢？

"夏天打雷，一个闪电不是会分散着落下来吗？就像咱们画雷电的画面时，都是那种感觉。那是因为，首先，被叫作领队的雷的先头部队，从云层中一边分支一边延伸开来，触到地面时发出电流。而冬天的情况与之相反，因为雷电云很低，领队就从建筑和树上往上延伸，分散之后进入云层，每个尖端都一下子发出电流。因此，能量集中于一处，形成了超级巨大之物。"

他一边说一边喝着热水，好像很好喝的样子。

"哎呀，不过，对善良的我们而言，太过分了吧。毕竟，不是说，雷是神的惩罚吗？希腊神话中的宙斯、罗马神话中的朱庇特，这些神，都对犯罪者施以雷击。而且，在非洲，据说遭雷击而死也是被神惩罚所致，家人们还要拼命隐瞒呢。唉，所以说呢……"

自言自语半天，彩根喝干茶杯中的热水站起身，从桌上拿起包着毛巾的照相机。他共带了两台相机，这台是他在雷场装在三脚架上的，比较老的胶卷相机。

---

[1] 出现在日本《古事记》神话中的出云国八头八尾大蛇。传说素盏鸣尊降伏此蛇，并从蛇尾处得到天丛云剑。

"这条毛巾，我借用一下应该没问题吧？下山时再下雨就麻烦了。我想就这样包着放在包里……"

"您要走了吗？"

我问道。这才注意到外面的滂沱大雨声已经变成了雨滴声。

"嗯，这台相机刚刚盖了防雨罩，倒没怎么淋湿，但不早处理一下，还是怕出问题。这台相机原来是我母亲用的，已经很老了。"

"您的车呢？"

"我本来就是走过来的。这里也没多远。那位撰稿人，大概还没恢复好，我就先回旅馆了。——对不住了啊！"

他去工作间和希惠打招呼，表达谢意，并说要借用一下毛巾。希惠简短回答说没关系。彩根到取暖炉旁边拿起在那儿晾着的运动套装和外套，检查一下是否干了。可能都还很湿吧，彩根只好苦笑着，费力地穿上。

"那么，我就先走一步了。"

他将用毛巾包裹的相机放进包里，朝门口走。我目送他出去，夕见从和式房间出来，坐在我旁边。

"亚沙实姑姑，是不是想起了过去的事情啊？"

"……没关系。"

我把右手放在夕见的左手上。我从来没想象过，会如此这般触摸到已经长大成人的女儿的手。从小学三四年级开始，我们并肩走路时，夕见就不再拉着我的手了。因为没有母亲，她与父亲牵手走路的时间，应该比其他女孩还要长些吧。

"已经没事了。"

夕见像询问一样看着我的脸，我只好看向墙壁。陈旧的墙板木纹粗糙，用它像眼睛一样的纹路盯着我。

"虽然吓人，但能拍到还是很好啊。"

仍然站在门口的彩根，毫不顾忌地自言自语。我回过头，见他摇晃着双肩，努力穿上潮湿的外套。

"……是流星吗？"

"啊，拍到流星很好。不过，也可能拍到打雷的瞬间了呢。"

此话出乎意料。

"刚才的……？"

"嗯，打在雷场边缘的那个雷。我当时将相机对着悬崖那一边。碰碰运气，祈祷着'就打在那边吧'。然后，我一边相信奇迹会发生，一边不断按动快门，没想到，其中有一次按快门的时间点，正好与那个雷声完全一致。呀，我祈祷成功了。等会儿就可以看照片啦。好，再见。"

门哗啦一声开了，房间空气晃动。彩根将包背在肩上，里面放着胶卷相机。他走向黑暗中，关上房门。刹那间，我正要站起来时，传来了人的说话声。

推拉门外，彩根在和什么人说话。

房门再次打开，看到出现在门口的那两个人的一瞬间，我就像全身被紧紧抓住一样，动弹不得。

两个男人脚步很重，地板发出"咯吱咯吱"的响声。他们走进社务所，瞪眼看着坐在沙发上的我和夕见。两人应该都有七十岁左右了，但从动作和步伐，怎么也看不出来有那么大年龄。面容确实已经老了，但我还是一眼就认出了他们。三十年岁月，虽然改变了容颜，但脸型还是不会改变的。

二人正是油田富豪黑泽宗吾和长门综合医院的长门幸辅，那次毒蘑菇案的幸存者。不过，他们的态度看起来并不想认识我，也觉得没那个必要。二人都只是向我投来一瞥，之后便熟门熟路地往里面的和式房间走。

"那个——"

夕见起身叫住他们。

"我们的同伴正在那个房间休息。"

"你们是谁？"

黑泽宗吾这才问我们是谁，来干什么。夕见回答说，我们是来神社采访的。听后，两人嘴角浮现出微笑，那笑容和三十年前完全一样。那是一种毫不掩饰自己小瞧对方，甚至要强调这一点的笑法。曾经，他们就以这样的嘴脸，与已经死去的荒垣猛、筱林一雄一起出现在我家的餐馆"英"，对忙碌的母亲说些下流话。

"承蒙宫司的好意，我们在这儿休息一下。刚才在山上淋雨了，其中一个身体有些——"

"雨已经停了。"

长门幸辅立刻说道。夕见的脸一下子绷紧了，好像要吵架似的看着我。

"宫司，你在吗？"黑泽宗吾朝着工作间粗声喊着。

高大健壮的黑泽宗吾，与之相反，瘦弱矮小的长门幸辅，这两人的整体形象，就像仅仅是从记忆中的两个人身上抽去水分一般。

"路这么难走，二位怎么来了？"

希惠从工作间走过来。黑泽宗吾走近她，距离近得几乎能感觉到对方呼吸，大声嚷嚷着说。

"好大的雷啊，我怕会击中神社，就来看看。在山脚下正好碰见长门的车，我们就一起开上来了。"

长门幸辅从黑泽身边离开，坐到我们对面的沙发上，点着了香烟。吸一口，脸颊凹进去，再吐出来。大概香烟力道很足，他消瘦的脸笼罩在烟雾中，几乎看不见。

"这边没事，因为下了雨，也不用担心引发山火。"

"那倒是，难得来一趟，坐会儿再走吧。"

长门幸辅旁边的位置明明空着，他却看向我和夕见这边。我也不能视而不见，只好让夕见腾出了位置。

"咱们去看看你姑姑怎样了。"

我小声对夕见说。我俩拿起晾在取暖炉边上的衣服和外套，进入里面的和式房间，关上推拉门。

姐姐躺在被子里，微睁的双眼看向天花板。

"亚沙实姑姑……没事吧？"

夕见在姐姐边上屈膝跪坐，为了不让外面的人听到，压低声音说。姐姐虚弱地动一动下巴，嘴唇还在颤抖。

"吓坏了吧，亚沙实姑姑……"

姐姐面色苍白，毫无血色，和去世前的母亲非常像。我不知道说什么好，只能一言不发地听着身后希惠的脚步声，她在工作间和小公室之间走动着。还有自来水的流水声，往桌上放什么东西的声音。

"祭祀的准备，你都弄好了吧？"

隔着推拉门，传来黑泽宗吾的声音。只是刚刚过去喝一口酒的时间，他的声音已经带了酒意，我深感厌恶，远远超过小时候对他的厌恶感。

141

"嗯，我已经把蘑菇擦拭干净了。"

"一定要锁好门啊！"

"嗯，会的。"

"还有，当天分发给村民前，你要负责检查好哦！"

"我知道。"

不知要检查什么，我没马上明白他的话是什么意思。

这时，长门幸辅先笑了笑，插嘴道："谁知道脑子不正常的人何时会出现呢？"

我把盖在姐姐身上的被子稍微拽了拽。

之后，男人们继续说着话，偶尔夹杂着轻轻的笑声。

"那个男人还活着吧？"

"我都忘记了，你又提起来……"

"我也早就忘得一干二净了……"

他俩的声音应该是有差别的，但不知为何，从中间开始竟然无法分辨是谁的说话声和笑声了。接着，内容也变得无法理解，变成了一种可恶的连续响声，隔着推拉门侵入我的身体，也侵入姐姐和夕见的身体。

"……好了，走吧！"我故作平静地说，紧握的双拳却在颤抖。

"我们回去吧。"

十二

第二天早晨，我们没吃旅馆准备好的早餐，就走出旅馆。

我扶着姐姐坐进汽车的后排座位，这时，彩根忽然出现在树篱笆对面。

"喂，你们去哪儿啊？"他微笑着，脸上的笑纹就像狐狸的胡子，吐着白色哈气走过来。挂在脖子上的相机，不是他母亲曾经用过的旧胶卷相机，是数码的。

"我们要回去了。"我回答道。我们已经没有留在这个村子的理由了。

"那真遗憾啊。"

坐在后座的姐姐，似乎一点儿也没注意到我们的对话，一动不动地盯着一个地方，毫无反应。昨晚，从雷电神社回旅馆的路上开始，她就一直是这种状态。像人偶一样，始终凝望着虚空，眼神空洞。

那晚，我给姐姐铺好被褥，从她的呼吸就能知道，自从盖上被子，一直到早上，她一点儿也没睡着。听着姐姐的呼吸，我也一夜未眠，微睁双眼盯着昏暗的天花板。夕见一定也和我们一样。

"幸人，"那晚，姐姐第一次开口，"发卡的事，对不起啊。"她喘息着低声说。

听了那句话我才知道，直至今日，悔恨不已的不只是我自己。

"因为我，害得幸人也被雷击了，对不起啊！"

姐姐也一样，一直在后悔。之前我对发卡一事道歉时，她小声说"我全都忘记了"，然后把自己关在房间里。当时，姐姐也在与无法抹去的悔恨做斗争吧。可是，这么温柔体贴的姐姐，比起自己，更为弟弟着想。可我这苦苦挣扎的姐姐，竟然再次遭遇了无情的雷电。

"我们离开村庄时，有人说，是因为爸爸，我们才遭到了惩罚……神灵，真的存在吗？"

姐姐的声音就像小孩子提问时一样单纯。我体会着姐姐的心情，默默祈祷在姐姐今后的人生中，绝不会再遭遇雷电，绝不会有任何不幸。

"已经没事了……"

我不知说什么好，除了这句话，什么也说不出口，语罢紧闭嘴唇，再次倾听姐姐缓慢的呼吸。

回过神儿来，我听到彩根说："我说遗憾，当然也是因为大家要分别了，实际上，发生了一件不得了的事情呢。我早上散步时，见到警车往神社那边开，我就过去看了看……"

夕见将行李放进后备厢，站在我旁边，接过话茬儿，问："在房间就听见警车的警笛声了？发生什么事情了？"

"你猜是什么？"彩根反问。

夕见不明所以，思量着。

我用拉上外套衣领的动作掩饰着自己繁杂的心事，眼睛往下看。通往神社的道路因昨晚的雨水泥泞不堪，彩根的运动鞋上沾满了新弄上的泥。

"有人，竟然发现了尸体。"

夕见倒吸了一口凉气，我在旁边听得很清楚。

"雷场深处。对了，那里不是悬崖吗？就在那下面，尸体躺在那儿，一半被埋在泥里。据说是宫司发现的。因为昨晚打在雷场的雷太大，今天早晨她有点儿担心——"

他说，希惠是为了确认一下状况，登上了山。

"宫司走到雷电落下的雷场深处，若无其事地往下一看，发现有人倒在那里。不，她不是直接和我说的，我是悄悄听到了宫司和警察的对话。然后，死的那个人，好像身份不明呢。因为宫司不认识，大概不是这个村子的人吧！警察给遗体盖上单子的时候，我也看到了，确实从没在村里碰到过那张脸。我记人很准的，肯定没错。死者看起来大约六十岁吧……到底是谁呢？"

他说着，看向我的脸，问道："大约这个年龄的，不住在这个村子的，您有什么线索吗？"

我差点儿当场摇头，还好忍住了。

"性别呢？"我问。

"啊？"

"男性，还是女性？"

"啊，男性，抱歉。"

"那我确实没什么印象。"如此回答之后，慎重起见，我问道，"昨晚，我们在雷场的事情……"

"我大致和警察说了一下。就说我和旅馆隔壁房间杂志社的人，当时在雷场。我以为宫司会说的，她没说，所以我就说了。死了的那个男人，大概是在潮湿的地面滑倒了，或是受到打雷的惊吓，从悬崖上掉下去了吧。毕竟同一时间段，我们也在那个地方，我想还是说一下为好。不过，我说，除了你们三位，我没见到任何人。警察说'是吗？'就结束了。"

如果之后要进行正式搜查，会怎样呢？警察会不会联系当时在场的我们呢？预约这个旅馆时，我用的是假名字，当时旅馆没问我的住址，我也就没说。不过，我是用智能手机预约的。若是调查旅馆固话的通话记录，一定很快就知道我的名字和住址。

即使被查到，除了那个男人，其他情况，我只要实话实说即可。我们使用假名字的原因，来这个村庄的原因，都可以如实相告。即便他们知道我们是藤原南人的家人，这个男人的死也和我们毫无关联，因此，无须担心。

我正左思右想时，彩根得意地笑了，嘴角上翘。

"刚刚我说看到了警察盖单子时，我看到了遗体的脸，其实没有。实际上我是用变焦镜头偷偷拍到的。你们要看吗？"

"不，又不是特意想看的东西。"我连忙拒绝。

"我倒是想看看，因为总觉得有点儿奇怪。"夕见说。

"是吗？那稍等啊。"彩根开始操作挂在脖子上的数码相机。

我迅速用手盖住显示屏，说："死人的脸，还是别看的好。"

屏幕上是夕见在"一炊"见过的那个男人。

"……也是啊。"所幸夕见听话地作罢，彩根也老实地关闭了数码相机的电源。

"告辞了。"

我匆忙告别，让夕见坐在姐姐旁边，自己坐上驾驶席。就像三十年前的父亲一样，载着她们两个，启动了汽车。

——没错。

这个村庄，我们不会再回来了。

车身晃动着，透过车窗，能看到外面是朦胧的白色空气。回头看看，彩根向我们敬礼告别，身体看上去像一个P字形状，我开车驶出旅馆停车场。开过一段凹凸不平的道路，进入主干道朝西开，选择最近的一条路,驶出村庄。穿过隧道,沿着蜿蜒曲折的道路行驶,终于进入沿海的国道。这时,坐在后座的夕见在双肩包里摸索着,拿出清泽照美给我们的橘子。夕见用很轻的声音让姐姐吃,姐姐回应的声音更轻,而且,并不是回答夕见。

"我想看看海。"姐姐说。

对姐姐这句突兀的话,夕见面露困惑之色,而我了然于心,在前面的三岔路口右转。

我驾车开向海边,道路空旷,几乎没有相向而行的车子。不久,我将汽车停在海岸边,姐姐自己打开车门下车,向泛着白色波浪的大海走去,步伐比离开旅馆时平稳些了。

看着她的背影,我忽然想起,姐姐曾经和希惠相约一起旅行,在外面住一晚。那是很久以前——姐姐高一时的夏末。她俩约定,第二年一起去海边,如果双方父母同意,就找一个便宜的旅馆住一晚,白天可以尽情游泳。她俩这样约定,一直满怀期待。可是,那一年的秋天,我母亲去世了。第二年,发生了毒蘑菇案,希惠的母亲自杀。她俩的约定落空,当然,也许今后也不会实现了吧。

姐姐坐在沙滩上,夕见坐在她旁边,两人的影子在沙滩重叠延伸。与昨天完全不同,今天晴空万里,大海在朝阳下闪耀着白光。看着并肩而坐的两人的背影,我默默地下车,手插衣袋,向海边走去,一直走到脚下的地面变成沙滩。

"冷吗?"

过了一会儿,我从后面问她们。夕见回过头,用食指和拇指比出一个圈,意思是不冷。

怨嗟の文字と殺人

怨恨的
文字与杀人

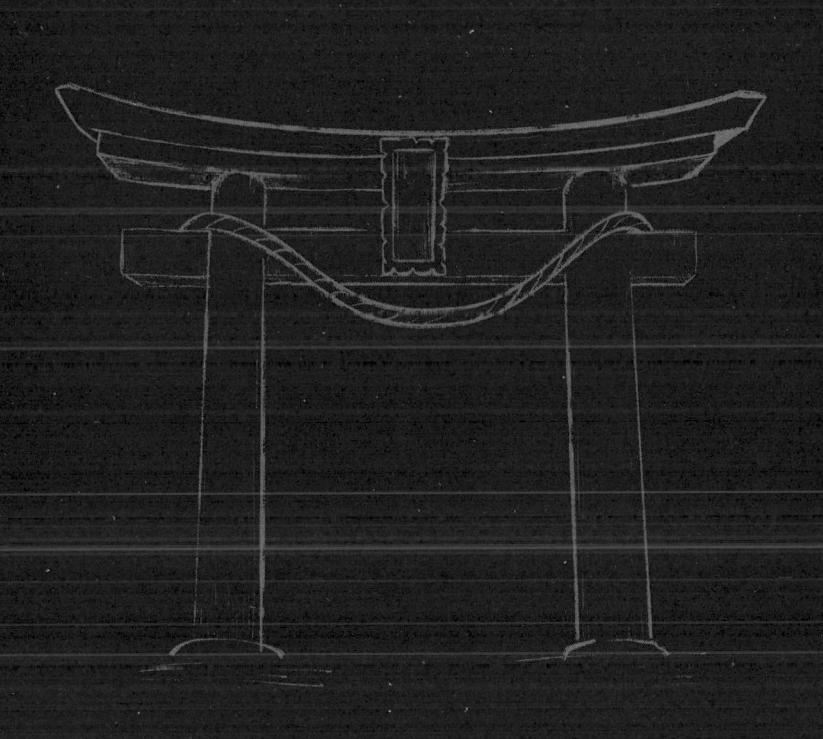

一

"爸爸，您这样说我很感激，但还是我的错啊。"

上次回村让姐姐再次遭遇雷电，夕见觉得都是自己不好。因为是她想拍流星的照片，是她说想去羽田上村的。

"雷就落在身边，这是谁也预料不到的。"

她总是埋怨自己，所以我再一次重复安慰道。

夕见头也不抬，就像趴在矮桌上似的，盯着数码相机的画面。夕阳透过窗户照着她的肩头。相机画面显示的是在雷场拍的流星照片，八津川京子的摄影集，敞开着放在她的旁边。夕见拍的和影集上的两张流星照片，真是惊人的相似。若是没有发生姐姐受惊吓的事情，对于这个奇迹，夕见该多么高兴啊！

"过一阵儿，你姑姑就没事了，别担心。你毕竟拍到了自己想拍的照片呀。"

昨天下午，我们从羽田上村回来，把姐姐送到她的公寓。我说送她到房间，她说不用。姐姐朝我们浅浅一笑，就走上了楼梯。自从她独自生活起，就一直住在这个公寓，房子和人一样也渐渐变老了。姐姐瘦弱的后背，像是被吸进了其中一个房门。

"这两张照片，您仔细看看，很不一样呢。"

"没那回事儿吧！"

"爸爸，您又没学过摄影。"

回家后，从昨天到今天，我多次查阅新闻网站，想知道那个男人到底是谁。在后家山发现遗体这件事本身成了一条短新闻，但只说死者"身份不明"。那天夜里，男人在雷场是带着一个挎包的，大概里面没有钱包或者能说明身份的东西吧，或者，整个挎包都被埋于泥中，没被发现？

无论如何，可以说是非常侥幸了。既然身份不明，就不能调查他周围的人和事。这个男人为何知道十五年前那场交通事故的真相？直到最后，我也没弄明白。如今已经无所谓了。只要他与我们的关联不被人知道，就没关系。

"对不起，反正我很……讨厌自己。"

说完，夕见就像上了年纪的人一样，两手往下按着矮桌站起身，走向厨房。我听到开关冰箱的声音，一会儿她两手各拿一罐啤酒过来了。将一罐放在桌上，打开另一罐放在嘴边。我不禁想去抓住她的手，夕见躲闪开，将嘴唇贴近罐口，喉咙发出"咕嘟"一声。

"喂——"

"爸爸，您忘了吧？"她斜眼看着我。

"什么呀？"

"后天是什么日子。"

"妈妈的……你奶奶的忌日。"

"同时也是……?"夕见说到这儿,我才想起来。

我回头看看夕见,感觉就像胸腔被插上了一根棍子。

"我竟然忘记了女儿二十岁的生日!"

夕见眯眼看着我,又喝了一口啤酒。母亲的忌日和夕见的生日就差两天,至今为止,这两个日子一直是悲喜交加的,我从来没有忘记过。

"逗您呢,发生了太多事情,也没办法啦。姑姑因过度劳累病倒,在出生的故乡又发生那样的事,本来就因为我,咱们才去了那个村子……"

我不知说什么好,夕见不再瞪我了,对着桌上的一罐啤酒,抬抬下巴。

"那个是给您的。"

我拿起来,打开易拉罐后,才向夕见道了歉。虽然语句简短,但见我是由衷地致歉,夕见只得苦笑着摇摇头。我们拿起啤酒,轻轻对碰,两个人都"咕嘟"喝了一口。女儿之前大概在什么地方喝过酒吧,看她刚才的样子似乎也没有喝不惯或是觉得啤酒苦。

这是我今生第一次和女儿慢慢地喝酒聊天,选择与这几天发生的事情无关的话题。她说想吃点儿东西,我就走到楼下店面,从厨房冰箱选了一些小吃,装在盘里端了回去。

回到楼上,我听见父亲房间有搬东西的声音,正纳闷儿时,夕见出来了,用令人提心吊胆的姿势抱着一个纸箱。

"爷爷也一起喝点儿酒吧。"

夕见把纸箱搬到起居室,"嗵"的一声放在榻榻米上。

"您不是说整理遗物难受吗？现在就下定决心先打开这个吧。"

三个月前，父亲昏倒在厨房，送到医院后就去世了。之后，我一直都没碰过他的遗物。过了一段时间，我稍微打扫了一下父亲的房间时，发现壁橱靠里的地方放着这个纸箱。因为父亲突然去世，我也不好意思随便动他的东西，就一直没打开。

"而且，关于爷爷的事情，我想多知道一些。"

夕见毫不迟疑地用手去撕胶带。纸胶带应该是很早前贴上去的，已经老化了，撕到中间就断掉了，从反方向撕也一样。最后，夕见只好放弃，用指甲扯开中间的胶带，打开纸箱。

"哇，突然天降宝物！"

最上面放着的，是父亲的单反相机。我已经三十年没看到它了。离开村子时，我记得父亲默默地把它放进了纸箱，好像就是这个纸箱吧。

"胶卷……啊，可惜没有呀。要是有胶卷就好玩儿了。这个袋子是……"

大概是母亲缝的吧。那是一个手工布袋，里面放着似乎是保养相机用的小物件。夕见一个个拿在手上，嘴里说着这个能用，那个不能用，这个不知道怎么用，依次把袋中的东西摆在桌上。

"这是奖状还是什么？"

相机和布袋下面，并排放着两个扣着的镜框。拿起来一看，放在镜框里的是起名字的纸。分别用毛笔字写着"亚沙实"和"幸人"。

"哇，这字真好看。是请谁写的吧！"

我说那是父亲的字，夕见非常吃惊。

"爷爷写这么好的字，我竟完全不知道。我见过爷爷写备忘录什么的，当时就觉得，写那么快，字还是很好看，真了不起。那爸爸和姑姑的名字也是爷爷想出来的吗？"

"你姑姑的名字，是奶奶起的。"

"那，爸爸您的名字是爷爷起的？"

我点点头，久违地想起了自己名字的由来。

不论是谁，只要看到"幸人"这个名字，一定认为其中包含着"希望成为幸福之人"的愿望吧。嗯，确实有这个意思。任何父母都希望孩子幸福。而且，这一周左右，我痛感身为父母这一愿望之强烈。

不过，我的名字还有另外的由来。那是我上小学学到"幸"这个字的时候，大概是三年级吧。我当时问父亲，为什么给我起"幸人"这个名字。父亲没像我预想的那样回答"因为希望你幸福"，而是说了一句像谜语一样的话。

——我希望你活在比我更广阔的世界里。

当时父亲在餐馆"英"做着料理的准备工作，侧脸浮现出苦笑。

——所以……出乎意料了。

此外，父亲什么也没告诉我。很久之后，我才意识到这个谜语的正确答案。

"什么呀……爷爷为什么说出乎意料？"

我把当年和父亲的对话告知夕见，她说着，皱起了眉头。我也像父亲一样，没再告诉她什么。不过，比起我名字的由来，夕见对纸箱里的东西更加好奇，她马上不再纠结了，再次往箱子里看。里面并排铺着两条白色毛巾，下面好像放着什么平整的东西。

"哇，这个应该很重啊。"

毛巾下面是相册。我略微有些印象。明亮的绿色大相册。两本并排横放，很多本摞在一起。可能因为被收进箱子的缘故，封面基本没褪色。这种款式的相册近年很少见，每页都贴着透明薄膜，揭开它，页面就带有黏性。在页面上摆好照片，再将薄膜重新贴好。页面厚而结实，虽然很重，但过去每家都有这种相册。

"好像放在上面的是最早的。"

我先拿出最上面的一本，一页页打开。稍微有点儿发黄的页面上，每页都贴着四到六张照片。房子的全景。一楼外墙上贴着"英"的招牌。崭新、一尘不染的餐厅。放在箱子里的，显然是新买的酒壶和酒盅。所有照片的白色边框上，都用小字写着日期。照片均摄于距今五十年前，即昭和四十六年（1971年）四月，好像就是父亲在村里开餐馆"英"的时候。

"这个是奶奶吧？之前我只见过她的遗像。"

照片上，父母并排站在餐馆前，脸上都洋溢着幸福。应该是用限时自拍模式照的，门上的玻璃朦胧地映出三脚架的影子。

"当时奶奶才二十几岁吧……大美女呀！"

我和夕见两个人翻阅着相册。厨房，崭新的砧板和菜刀，空空的酒瓶架，完好无损的冰箱，一张张客人座席，墙上贴的菜单和起名字的纸一样，也是父亲的笔迹。

"'英'，就像这样，把菜单都贴在墙上的吧。"

在"一炊"，菜单是请相关行业制作，放在每个餐位上的。其实父亲当时也打算和"英"一样，想将菜单贴在墙上，但因为从房间的布局上，没有一面从每个餐位都能看到的墙，只好作罢。

"这样一看，爸爸的字和爷爷的字很像。"

"也许吧。"

从小学开始，我写字就比同班同学好，只有这一点是我暗暗引以为荣的。我并没有特意练过字，因为看着父亲的字长大，可能自然而然写字也像他了。

我们一页页翻着相册。什么都没种的、只有泥土的院子。还没被太阳晒过的、深色外廊地板。开关都需要窍门的防雨门。画面逐渐转到了二楼，起居室、厨房，连卫生间都拍进去了。一定是为了纪念新建的房子和店面吧。

看完第一本相册，打开下一本。蔬菜、活鱼。一瓶瓶一升装的酒。母亲拿着一瓶啤酒，做出"我要倒酒啦"的姿势，靠近玻璃杯，但是瓶盖还没拿掉，应该只是摆个样子吧。

"这么多照片，爷爷却几乎没有入镜呢。"

"因为是他拍的呀。"

一本相册看完，再打开一本相册。每翻过一页，感觉早已远去的昔日时光，又一次掠过。"英"终于开业了，大概是来店的客流量不少吧，母亲一手拿着算盘，一手握拳，纤细的手臂放于胸前，做出获胜姿势。接着，关于店面的照片少了，出现了母亲怀孕的照片。病房。放在凸起的腹部上的母亲的手。小脸像桃子一样的刚出生的婴儿。大概是出生后第一次参拜守护神吧，在雷电神社的礼拜殿前，婴儿被包裹在肥大的纯白纺绸和服中，由母亲抱在胸前。随着时间推移，婴儿的眉眼渐渐显出姐姐的样貌。之后出现的是我穿纯白纺绸和服，被母亲抱着。在那之后的照片上，姐姐不熟练地抱着我。

不只是店面和家人，相册中还有父亲拍的羽田上村美丽的四季。确实，那个村庄有美丽的自然风光。春绿如洗，紫阳花在雨中鲜艳绽

157

放。夏日的积雨云。有风的日子，草都被吹向一边。宛如涂了油漆般的碧空。某家屋檐下吊挂着白萝卜，皮还没有起皱，看日期，果然是仲秋时节。红叶绚烂的后家山。正在举办神鸣讲的雷电神社。排队领蘑菇汤的人们。将写有"雷除"的护身符，得意地伸向镜头的我和姐姐。站在我俩身后，将手搭在我们肩膀上的母亲。长长的冰凌。一切都显得胖乎乎的雪景。被大家叫作"吊钟冰"的屋檐冰柱。我站在雪地上，眉毛全白了，像个老爷爷。一场新雪后，我把脸钻进雪中，雪上现出脸的形状，自己的脸竟然是这个样子，觉得很好玩儿。我记得自己当时因为反复这样做，后来脸上生了冻疮，变得通红。

　　四季变换，岁月更迭，我和姐姐渐渐变了样。我的脸不像原来那么圆了，姐姐的开朗笑容变成了淡淡微笑，头发长了，个子高了。

　　看着这些照片，我想起了刮台风那一天。离开羽田上村后，我们三个一开始住的公寓就在荒川边，搬来的那个秋天，强台风席卷关东地区。父亲担心河水泛滥，将贵重物品归拢到一起，以备随时可以带走。我也将教科书和笔记本放进塑料袋，姐姐也把学习用品、南天群星的CD和龙猫笔袋等装进了一个大挎包。父亲从壁橱里拿出一个纸箱，放在了冰箱上。那个，就是眼前这个纸箱吧。为了不让泥水冲走我们一家在羽田上村的回忆，父亲才把它放在了安全的地方吧。但是，如果那些回忆很宝贵，为什么将家人的照片都这样放在箱子里呢？为什么一直没打开，连胶带都没撕开呢？

　　我这样想着的时候，夕见一直在看相册。已经是最后一本了。小学六年级的我。姐姐的初中毕业典礼和高中入学典礼。看起来姐姐还没适应新校服。不久，季节转换，夏天来了。

　　"这个，难道是希惠？"

那是姐姐和希惠的合影。

日期是昭和六十三年（1988年）八月。她们高一那年的夏天。可能是放学后或者休息日，两人都穿着吊带背心。希惠健康的茶色肌肤晒在阳光下，姐姐露出洁白的双肩，开心地笑着。她们全然不知那之后会发生什么，满脸洋溢着快乐，而且似乎完全相信这种快乐时光将永远持续。她们还商量着来年两人一起去海边。——然而，不久，母亲就去世了。第二年的神鸣讲，我和姐姐遭遇雷击，毒蘑菇案发生。希惠母亲自杀。父亲被怀疑是案犯，我们逃离村庄。

三十年来，我一直相信，父亲不是毒蘑菇案的犯人。但是，自从在羽田上村听了清泽照美的话，我的心底就像开了一个洞，对父亲的信任感一点点掉落下去，事到如今还剩下多少，连我自己也不知道。

——报应到孩子们身上了。

我和姐姐遭雷击后，低头坐在医院折叠椅上的父亲，呻吟般嘀咕着。当时我刚刚在病床上苏醒过来，姐姐还在另外一间病房昏迷，脖子以下被雷电刻上了可怕的伤痕。父亲可能真的杀了人。而且，就在他实施犯罪的当天，自己的孩子遭了雷击，他可能因此悔恨不已吧。

但是，如果后悔的话。

——没错。

离开村子那天，父亲为什么会说这句话呢？

"到这儿就结束啦。"

夕见翻到最后一页。

这一页上，只孤零零地贴着一张照片。

照的是母亲的墓。移葬之前，在羽田上村墓地建的墓。没有线香和花，只有一个四方形墓碑静静矗立着。周围都被白雪覆盖着，花器中的水冻成了白色。一看照片白色边框上的日期，写的是平成元年（1989年）一月。照片应该是建墓不久后拍摄的。

这张是父亲拍的最后一张照片。之后，他就再没用过相机吧。

我拉过纸箱往里看，发现还有一些没放进相册的照片，重叠着放在那儿。共有二十几张，放在最后一本相册的下面。

我拿出照片，一张张摆在桌上。

"这些……爷爷是为什么拍的呢？"

眼前这些照片像是再现了一开始看到的照片。照片的内容和构图都非常相似，只是感觉一切更陈旧。唯独院子的照片上满是花草，其他都因岁月变样了。房子全景，和母亲名字相同的店招，空荡荡的餐厅，厨房，砧板和菜刀，酒瓶架，电冰箱，二楼的每个房间，盥洗室、浴室。哪一张都没有人像。——正觉得纳闷儿，出现了父亲站在餐厅入口处的照片。

第一本相册的一张照片上，父亲和母亲并排而立，两人幸福地笑着。但是，眼前这一张中，只有父亲一个人盯着相机。毫无表情的双眼。但那眼神像是被什么想法支撑着，努力要显示自己的存在。在他身后的房门玻璃上，映出三脚架的影子。和一开始看到的照片一样，似乎也是用限时自拍模式拍摄的。

"奶奶的位置，空出来了呢。"

正如夕见所说，父亲不是站在照片的正中，从正面看是从稍微靠右的位置看着相机。母亲虽然不在，却仿佛站在父亲旁边一样。

没放进相册的这二十几张照片，到底是何时拍的呢？每一张的白色边框上，都没写日期。从照片中的光线看，感觉都是同一时间段所拍。

"看，这里——"

夕见指着其中一张说，声音生硬，似乎有种莫名的不安。在画面是二楼起居室的这张照片上，墙上的日历被拍进去了。我记得这个日历，凝视着它，只见中间是醒目的大字"二十五日"，上面是小字"十一月"，再上面印着"昭和六十四年（1989年）"。不过，昭和六十四年十一月，是不存在的。因为那一年的一月七日天皇驾崩，年号改为平成。大概这个日历是新年号开始前印刷的，实际的日期是——

"平成元年的十一月二十五日。"

母亲去世一周年的忌日。

三十年前，神鸣讲的前一天。

这些照片，父亲都是在那一天拍的吗？毒蘑菇案的前一天。

重新看一次摆在桌上的照片，我发现有两张照片上都有挂钟。一张是餐厅内部，另一张是二楼家用厨房。照片似乎是傍晚拍的，挂钟的时间分别是六点二十四分和六点二十五分。

我的手里还有三张照片，最上面一张是刚刚看到的，父亲独自站在店前的照片。我把它放在桌上，再将剩下两张摆在它下面。

"是爸爸和……亚沙实姑姑？"

这两张，分别是我和姐姐的照片。我们都没有看镜头，而且甚全不知道自己被拍了。闭着眼躺在被子里的初中一年级的我。当时可能早早就睡了，枕边的钟表指向六点半。果然，这二十几张照片好像都是同一时间段所拍。姐姐那一张很美，让人联想到歌川广重的浮世绘。那是走在自家门前小路上的姐姐的背影。画面上的风景整体有些暗沉，但前面的天空还微亮着。

161

"爸爸,您在哭呢?"

照片上的我侧脸睡着,眼角湿润。是在梦中哭泣?还是因为哭得太累睡着了?如今的我想不起来了,只是单纯地忘记了,还是因雷击丧失了那段记忆?不得而知。

"噢,这个,像鬼魂一样。"

姐姐背影的左侧,斜对面人家的腰窗附近,有一个模糊的白色圆圈,大小与腰窗差不多,不知是什么东西。看起来确实像人的灵魂浮在天上。不,可能是照片印好后,渗入水滴了吧。可夕见说从表面形状看,应该不是这种情况。不过,据说逆光拍照时,镜头表面会出现光的漫反射,出现被称作"逆光环"的白色圆形。

"因为拍到了本来不存在的东西,所以也叫作鬼影。镜头被指纹或者灰尘弄脏时,容易发生。"

摆在眼前的二十多张照片,是宛如做最后记录一般拍摄下来的。餐厅和家,留出母亲的站位,独自站立、凝视着这边的父亲,闭着眼睛的我,伴随着不存在的光束行走的姐姐的背影。第一本相册中的照片,如果是对即将开始的新生活的纪念,那么这些到底是什么呢?三十年前神鸣讲的前一天,母亲一周年忌日的傍晚,父亲是以怎样的心情拿起相机的?

等我回过神儿来,窗外日已西沉。最后一本相册翻开着放在榻榻米上,很久以前被拍摄下来的母亲墓碑,正被现在的夕阳斜照着。

这时,我的目光被一个点吸引住了。

照片上贴着的透明薄膜。其中一个地方,光线略微有些倾斜。墓碑的右下方——覆盖着新雪之处。用指尖摸摸,照片表面有点儿凹凸感。下面是不是夹着什么?夕见也伸手摸摸照片,最初也将手指放在和我同样的地方，接着指尖开始摸索着墓碑、底座以及周围。

"可能……这张照片的反面写着什么。"

二

禁止车辆通行的后家山，很多村民来来往往。穿过人群，我登上神社参拜路。像拨开人群一般前行，在小路上右转，穿过雷电神社的鸟居，进入神社院内。

照片背面写着东西，是用黑色圆珠笔写的六行字。

  黑泽宗吾　荒垣猛　筱林一雄　长门幸辅
  四人所杀
  雷电汤
  白毒鹅膏　大银杏菇
  相同颜色
  至神鸣讲当日，若决心不变则决行

虽然字迹潦草如用刀刻一般，但看起来确实是父亲的笔迹。"决行"两个字被胡乱描摹多次，凹陷进去了。因此才使照片正面出现了凹凸。

——什么，这是……

刚看完六行文字，声音颤抖，我也说不出一句话。拿着照片的手毫无知觉，文字在我眼前变得细碎模糊。凝视着这些，困惑与疑问在我的大脑中对抗着，最终交织在一起，转变成某种决心。

确认一下即可。

质问一下便知。

一夜后的今天，我再次驱车来到羽田上村，对夕见谎称去参加日本酿酒行业协会的住宿研修，她问了好几次"真的吗"。她信不信都没关系。如今，让夕见一个人在家，我也无须担心了。

我望着前方，在村民聚集的神社院内前行。肩上的背包中，放着事先准备好的A4纸。我用智能手机仅拍下照片背面的前两行字，打印了出来。后面的几行字，我不能给对方看。虽然自知这种做法有点儿卑鄙，但我想知道真相。

眼前是一排小吃摊。空气中满是沙司和酱油的气味儿。耳边是交织在一起的男女老幼的说话声、笑声。白底蓝字写着"神鸣讲"的长条旗随风飘着。很多村民排在社务所前求护身符，前方的礼拜殿则排着领蘑菇汤的队伍。

有三口冒着热气的大锅。帮忙的女人们从锅中舀汤盛到木碗中，逐一递给人们。礼拜殿正面的纸垂在她们身后摇摆着，门里是开阔的木板地面。地板中央是一张小矮桌和暖炉。相对而坐喝着酒的是黑泽宗吾和长门幸辅。桌边的锅里、两人手边的木碗里，都是蘑菇汤吧？此情此景与记忆重合，仿佛如今已不在世的另两位大佬——蘑菇大户筱林一雄和荒垣金属的荒垣猛，刚刚还坐在这里，只是因为有事暂时离开了一样。曾经毫无违和感的画面，如今看来却极为奇妙。他们偶尔晃动肩膀笑着，好像睥睨天下一般，看着神社院内的人们。在这个寒冷村庄的神社，他们不过是盘腿坐在仅仅高出一点儿的地方而已。

我从排队领蘑菇汤的队伍中间穿过去，转到建筑的左手边。登上旁边的石阶，脱下鞋子，踏上礼拜殿的木地板。黑泽宗吾抬眼看向我，长门幸辅也扭转上身，将脸转向我这边。他们大概还记得，雷雨之夜曾在社务所见过我。这两个人的脸上都浮现出这种表情。我默默走近他们两人身边，喧闹的人声忽然静止了。很快，听不清的说话声和笑声再次交织，变成一种响声。

"我想给你们看一样东西。"

我开门见山地说，从包里取出A4纸。

"这是藤原南人留下的文字。"

　　黑泽宗吾　荒垣猛　筱林一雄　长门幸辅
　　四人所杀

我将纸放在桌上，两人都只把眼睛朝向纸张，瞬间，脸部变得有点儿僵硬。我原地等待着。可是，他们都没有回话，身体也一动不动，就像老早商量好一样，连彼此的脸都不看。

"你……"黑泽宗吾先扬起脸，黑眼球略带灰色，周围浮现细碎分支的静脉，他瞪着我说道，"说过想采访这个神社啊。"

"没错。我也在调查三十年前的案件。"

"刚才，我听你说什么'留下的'……"长门幸辅扭转上身，将瘦弱的、脸颊凹陷的脸，慢慢转向我，问，"那个男人，死了吗？"

"大约三个月前去世了。这是在他的遗物中发现的文字记录，我拜托他的遗属给我看的——"

我的话夹杂着事实与谎言，黑泽宗吾打断了我。

"你没想把这个公之于众吧？"

看着他们的眼神，我用事先决定好的态度回应。

"我是这样想的。"

我声音颤抖。仿佛我的整个身体都和心脏一样，开始剧烈颤动。明明想知道到底发生了什么，明明想了解真相，可是，如今与村里的大佬近距离面对面时，我好像又变成了当年的十三岁少年，内心充满恐惧。

对方转移了视线。

"什么事情？我根本听不懂你在说什么。"黑泽宗吾叨咕着，声音很轻，似乎完全不在乎别人听见与否。

"如果作为当事人的您二位不明白，那我就去村里，随便问一下别人好了。"

"我不知道你到底是谁，来自哪里……不过，如果你要这样做，就要打官司了。"

打官司，也没关系。

我自知这是感情用事的想法。正如黑泽宗吾所说，如果将这段文字给人们传阅，看他们的态度，很可能要打官司。若是如此，我自己的身份、文字的出处，乃至整段文字都有可能暴露。而且，文字的后半段，写着明显是表明父亲作案决心的文字。虽说已经超出问罪时效[1]，但毒蘑菇案可能会再次引人注目。作为犯人，父亲的名字也许会再次广为人知。如今与过去不同，这样的偏僻村庄也有互联网和智能

---

[1] 在日本，案件的时效分刑事与民事两种情况。刑事案件侦破时效是20年，如果超过时效，对犯罪人不予起诉。2010年起，日本对杀人案最高刑为死刑的罪行不再设立诉讼时效。

手机。即使我自己没关系，姐姐和夕见的人生会怎样呢？

"这纸上写的事情，你们说根本不明白，对吧？"

黑泽宗吾冷静地点点头，长门幸辅好像觉得没有回答的义务，毫无反应。我真想大声痛骂眼前这两个人。即使不这样，我也想喊出一些无法挽回的话，将一切全都毁得一塌糊涂。黑泽宗吾无视我的存在，用他的肥手拿起大酒杯。

"接着喝呀！"

他似乎想挽回一下扫兴的气氛，声音带着苦笑。我内心的火焰被他的声音点燃，一下子从心底燃烧起来。

"明天是藤原英的忌日。"

我的声音颤抖着，但此时不再是恐惧，而是愤怒。

"她去世于三十一年前，神鸣讲的两天前。那天……藤原英去世的当天，你们二位做什么了？还有荒垣猛和筱林一雄，你们四个，到底做什么了？"

两人沉默着干了杯中酒，互相往酒杯中倒酒。我一直盯着他们，一会儿，黑泽宗吾回了一句，但我没能马上明白他的意思。

"相比三十一年前，更要说三十年前。相比两天前，更要说当天。"

长门幸辅深深点头回应，说："那个……痛苦啊。"

这句话，我没有回应。

四人杀害我母亲的证据，无处可寻。而父亲在照片背面留下的文字，只显示了这种可能性。另一方面，眼前的这两人，在三十年前的神鸣讲当天，因喝了掺入毒蘑菇的雷电汤，被迫经历了死亡的考验也是事实。投毒的犯人，大概就是父亲吧。

也许只能作罢了——至少现在是这样。

但是，我必须再次与二人对峙一番。既然我手握证据，就要再次逼近。让他们不再用傲慢的态度加以掩饰，让他们连苦笑都做不出，让他们惊慌失措，我极力从二人口中挖出些什么。

沿着干净的木地板，我默默往外走。刚刚远去的神鸣讲喧闹声，再次萦绕耳边，且夹杂着两个人的声音。

"黑泽，你今天又喝不少啊。"

"这个地方让人心静。"

"没准儿又要倒下啦！"

"今天之内都是神鸣讲，所以，要倒下也是之后了。"

虽然从他们身边走开了，我仍然怒火满腔。三十年前，在这个神社雷电曾贯穿我身体的那股灼热感，仿佛又回来了，停留在我的体内，我无处逃脱。四个人真的杀害了我的母亲吗？父亲是不是掌握了什么证据，知道无人知晓的事实？若是如此，父亲心中对他们的愤怒，是何等强烈？现在我心中的愤怒一定与父亲的愤怒无法比拟，那必定是一种极其悲壮的愤怒。想到此，我心里瞬间萌生了奇异的感觉。

自己的一部分似乎与父亲同化了。同时，今生第一次，我切身感到自己体内流淌着父亲的血。从礼拜殿旁走下石阶，我想穿上鞋，但是膝盖僵硬得不能动，怎么也穿不上。大脑像心脏一样跳动着，无处发泄的愤怒从里往外压迫着我的肌肤。似乎一种大大超出自身、拥有庞大体积的东西被关在我的大脑中，不断膨胀，似乎马上要撕裂柔软的部分，喷涌而出。我两耳鼓膜被什么从内侧压迫着，喧闹声和其他响声都渐渐远去——但这时，旁边出现了一个白色人影。

我转过脸看去，是穿着祭神服的希惠。

"什么都，死了好了。"

她的双眼淡然看着我，只动动嘴唇，喃喃地说。没有了喧闹声和响声，这声音如一粒冰珠般滑进耳中，当我想要回应时，她的背影已经远在礼拜殿之中。

三

我纵向穿过神社院内，在返回鸟居的路上，突然有人从后边抓住了我的手臂。

"乘新干线、打出租车，比开车快多了呢！"

"你这丫头……干什么呀？"

原来是背着双肩包的夕见站在那儿。

"爸爸您才是！干什么呀？手机还关机了。"

夕见瞪着我，那眼神就像责备一个比她还年轻的人一样。

"一想就知道您来这儿了，所以我就来啦。后来怎么样啊？"

我马上做出不解其意的表情，夕见瞪着我，用下巴示意礼拜殿方向。无奈之下，我只能如实告知她，我刚刚走到黑泽宗吾和长门幸辅跟前，和他们对质了。

"原来如此啊。不过，他们也只能回答什么都不知道呀。不管爷爷写下的内容是不是事实。"

当然如此。可是，直到夕见说出来，我才意识到这一点。我想在眼前揭开隐藏的某种东西——相信可能会了解真相，因此才来到

169

这里。

朝着鸟居方向，我俩走在神社院内。

夕见从背包中取出一个牛皮纸信封，从里面拿出了很多照片，就是放在纸箱底下的那些。最上面居然是从相册撕下的母亲墓碑照，就是父亲在背面写字那张。她像扑克牌一样将照片展开成扇形，边走边看。真是太不小心了。我用表情责备她。于是她将照片聚拢在一起，但没放进信封，而是握拿在双手之中。两人行走在人群中，气温似乎比前两天更低了，我们呼出的白色气息清晰可见。

"爸爸，我坐新干线时想到了一个问题。"

"什么问题？"

"这些照片，爷爷是何时去冲印、何时去取的呢？因为，拍完这些照片的第二天，就发生了毒蘑菇案吧？"

被夕见这么一说，这确实是个值得思考的问题。请照相馆冲印胶卷这件事，现在最快只要几十分钟，在当时需要好多天呢。这些照片摄于三十一年前的十一月二十五日——神鸣讲前一天。之后的第二天，父亲不可能去照相馆冲印的。那一天发生太多事了，我和姐姐在礼拜殿前遭雷击，毒蘑菇案发生，姐姐在病房昏迷不醒，在那时候父亲每天往返于家和医院之间。其间，太良部容子自杀，她留下的信使父亲成为犯罪嫌疑人，接受警察的问讯。

"去冲印照片的日子，很可能就是拍照当天。"我回答说。

"就是神鸣讲前一天吧，我觉得也是。不过，不知道爷爷是在哪一天去取的。"

"下山后，我们去查一下当时的照相馆吧。我想不起名字了，不过村里只有那一家照相馆，他应该是在那里冲印的吧。"

"可是，已经过去三十年了，不知照相馆还在不在。"

"去看看就知道了。"

说着，我看看天空，才发现没有一丝云彩。这样的晴天丽日，是从早上就开始了吗？

"爸爸不愧是出乎爷爷意料的儿子啊，脚力真好。"

"看出来了？"

"那当然。"

我们小声说着话，走向鸟居。在村里人眼中，我们到底是怎样的存在？虽然并非有人明显地盯着我们，可我还是察觉到了周围的目光。从擦肩而过的村民中，我能感觉到他们的情绪介于好奇和不感兴趣之间。那是一种对外人抱有的如同一张薄纸般的戒心。时代在变化，这个村子曾经封闭的空气也淡薄了。但是，一旦有人指向某个应该排除的东西，会不会和三十年前一样，戒心很容易就转变为攻击呢？想到这里，一瞬间，我感觉人们的眼睛忽然都变成了只有轮廓、没有黑眼球的空洞之物。

夕见不知我在想什么，她停下脚步，用脖子上挂的单反相机开始拍摄祭祀场景。沿着神社院内的外圈排列着各种小吃和游戏摊位。有射击游戏、炒面、套圈游戏、铃形蛋糕、捞金鱼游戏……

"咱们一起参加祭祀，这是第二次。"

"第一次是你上小学三年级的时候？"

"对，和亚沙实姑姑，咱们三个去的。"

当时，"一炊"的休息日正好与镇里的夏日祭重合，我们仨就一起去了。那天，夕见拉着我和姐姐从一个摊位转到另一个摊位，终于找到了捞金鱼的地方。用泡沫树脂做成的临时水槽中，游着很多大红色的和金、琉金[1]。夕见站在不远不近的地方，目不转睛地看。因为之前给她的零用钱，这时已经用光了。

——我想玩儿。

——不行。

姐姐说，偶尔玩儿一次也没什么，就给了夕见两百日元。

夕见攥着钱，就像自己已经捞到金鱼一样，一边说着要用多大的鱼缸养，要把鱼缸放在家里的什么位置，一边跑向摊位。她自己对摊主说"麻烦您了"，又从摊主那里接过薄纸抄网。那天她穿着特意给她买的夏季单层和服，上面的印花是很多红色的琉金小金鱼。她说想要与和服花纹尽可能相近的金鱼，那是夕见今生第一次挑战捞金鱼游戏。她的手势看起来有点儿悬，我就想着等会儿要怎么安慰她，可她居然成功了。一条姿态美丽的琉金，虽然差点儿冲破抄网，但还是捞到了。摊主将琉金和水一起放入塑料袋，夕见给它取了个名字，走走停停，一直叫着它。一会儿，路上碰见了她在学校的朋友，我们就让她和小伙伴去玩儿，约定三十分钟后在某处碰头。可是，三十分钟后，夕见来到约定地点，手上却没拿着放金鱼的塑料袋。

我问她怎么回事，只见笑容立刻从她大汗淋漓的脸上消失了。好像是玩儿的时候弄丢了。她说记得挂在一个树枝上，我们三个就去找了一圈。可能被别人拿走了，最终没找到。找金鱼时，夕见一直用力抿着嘴唇，当我说"回家吧"时，她一下子张开嘴，哇哇大哭。她一直哭啊哭，离开祭祀广场后，还不停地掉眼泪。夕见垂着手，扯着喉

---

[1] 金鱼品种。和金：形似鲫鱼的最普通的金鱼。一般有红色或红白色斑点，尾短。琉金：腹部膨胀，整体圆，鳍大，有尾鳍3尾或4尾。红或红白点斑纹。原产中国，江户时代由琉球传入日本。

咙，大张着嘴。那天，橙色的斜阳一直照着她的小脸。

"夕见，你是担心我才来的吗？"

"嗯？"

"是不是以为……我会干什么荒唐事？"

"我不担心这个，只是自己也想多了解一下。而且，本来爸爸就不是会做荒唐事的人啊。"夕见边走边灵巧地转身，看着祭祀景象。

"不过……我可能继承了杀人犯的血脉呢。"

黑泽宗吾和长门幸辅——在礼拜殿与这两人对质时，产生的那种感觉。膨胀的怒火充满全身，人声和其他响动全部消失，我感到自己的一部分似乎变成了父亲。

"您这样说，我也一样啊。本来，爷爷是毒蘑菇案的犯人，这种说法就并非定论，即使如此，那也仅限于爷爷。我和爸爸与此无关。因为，不管出于何种原因，都完全无法想象啊。"

夕见将脸转向我，笑着说：

"我和爸爸，怎么会杀人呢？"

四

离开村里的照相馆，是在大约一小时之后。

回到停在店铺停车场的车内，我和夕见沉默良久，谁都没开口说话，各自都在大脑中消化着刚刚听到的话。

"从纸箱中找到这些照片的事情——爸爸还没告诉亚沙实姑姑吧？"

脸上带着迟疑不定的表情，夕见终于开口了。她把装有一沓照片的信封放在腿上。

"暂时不打算告诉她。至少，等她从这次受的惊吓中缓和了再说。"

"这样比较好，啊，刚刚听到的也——"

她说到一半，我点点头。

"反正，我们也不明白是什么意思。"

我们拜访的是一家与住宅一体化的古风照相馆。

很幸运，在我记忆中的那个地方，仍有一家照相馆。厚幕布质地的屋檐上印着店名，颜色已经泛白，看不清楚。从仅存的几个不完整字迹看，我想起来了，这家店叫"若狭写真"。

进到店内，一看便知，虽然没到店铺歇业的程度，但来的客人肯定不多。木制柜台里边是铺着榻榻米的起居室，一位五十岁左右、像是店主的人坐在被炉中看电视。看见我们，他捻灭香烟走出来，满脸惊讶，可能因为陌生人来店里很少见吧。

"您没去神鸣讲吗？"作为开场白，我问道。

他说，傍晚早一些关门后再去。我们自我介绍说是编辑和摄影师，关于三十年前的事情，省略了多余的前言，直接进入话题。但是，我一说藤原南人的名字，他马上"啊"的一声，显得局促不安，说自己不大清楚。

"当时还是我父亲在经营，和警察说过什么的也不是我。"

这时，从起居室那边传来一声短促有力的"噢"。我们看不到墙的另一侧，似乎被炉边还有一个人。一位穿着棉袍的老人站起身走过来。

"那个男人经常在这儿冲印照片,所以当时警察一直来,问来问去的。"

说话的这位就是上代店主,他和他儿子不同,似乎很高兴这回轮到自己出场了。我们事先早已有思想准备,以为他会像旅馆老板和清泽照美那样,至少一开始会有戒心,不愿意开口。他的态度,让我们很意外。

从他略显得意的口吻中得知,三十年前发生毒蘑菇案之后,警察多次来店里询问有关父亲的情况。总是问,拍了什么照片,是不是有可疑的照片,有没有奇怪的举动。

"警察问的都是什么呀。他仅仅是这里的顾客,我又没去那个男人的店里喝过酒。我说不知道。每次看到警察一脸不满意,我也觉得不好意思。可是,他不像是能做那种可怕的事情的人啊。人啊,真是看不懂啊。"

说最后这句话时,老店主的语气非常熟练,听上去并非隔了三十年才提起这个话题。村里曾经发生大案,他曾因此接受警察问询,这件事他大概经常讲给别人听吧。这样一来,他能顺利开口谈及此案,我们也能理解了。看来村里的老人们也不是完全一样的,其中也有人想谈论这件事。幸亏老店主的记忆还很清晰,最后,我们问到藤原南人来店时的情况。他马上做出了回答,而且,这个回答正如我和夕见所想。

"那是案件发生的前一天。"

神鸣讲前一天,就是拍摄那二十多张照片的日子。晚上七点,照相馆马上要关门之前,父亲来冲印照片。也就是在他刚刚拍好那些照片之后。

"只有跟警察说这件事时，他们才露出了满意的表情。跟你说，不知为什么，他最后拿来的胶卷，拍的都是房子呀，餐馆呀，自己的孩子们啊，就像是做人生记录一样。给人什么感觉呢？就像他已经意识到自己的人生很快要结束似的。"

之后，老店主默然朝我们看看，虽然我什么都没说，他还是轻轻摇摇头，似乎在说，你什么也不明白啊。

"那个男人，把胶卷给我时这样说……"

好像要打出最后一张王牌一样，老店主有意停顿一会儿，接着说。

"他说'可能不是我自己来，而是孩子代替我来拿照片'。"

"孩子？"我困惑不已。

"总之，那个男人已经预料到自己会被警察逮捕。如果不是这样，他就不会说可能有人代替他来拿照片了吧。因为他一直都是自己来的。他的孩子啊，如果你们在调查也应该知道吧。在第二天的神鸣讲遭了雷击，两个可怜的孩子。一个是上高中的女儿，一个是上初中的儿子。因为父亲干出毒蘑菇这样的坏事，遭到了雷神的惩罚呀。"

"那照片……最后是谁来拿的？"

店主说，是父亲本人来的。

"案件发生两周后，十二月十日傍晚。那天上代宫司自杀，村里乱成一团，所以我记得很清楚。他若无其事地来拿照片，当时我还不知道他是案犯，所以还跟他说感谢一直惠顾，把照片递给他，收了钱。后来，发现了宫司的遗书或者是信，才知道那个男人是案犯。我也吓坏了。毕竟曾经和他那么近的说过话呀。再好好观察一下就好了。那样的话，也能协助警察，也许就抓到他了。"

"来拿照片时，藤原南人是怎样的神情啊？"我问。

"就是因为不记得了才后悔呀。"

能问的都已经问了。老店主还意犹未尽地说着，也只是重复原来的内容而已。因此，我找个恰当时机道了谢，催着夕见离开照相馆。

"爷爷当时说，可能不是自己而是孩子来拿照片，最终却还是自己来了……那取照片那天就是希惠的妈妈自杀那天吗？"

我含糊地点点头，发动汽车，手握冰冷的方向盘。我依旧一无所知。案件前后，父亲那些行动是什么意思？三十年前，还有三十一年前，究竟发生了什么？父亲写在照片背面的文字内容是不是真的？在礼拜殿饮酒的黑泽宗吾和长门幸辅是不是隐瞒着什么？

"爸爸，我想去这里看看。"

汽车开上主干道之前，夕见从一沓照片中拿出一张，伸到方向盘前。是父亲在背面写字的、母亲墓碑的照片。

"去了也没用，已经没有你奶奶的墓了。"

我们离开村子后，将母亲的墓迁到了埼玉。

"我知道，但还是想看看。到了爷爷曾经拍过照片的地方，可能会有点儿什么……什么都可以……"

最终，夕见没再说什么。

我在临近主干道的地方掉转车头，朝寺庙方向开去。总之，如果无处可去，我们即使这样返回埼玉，也只能继续被无解之谜困扰。

开了一会儿，很快就能看见墓地了，道路右侧有个殡仪馆。这里也有火葬场，三十一年前，母亲的遗体在此火化，葬礼也在此举行。第二年，筱林一雄、荒垣猛的遗体，还有太良部容子的遗体，应该都是运到这里的。从树篱笆的缝隙看向停车场，那里停着几辆私家车和接送大巴。建筑入口处有指示牌，上面用黑色字体写着逝者的姓氏。

"我稍微停一下，可以吗？"

说着，我减速把车转到了树篱笆的一角，又转弯开到殡仪馆后面。这里有职工的内部停车场，我停下车。

"这里是殡仪馆？怎么了？"

"我想上个厕所。"

我说了假话。

其实是因为建筑前面指示牌上的姓氏，让我很在意。

我让夕见待在副驾驶位子上，自己下了车。从建筑和外墙之间穿过去，我看见穿着西服套装的女性消失在后门处。她没穿丧服，大概是这里的工作人员吧。在后门还没完全关上之前，我用手按住，朝里看去。

除了刚才那位女性的背影，再往前，是瓷砖地面的长长走廊，对这里，我还有点儿印象。左手边是举行葬礼的大厅，两扇门都敞开着。那位女性走进去后，走廊里空无一人，大厅里偶尔传来说话声。此时应该不是葬礼进行时，不知是刚刚结束，还是尚未开始。也不知是守夜还是告别仪式。我进入走廊，站在大厅入口。里面的对话传入耳中。虽然是片段式的，内容也听不清，但从声音可以感受到，他们说的话题是聚集在此的每个人都了解的某件事。

"雷场的——"

"去那里干什么——"

我屏住呼吸，从入口边露出一只眼睛。背对着这边坐着的穿丧服的人们。我听到了阴沉的咳嗽声。列席者约有三十人，白发者居多。他们对面摆着简约的祭坛，因为距离远，我看不清牌位上的字。

"生意呢——"

"什么时候,'雄一郎'也——"

放在祭坛上的遗像。看起来还不到三十岁的年轻男子。可能是将原来的小尺寸照片放大的缘故,画面不清晰,而且看起来很陈旧。照片上的表情与其说是微笑,更接近冷笑。我在这张脸上尝试叠加岁月的痕迹。就像自己老了一样,也像父亲老了那样。照片上的脸,逐渐变成了我认识的一个人。

"为什么——"

照片上是那个男人。

就是往我家里打电话的那个男人。他说他知道十五年前发生的交通事故真相,以此来勒索金钱,我若不从,便威胁说要将真相全部告知夕见。也是这个男人,一直追到羽田上村,在雷雨中再次威胁我。他坠落到雷场悬崖下,被人发现时浑身泥浆,新闻报道说他"身份不明"。为什么他的葬礼会在这个村里举行?为何会有这么多参加者?这个男人,到底是谁?我和夕见的秘密,到底是被谁知道了?我一直受到谁的威胁?我到底把谁……

没错。

一阵分明不存在的雷鸣震动着我的双耳。

我到底把谁杀掉了……

我想到了那个胶卷。男人的尸体被发现的清晨,彩根听到警笛声出了门。我趁机潜入他的房间,从相机里取出胶卷。打雷的瞬间——我将男人的身体从悬崖推下去的瞬间,可能都被记录在这个胶卷里了。离开村庄,路过海边时,我抽出胶卷埋进沙里。当时姐姐和夕见面海而坐,我就在她们身后销毁了证据。这起杀人案被看成意外事故，今后警方应该也不会进行真正的搜查。但是，这种情况仅限于死者"身份不明"。如果已经知道这个男人的身份，而且是本村的相关人员，情况就完全不同了。警察也许会开始认真调查，一切都可能水落石出。

等等——

我想起了自己进入这个殡仪馆的缘由。透过车窗看到的指示牌。那里写着已故者的姓氏"筱林"。据旅馆老板所说，毒蘑菇案发生后，筱林家虽然没落了，但还有之前分家出来的几户，村里还有姓筱林的人。

可是……

——筱林家也有一个独生子，虽然继承了家业，但父亲因毒蘑菇致死后，儿子就一点一点卖掉了土地和财产，悻悻地离开了村庄。

旅馆老板曾这样说。

——据说好像去了东京、神奈川还是埼玉，也不知做没做生意。

大脑一片混乱，我拼命思考着。威胁我的会不会就是筱林一雄的儿子？离开村庄后，他会不会去了埼玉？也许就在我和悦子、夕见生活的公寓附近。然后，十五年前，悦子发生交通事故时，他通过某种渠道知道了当年事情的真相。如果是这样，偶然的可能性就无限接近于零。我只能有一种想法，筱林一雄的儿子——筱林雄一郎，他是有意识地出现在我们附近，一直在监视我。可是，为什么——？

映像の暗示と遺体

影像的
暗示与遗体

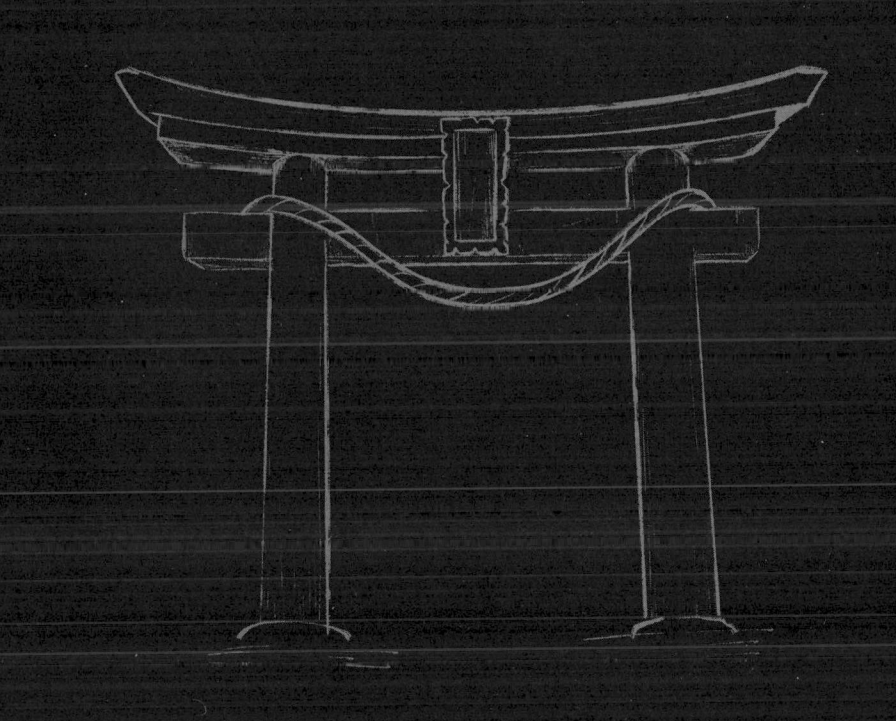

一

　　离开殡仪馆，我和夕见去了寺庙的墓地。但是，原本有母亲墓碑的地方已经建了别人的墓，我们只毫无意义地看了一下，一无所获。暮色笼罩着天空，我们开往"一位"，想找个房间住下，出来迎接的旅馆老板仍然担心着姐姐的情况。在那个雷雨之夜，我们搀扶着精神恍惚的姐姐回来，第二天早晨突然就结账离开了，主人担心也是正常的。我含糊地敷衍几句，主人看起来还是很担心，带我们走进上次住过的那个房间。

　　放好行李，我马上到一楼去洗澡。我想一个人静一静，必须好好思考一下筱林一雄的儿子——那个叫筱林雄一郎的人，到底是在什么方面有何关联？十五年前的交通事故与这个男人之间，有怎样的牵连？

　　可是，我左思右想，也找不到任何头绪。太久不回去，怕引起夕见怀疑，结果只能抱着疑问和困惑，出了浴室，穿上浴衣。

　　"……爸爸？"

　　我刚拿起浴衣腰带，隔门就听见夕见的声音。

"爸爸，回房间来。"

"怎么了？"

"回来就是了。"

我系上腰带打开门，夕见抓着我的袖子，转身就走。一声不吭地上了楼梯进了房间，夕见"砰"的一声关上门，回头看着我。就像在说"要有思想准备啊"，两眼直直地盯着我，一眨不眨。

"我注意到了。那个人——"

听到下一句的瞬间，我全身的血液仿佛喷涌而出。

"那个人，可能来过店里。"

那个男人和夕见只见过一次。就是那个男人出现在"一炊"那天。不过，之后夕见应该没再见过他。雷雨之夜，那个男人出现在雷场，夕见应该也不知道。第二天早晨，彩根用数码相机拍到的遗体面部的照片，夕见也没看。刚才在殡仪馆，只有我看到了遗像，夕见一直在副驾座位上等我。可是，死去的那个男人曾经来过店里这个事实，夕见到底是如何注意到的呢？

"看这个！"

在矮桌边屈膝跪下后，夕见拿起放在桌上的单反相机。显示屏上是在"一炊"店内拍摄的照片。银行分行副行长江泽先生坐在双人餐位上，张开嘴笑着。是那天的照片。筱林雄一郎出现在店里那天——不，不可能。那天晚上，夕见在店里没用过相机。而且，当天江泽先生坐的不是双人桌，而是四人桌。

"这里，入口处。"

夕见用指尖点着江泽先生的肩头位置。照片上有入口处的玻璃门，门外的昏暗小路上，有一个人，女性。她并没有要进店的样子，一动不动地站在那儿，眼镜后面的双眼看向这边。原来夕见说的并非筱林雄一郎，我这才放下心，可只放心了几秒钟而已。

"等等，这是——"

我将脸贴近画面。照片里的人戴着眼镜，而且有点儿聚焦不准，眉眼看得不是很清楚。但是，那令人印象深刻的鼻梁，越看越让我觉得，那不是别人，只能是太良部希惠。

"我也很吃惊。我就是随便翻翻自己之前拍的照片，结果发现了这个。"

"什么时候拍的？"

夕见指指相机屏幕一角，那里显示着拍摄日期。时间是二十点三十三分，日期是今年的十一月八日。正好是筱林雄一郎打来电话的一周前。

"爸爸……不知怎么，我有点儿害怕……希惠为什么偷看咱家的店？她来干什么？"

我当然也不知道。肯定是发生了什么。筱林雄一郎了解十五年前发生的交通事故真相。他知道我们在阳台种了蓟花，也知道蓟花成了交通事故的原因。他知道夕见与此有关，也知道我一直在隐瞒。那个男人向我勒索金钱，威胁说如果不给钱就将一切告知夕见。而且，在他实施威胁的一周前，希惠站在我家店前，朝里窥视。

"希惠，当时应该看到了我的脸吧……"

正如夕见所说，如果照片上的人确实是希惠，那么，她在我们来到这个村子之前，就已经记住夕见的脸了。不，不只是夕见，因为我也一直进出厨房上菜，也可能被她看到了。但是，我们来到这个村子，初次与她在雷电神社交谈时，之后在雷雨之夜向她求救时，她都装作不认识我们。我们谎称是编辑、撰稿人和摄影师，她也佯装相信。

——什么都，死了好了。

我将父亲留下的文字摆到黑泽宗吾和长门幸辅面前，之后，在礼拜殿旁，我听到希惠这样自言自语。这句话，一直在我心中挥之不去。因为，相比于那句话本身，她说话的语气，显然不是针对案件的采访者。自己是不是被她发现了真实身份？在那之后我也曾暗自害怕。看来，果然如此。不，本来从开始就不可能骗过希惠。不管我们说假名字，还是递上假名片，我还好，她不可能不注意到姐姐。

"为什么希惠要假装不认识我们呢？"

要思考这个原因，最终还是只能回到以下这个疑问。希惠为什么站在我家店门口呢？这件事，她不想被人知道。所以，她才装作不知道我们的真实身份——不，等等。

站在店门口的女性。

盯着数码相机的画面，我搜寻着记忆。那是悦子去世后不久，百日忌辰的次月，也就是十五年前的十一月。我带着夕见逃离了那间公寓，刚刚开始住在如今的家。悦子的死和交通事故的真相——我抱着被活埋在这两件事之中的心情，每天往返于二楼住宅和一楼店面间。不记得是十一月的哪一天了。一天晚上，我帮着父亲准备菜品，朝布帘缝隙看了看，发现门口有一个女人的身影。在敞开着的玻璃门前，当时在大厅做兼职的西垣女士正和她说着什么。西垣女士一脸困惑，我看得很清楚，心中马上闪现悦子的交通事故。当时，我对一切都过于敏感，对任何人的言行都反应过激。心里总是担心别人是不是知道事故真相？是不是来探听什么？始终被不安的情绪困扰。那天晚上也是如此，当我回过神儿来时，已经走出厨房，横穿大厅，来到那位戴眼镜的女士跟前。是的，她戴着眼镜。

我问她有什么事，结果我一问，她才注意到我站在旁边，迅速背过脸去，接着往回走。我还没来得及再次打招呼，她已经远远地走在店外小路上。西垣女士对我说，"见她好像迟疑着进来还是不进来，我就出去打了招呼。"西垣女士脸上还留有困惑的神情。

"然后，她问我'这家店是一家人开的吗？'，我说是的。她接着问'家里都有什么人啊？'，这我就很为难了。"

西垣女士之所以觉得为难，当然是因为那时悦子才去世不久。

"我怎么也不能将老板家这件事告诉陌生人呀。"

当时，大家最终判断，可能有人想在附近开饮食店，来打听一下其他店面的情况。当时西垣女士觉得有道理，我的不安也稍微缓解，十五年来，我几乎都忘记了这件事。一直到现在这一瞬间，我的脑海中从未再浮现过这幅画面。可是，如今这样重新审视记忆，竟感觉如此相似。当时，只是一瞬间，我在跟前看到了她的脸。如今，我无论如何都觉得那张脸就是我们离村后十五年未见的希惠，那天去店里的就是十五年前的希惠。

"什么……怎么了？"

我的样子让夕见越发不安，我只能默默摇摇头。那次交通事故，我是绝对不能说出口的。不，果然真的有关系吗？如果当时的女性就是希惠，到底是怎么产生关联的？十五年前，悦子刚刚死于交通事故，希惠就出现在店门口，询问我家的情况。接着，十五年后的今年——十一月八日，她再次站在店门口。紧接着一周后，筱林雄一郎用电话威胁我，四天后还来到店里，之后还一直追到羽田上村勒索

187

金钱。在雷场的激烈暴雨中，那个男人走向悬崖边，我屏住呼吸，靠近他的身后。我是为了守护夕见的人生，为了结束所有的一切……

——但是。

难道不是什么也没结束吗？

悦子的死不是意外事故——这个怀疑突然涌入我的心中。之前我连想都没想过的、毫无确信的小小疑问，如今如铁球般坚硬、冰冷。而这念头一旦涌现心中，我就无法再视而不见。当然，我也知道不可能。如果不是事故，到底是如何产生那种情况的？那天，四岁的夕见在阳台，把蓟花的花盆放到了扶手边缘的水泥台上。不可能是其他什么人，使用某种手段将花盆扔到了路上。即使有这种可能，古濑干惠如果没开车经过那里，悦子也不会被撞到。

哎呀，在事故发生前，夕见真的将花盆放到了我一直想象的那个地方吗？

——爸爸的花，会长大的哦。

——花，要朝着太阳才会长大哦。

我看向阳台时，花盆已经不在了。夕见不可思议地歪头思考着，指着水泥台的上边。

——我明明放在那里了呀……

即使想确认，我也不能问夕见。她妈妈临去世前的事情，夕见可能忘了，也可能记得。不管怎样，如果我现在问，她大概一下子会意识到此事意义重大。

闭目思索，今年十一月八日，在店里拍摄的照片。并无确切证据表明，照片里的人是希惠。十五年前出现在店门口的女性，也可能另有其人。我暂时将希惠从大脑中移除，重新思考一连串的事情：交通事故、花盆、夕见、威胁、筱林雄一郎。

这时，我想到了一种可能性。

难道是——

"爸爸，电话。"

我睁开眼睛。

"电话响了。"

我的包里传来振动声，拿起手机，显示屏上是姐姐的名字。

"还是接吧，我也担心亚沙实姑姑的身体。"

一按通话键，冷不防就被姐姐问道：

"幸人，你在哪儿？"

我还没来得及回答，姐姐接着说："我刚刚去店里了，关着门。家里也没人，有点儿担心，所以打个电话问问。"

"我开车出来兜风了。"我瞟一眼夕见，她指指自己，点点头。"夕见也在。"

"现在正开车呢？"

"嗯，是的。姐姐，你身体怎样？"

我想尽量用平常的语气说话，结果变成了像问候感冒情况似的。还好姐姐的声音也很平静。

"好多了，再休息一阵子就可以工作了。让你们担心了，想着必须要跟幸人和夕见道歉……所以刚才去了店里。"

"别放在心上啊。"

夕见在旁边也用动作表示同意。

"担心是当然的……不过，姐姐让我担心这种事儿，大概是第一次吧。相反，我让姐姐担心很多次呢。如今想来，我真是个不争气

189

的弟弟啊。"

小时候，让人担心的总是我。在二楼的房间乱跑，弄掉隔扇，怎么也装不上去，仿佛清楚地看到自己会被爸妈训斥，吓得大哭；在学校和朋友打招呼却被无视，耿耿于怀，点心都吃不下。当出现这种情况时，姐姐会告诉我隔扇是从上面装的；会用实验证明，人的说话声有时传不远。最后她还一定会一边说那句我最熟悉的"没事，没事"，一边把手放在我头上轻轻抚摩。

"你一直是让我自豪的弟弟。"

一句出乎预料的话，从电话那边传来。

"幸人你不仅学习成绩好，从小还能读很多难懂的汉字。我当时想，将来你可能会成为学校的老师呢。"

"结果成了居酒屋老板，抱歉啦。"

耳边传来姐姐的笑声，非常自然。我甚至觉得，姐姐是不是已经忘记了那天晚上的事？

"你们在哪儿兜风呢？"

"噢，各处，随便转转。"

不知不觉间，已经过了晚餐开始的时间，走廊传来旅馆老板的招呼声。我们再不回应，他好像马上要到房间来了。我赶紧对姐姐谎称"此处禁止停车"，然后挂断了电话。

二

过了良久，旅馆老板才发现我和夕见对聊天不大感兴趣，这才开始收拾用过的餐具，我们趁机起身离开大厅，刚上楼梯，听见身后传来开门声。

"啊，果然，一看外面的车，就想应该是你们。"

彩根出现在门口，笑容满面。

"这次只有两个人吗？那位撰稿人，因为之前的事中途退出了？"

我点点头，尽量不表现出不愉快，但也觉得即使显露出来也没关系。他曾说来羽田上村是为了采访神鸣讲，原本期待他看完今天的祭祀就应该回去。不过，看来他还要再住些日子。

"我这个人，本来不是能和别人很快熟悉的那种，不知怎么却已经和村里人关系很好了，刚刚是有人开车送我回来的。他叫什么来着，人家送我回来，我却忘记了他的名字。就是鼻子特别长的那个。"

彩根显然是喝醉了。

"是吗？"

"不过，神鸣讲真是很少见的祭祀啊。你们二位去过长野县吗？长野县有个地方，也有很有趣的祭祀呢。村民会点起一大堆篝火，围着篝火不停地旋转，祈祷健康和幸福——"

他边说着边走近我们，为了不让他追上，我继续上楼梯，可夕见却站着不动。无奈我也只好停下脚步，在楼梯中间转身看着他。

"对了，你们听听看啊。前几天，自打我开始照相以来，出现了第一次滑铁卢。"

"怎么了？"

夕见反问道，脸上带着纯真的兴趣。

"我竟然忘记放胶卷了！我一开始没注意到，就一直那样拍照片来着。哎呀，真让人吃惊啊！你们回去那天，我后来偶然看看，发现相机里居然没胶卷。就是那个，我母亲过去用的单反相机。不过，那里拍的都是很重要的照片，虽然张数不算多。"

"彩根先生也会遇到这种情况啊。"

"是呀。"

彩根抬起消瘦的脸颊看着夕见，眼镜中反射着灯光，看不清他的双眼。我不由收紧心口，他突然转向我这边。

"另外，上次见面时，可能有点儿让你们误解了。"

"……误解什么呢？"

"我说自己在研究乡土历史，在全国各地转悠，那样说并不准确。"

"您是说，并不是全国吗？"

"并不是这个。不过，我当然不可能走遍所有地方，这样说也对。其实我感兴趣的并非各地历史，而是在各地发生的案件。在历史这个巨大的'庭园盆景'中，曾经发生怎样的案件，它对现在有何影响？对这种调查尚无合适的叫法，所以我就说在研究乡土历史。当然我只是出于兴趣在调查，而且调查的案件基本都发生在遥远的过去。所以，你们可以把我看作破解谜案的私人侦探一类的人。"

"我不大明白，您来这个村子是——"夕见问。

"为了调查三十年前发生的案件。啊，关于毒蘑菇案，你知道吗？"

夕见正要开口，我抢先回答："在调查神鸣讲时听说了，当然也知道，只是不大详细。"

"是吗？"彩根看起来很高兴，"既然如此，我房间有影像资料，要一起看看吗？我正要自己从头看一遍呢。大家一起看，也可以帮我拿拿主意。"

三

画面上显示出三十年前的村庄，比之前想象的还要安静得多。

毒蘑菇案发生之后，我还在医院，没见过外面的情况。因此，一直以来，我自己想象出这样一番情景：村民聚集在各处，像被追赶的动物般，眼睛充着血，小声议论着。

"没人在路上走，大概是因为发生了太恐怖的事情，大家都躲在家里了。"

彩根像读懂了我的内心一样，说了这么一句。然后，他调节了一下个人电脑的音量。

画面中央是一位现场记者，记者的话说到一半，声音突然变大，播报内容是，在叫作神鸣讲的当地祭祀中，发生食物中毒，出现两名死者和两名重症患者。因为报道说，现在警察正在调查详细情况，似乎还没确定原因是白毒鹅膏。这段影像是电视播报的录像，画面很不清晰，感觉像是隔着磨砂玻璃观看。

"我把找到的报道影像都集中在一起了，有很多重复之处，我适当地进行了整理衔接，但内容还是很长。我现在给你们泡茶啊。"

彩根在三只茶杯中倒好茶，第一段录像结束。在切换到下一段影像之前，出现了一段当时的芳香剂广告，夕见觉得很稀奇。我却对茶杯的数量很在意。他明明一个人住，为什么房间里有三只茶杯？我们住的房间，之前是三只，这次是两只，都是按人数准备的。他是事先到楼下去借的吗？从一开始他就打算叫我们到房间里来吗？

画面中，摄像机移动到雷电神社礼拜殿前，拍到了石阶附近。

"在这个祭祀中，还发生了一件令人悲伤的事情。"屏幕中，一个现在看来妆容显得过时的女记者说，"参加祭祀的高二女生和她上初一的弟弟遭遇雷击，正在医院接受治疗。"幸运的是，并未出现我和姐姐的面部照片，在记者说了我们两人名字之后，画面上只显示出"藤原亚沙实（17岁）""藤原幸人（13岁）"。虽然如此，这段录像彩根应该已经看过多次，而且，在至今为止的采访中，遭雷击的少男少女照片，他一定至少见过一次。如果他发现我和姐姐就是当时的那两人，他应该很早之前就发现并且指出来。当然这仅限于，他并非像希惠那样佯装不知。

"最近，我已经弄清很多情况了。"

正如彩根所说，在接下来的报道影像中，出现了蘑菇汤、雷电汤和白毒鹅膏这样的词语，记者的报道也变成了并非事故而是重大案件的语气。画面上有荒垣金属的工厂和荒垣猛的照片，还有一直延伸到画面深处的蘑菇塑料大棚和筱林一雄的面部照片。这样一看，和筱林雄一郎的五官确实相像。

在说完仍在住院的黑泽宗吾与长门幸辅的病情后，画面切换到对村民的采访。采访的是荒垣金属的从业人员，在筱林家塑料大棚工作的中年夫妻。摄像机对准被采访者的前胸部位，没有露出人脸。人们的声音，有时像轻声低语，有时像大声倾诉。"很会照顾人，人很好……大银杏菇不可能是偶然掺进去的……是有人干的……希望犯人出来自首……不能原谅……吓得睡不着……"最后，记者说到了案件当天的雷击。初中一年级的弟弟已经恢复意识，高中二年级的姐姐仍然昏迷。

"雷，还真是可怕的东西啊。"

不知何时打开了小袋子，彩根一边嚼着薄脆饼，一边看着画面。

"就像一个手持几千万伏激光枪的杀人犯，从上边无差别瞄准一样啊。我们毫无防备地走在他的瞄准范围内。而且，即使免遭击中，在旁边也会遭殃的。当时，虽然遭到雷击的是那位姐姐，但旁边的弟弟也被击中了，也就是侧击。"

如果，不是姐姐，而是我自己被雷击中的话。

我这样想象，已经不止一次两次了。

"哎呀，其实呢，直到前几天在雷场近距离看到雷击，说实话，我一直太小看打雷了。雷击瞬间的那种冲击，真是太厉害了。过去的科幻电影里面的汽车形时光机，不就是用雷供电吗？那绝对是不可能的。能承受那么巨大电力的机器，无论是怎样的天才也造不出来呀。"

如果时间能倒流，我会怎么做呢？这种情况，我也无数次想象过。当然，我会把在礼拜殿前的自己和姐姐拉开。但是，如果不能那样呢？如果遭遇雷击就是我们的命运呢？——每当想到这里，我经常会在想象中将自己和姐姐的站位互换。从空中落下的雷，击中了我的身体，姐姐遭受侧击倒在地上。我的身体被刻上电击疤痕，一直昏睡。姐姐在别的病房，几小时后苏醒过来。我知道，即使时间真的能倒流，我也没有这样的勇气，但还是经常想象这种情景。想象中的我，在其中再次追溯时间，记忆飞回到同一天的早晨。然后，我在雷

195

电神社院内屏住呼吸，双眼望去。在那一年的第一声雷响起时，有人登上参拜路，穿过鸟居，行走在神社院内，走向工作间。将手里的白色物品放入雷电汤锅中的这个人，在暗处弓着身，根本看不到他的脸。但是，他穿着父亲的衣服，和父亲的背影很像——

"在雷场，雷打下来的时候，不是有'噼噼噼'的可怕巨响吗？感觉耳朵都被震聋了。你们知道吗？据说打雷声和所谓的'轰隆隆'的声音是一样的。"

我和夕见都摇摇头，彩根开始进行说明，还得意地夹杂着动作。

"据说在雷电云中，放电是朝向四面八方的，因此，'噼噼噼'的声音一直持续。在透过大气层传向远方时，就会变成低沉的'轰轰'声。之后，逐渐经过时机的偏离和重合，传到我们耳边，就变成了'轰隆隆'的声音……啊，对了，这位是宫司女士，当时是高中生。"

电脑开始播放下一段报道影像，出现了希惠的身影。

"她的母亲——上代宫司，这时应该还活着。不过找遍了影像，都没有关于她的采访。她是拒绝采访了吗？"

画面上的希惠，并非以宫司女儿的身份接受采访，而是作为遭雷击昏迷的藤原亚沙实的同学。或者也许当时还无法回答神鸣讲和毒蘑菇案的问题，没能拍到其他可用于播放的影像。

"美少女啊……"

彩根挠着下巴说，眼镜反射着画面的光。接受采访的希惠，确实很漂亮。而且，比我们离开村子前看到的更漂亮，是一种健康的美。之后，她母亲自杀。村里人把死去的太良部容子看作犯人，希惠对此进行正面反击。她说，真正的犯人另有其人，很可能母亲不是自杀，而是被犯人杀掉来顶替罪名。她用过激的言辞进行反抗。渐渐地，她的皮肤变得黝黑，双眼深陷。

希惠在采访影像中，一直非常担心在病房昏迷的我姐姐。她俩的合影出现在画面中。大概是在高中体育节拍的，希惠和姐姐都穿着体操服，站在一起做出V字形手势。她们健康的身姿因汗水而闪闪发光，笑容灿烂。

"据说她母亲去世后，住在其他县的亲戚来照顾希惠的生活，一直到她上完两年函授课程，获得神职资格，继承雷电神社。即使是上代宫司的女儿，什么都不做也是无法继承的，不容易啊。"

报道节目的影像继续。在一间陈旧的演播室，男播音员在播报村里人的陈述——在祭祀时分给大家的蘑菇汤中，会放有一种叫作大银杏菇的白蘑菇，因此，工作人员可能没注意到与之颜色相同的白毒鹅膏。画面上还出现了各种蘑菇的影像资料。伞盖足有婴儿头部大小的大银杏菇。形如其名、伞盖呈鹅蛋形的白毒鹅膏。据说白毒鹅膏的伞盖会一点点展开，变成水平的——播音员进行说明并简短总结后，特集结束。随着有点儿耳熟的音乐声，画面播放了一段厨房洗涤剂广告。下一段影像开始前，彩根改变了盘腿姿势，仿佛要闯进画面一样，把脸靠得很近。

"从这里开始，事件有了最有趣的发展。"

伴随着红色的、潦草的字幕，报道内容是太良部容子自杀一事。画面中出现了很多人，在礼拜殿的门框上，是用细腰带吊住脖子的宫司；发现这一幕的上高中的女儿；臆测宫司会不会就是毒蘑菇案的犯人的村民；在摄像机前进行反击、双眼通红的希惠……要是放在现在，这个肯定不能播放吧。

"然后，从下段报道开始，事态发生突变。"

节目组发现了一盘录像带。在太良部容子的遗体被发现的几个小时前，她曾出现在一段拍摄村中小路的影像中。那的确是她的背影。有个镜头是她正要推开一扇门的瞬间，这个画面被放到了最大。不过，招牌上写着"英"的店名，却被白雾一样的东西遮盖了。

接着，画面上出现了希惠，节目组给她看了上面一段影像后，她走下参拜路，下了后家山，横穿主干道，沿小路前行。摄像机一直跟随着她。终于，希惠来到店前，敲门。

"我是雷电神社的太良部。"

出现在门口的父亲的脸，与店名一样，也被白雾挡住了。画面下面用铅字印刷体假名标着"A先生"。可是，这种假名标识，在这个村子没有任何意义。无论是谁，只要看了报道，马上就会将"藤原南人"四个字叠加上去，透过那团白雾，一定会看见父亲的脸。

"他们给我看了录像，就是拍到我妈妈的那段。"

希惠的声音忽大忽小，略微有点儿颤抖。当时，我正在餐桌做作业，起身站到门边，往外看过去。我不明白到底发生了什么，那里站着突然到来的希惠，她旁边有个拿摄像机的男人，这个男人旁边还有另外一个男人。如今出现在画面上的情景，我当时是从反方向亲眼所见的。

"临死前，我妈妈来这里做什么？"

画面中的父亲垂着双手沉默着，一会儿，转过身背对希惠说："请在这儿等一下。"

父亲朝店里的楼梯走去时，曾将手轻轻放在我头上，影像里没有照到这个。

过了一阵儿，父亲手里拿着一个白色信封回来了。用好像要放弃什么的态度，递给希惠。希惠当场从信封中取出信纸读起来。摄像机移动着，斜着拍到了文字，但在播放的影像中，字面也用白雾掩盖了。大概是希惠请求不要公开？或者是节目组的顾虑？

接着，画面切换到演播室，说明了太良部容子给父亲那封信的内容。打雷那天——也就是神鸣讲当天清晨，她看到了进入神社工作间的"A先生"的身影。"A先生"往雷电汤中放入白色物品后离开，太良部容子马上去查看雷电汤锅，知道他放的是蘑菇。当时，她脑海中也闪现了一下剧毒蘑菇白毒鹅膏，但她没有丢弃雷电汤，也没告诉任何人，照常举办了神鸣讲。之后，出现了两名死者和两名重症患者。

"背负着这种罪责活下去，我做不到。这封信，你丢掉也完全没关系。所有一切都由你决定。不过，请你想一想家人。我只恳求这一点。"——信上写着以上内容。

播音员将播报内容进行总结，显示成条款式文字，演播室里有几个评论员不负责任地交换着意见。其中也有现在偶尔出现在电视中的演员。节目中间还有补充内容。当播放到"A先生"的妻子一年前死于不明事故时，他们的讨论更加热烈。我和姐姐遭遇雷击之事，之所以未被提及，是因为显然与案件无关？或者是，节目组考虑到，我们的名字全称早已被报道过，"A先生"的身份就很容易被锁定，人们也就知道我和姐姐是他的孩子。如果真是如此，这种顾虑也毫无意义。这个报道播出之后，父亲就被当成毒蘑菇案的犯人遭到全村的谴责，我在学校也遭受了卑鄙的攻击。

"真可怕呀！"影像再次插入了对村里人的采访。画面上是一

199

个男人，没有出现面部图像。

目前为止看到的报道影像中，根本没有一条新奇信息。但是，村民们接下来的说法，却突然让我知道了一个意想不到的事实。

"大佬们有时会把雷电汤分出一些，放入我们的蘑菇汤中。所以呀，如果今年的神鸣讲，他们也这样的话……"

疑问一下子让我的内心变得冰冷。

村民刚刚说的这件事，我根本不知道。因为我既没见过这种情况，也没听家人说起过。可是，父亲呢？我当时还是初一的学生，而父亲已经在羽田上村生活多年，每年必定参加神鸣讲。雷电汤有可能混合到一般的蘑菇汤中，父亲应该会知道吧。

如果父亲是毒蘑菇案的犯人，难道他没有考虑其他村民也有可能吃到白毒鹅膏吗？他事先没想到可能会在某个人的碗中吗？也许那就是姐姐的碗，也可能是父亲自己的碗啊。那天，在我旁边的姐姐确实喝了蘑菇汤，父亲也喝了。一旦碗里混入了白毒鹅膏——

"那个人没喝呀！"画面上另外一个村民开始说。这次也没拍到面部图像，不过一听声音，我就想莫非是……

画面上的人穿着灰色工装裤，胸前缝着农协的标志。果然，就是他。母亲在冰冷的河边被发现的那个夜晚，就是他开车把我和姐姐送到了医院，农协职员富田。在三十年前的神鸣讲那天，他还笑容可掬地对我们说"来啦"。

之后，父亲端着蘑菇汤的碗走近他，两人与我和姐姐隔开了点儿距离，面对面说着什么。当时就是我和姐姐遭遇雷击之前。

"我记得很清楚呢。"富田的声音暗沉，其他村民的口气中包含的愤怒和恐怖，在他的语气中感觉不到，相反，却隐含着深深的悲哀,"我问他怎么不喝?他说,味道有点儿怪,还是算了。"

彩根将食指对着画面,就像刺向它一样动了几下。

"这个证词,进一步支持了藤原南人是犯人的说法。"彩根说。

我无法回应。在三十年前的神鸣讲上,父亲没喝蘑菇汤的事实——我至今根本不知道的事实,如石头般堵住了我的咽喉。

"不过,也许……"夕见在旁边开口了,"假设藤原南人不是犯人……是不是他的碗里真的有白毒鹅膏呢?犯人另有其人,他在雷电汤里放了白毒鹅膏,大佬们将一部分雷电汤分到了一般的蘑菇汤中。因此,藤原南人的碗里偶然混入了白毒鹅膏,他才会觉得味道怪,所以就没喝。"

彩根慢慢摇摇头。

"白毒鹅膏并没有奇怪的味道和气味,吃了也不会有任何违和感。所以才可怕。"

画面转到演播室,不负责任的讨论再次展开。不过,在我听来,那些只是毫无意义的声音组合罢了,我的咽喉仍然被刚刚得知的事实堵塞着,我紧紧握着放在膝盖上的双手。彩根和夕见就白毒鹅膏争论着什么,我是只听其声不解其意,不知不觉间,我的脑海中浮现出三十年前的情景。当年从我和姐姐身边走开,和富田面对面的父亲。当时,真的像富田刚刚在影像里所说的,父亲和他有过那样的对话吗?父亲真的没有喝蘑菇汤吗?若是如此,为什么?他只想自己平安无事吗?他明明知道,其他村民,或者是自己的孩子,都有可能误食白毒鹅膏,还能无动于衷吗?

——因为去年没吃到啊!

那天,父亲边说边领到了大锅里的蘑菇汤。他平静的侧脸后面,到底隐藏着什么？难道是将大批村民都置于危险中，无视自己孩子会中毒的可能性，将杀人计划付诸实施的成就感吗？无论如何我都不能相信。可是，除此之外，我还能怎么想呢？

"雷场的犯罪现场，要是能顺利拍到就好了啊。"彩根忽然嘀咕的这句话，将我的意识拉回到现实。

"……什么？"

"杀人的犯罪现场呀。"

我没明白他的意思，看向电脑画面。可是，那里仍然只是并非当事人的一群人在进行无解的议论。

"不不，我不是说这个画面，是刚才和她聊过的打雷。那天晚上，打在雷场的那个雷。死在悬崖下的那个男人，因受雷声惊吓而掉下悬崖的可能性不是很大吗？所以，果然雷才是杀人犯啊。即使没被激光枪命中，人还是死了。太可怕了。"

"您刚刚说的……'犯罪现场'是？"

"打雷那一瞬间，我可能拍到了很棒的画面，在雷电神社的社务所，我是不是说过？"

说过。但是……

"可是您不是忘记在相机里放胶卷了吗，您刚刚在楼梯上说过……"

"不是不是，拍下打雷瞬间的是数码相机。"

仿佛有一双冰冷的手，抓住了我的内脏。

"可是，在我印象中，那时彩根先生是将胶卷相机放在了三脚架上……"

"那个相机，在开始下雨时，我马上就收起来了。毕竟是个老相机,淋湿就麻烦了。拍摄打雷照片的,是那边那台。"

他指着随便放在地板一角的单反相机。

"我的一贯方针是,不拍到一定数量的照片是不会确认的。数码相机可以马上看到所拍的照片,非常方便。但是,如果觉得反正能拍很多,之后从中挑出自己满意的就行了,那么技术就会下降。拍照片是神经反射,并不是多拍就好的。"

"那么……您还没看过?"

"在这儿期间,大概不会看了。回家后再慢慢确认,那是个快乐的过程呢。"

"现在就看吧!"夕见半开玩笑地说,将手伸向相机。彩根迅速伸手抓住了相机。

"现、在、不、看。"

电脑上的影像放映结束,画面自动停止,只剩下演播室远景。彩根胡乱地关上电脑屏幕,转动身体朝向我们。

"就是这样,这些影像资料如果能给你们一些参考,是我的幸运。方便的话,请告知电子邮箱,之后我把影像发给你们。"彩根补充说。

"不用了,我们用自己的方式调查。"

我站起来,催促着还想说什么的夕见。夕见努努嘴站起身,这时,彩根突然将数码相机拿到胸前。

"对了,说起杀人犯……"

他打开电源,显示照片。他的脸并不对着显示屏,只用眼角进行确认,是因为他说过尽量不看自己拍过的照片吗?他摁动按钮,一张张切换照片。开头那些是为什么拍的呢?有这个房间的天花板、腰窗、电灯罩等。不久，出现了举办神鸣讲时雷电神社院内的全景、露天摊位、排列着的灯笼、看着相机或者没看相机的村民们出现或消失。

"雷雨之夜，在雷场摔死的好像是筱林雄一郎。名字的汉字是雄壮的雄，数字的一，右耳旁的郎，雄一郎。就是三十年前死于白毒鹅膏的筱林一雄的儿子。"

"啊？"夕见大声说。

"据说离开了村子的……那个人？"

"对对，就是他。他父亲死于毒蘑菇案后不久，他就变卖家产离开了村子。那天晚上，他为什么又出现在雷场？什么时候回到村子的？"

夕见也和彩根一起思索着，看向我。瞬间，我也不知该做出什么表情，只好尽力挤出一句话。

"他是不是想参观一下很久没看的神鸣讲，才回到村里来的呢？登上后家山，也许只是出于单纯的怀念？"

"也许如此。不过，如果是这样，太可怜了。因为如果不去那里，他就不会死了。受雷声惊吓，从那么高的地方掉下去……哎呀，或者，他的死可能另有原因。"

"您说……另有原因是……"

"哎呀你看，也许是不小心在泥里滑倒了。在打雷之前。"

彩根继续歪着脖子按着相机按钮，显示器上的时间一点点接近现在。昏暗的背景逐渐变得明亮，这时出现了一张很大但不大清晰的人脸照片。

"啊！就是这个！"

彩根将画面朝向我们。

"白天,我拍到了筱林雄一郎的遗像。村里的殡仪馆在举办他的葬礼,我进去很快拍了一张。"

"这里,我们也去了。不过是借用一下厕所。对吧?"夕见说。

我点头回应着夕见的话,目光却无法离开相机画面。挂在殡仪馆大厅的遗像,和从远处看相比,照片上的五官更加清晰。宽而长的鼻子,令人想到乌鸦嘴。黑眼球小、似乎在打坏注意的双眼。与其说是微笑,倒不如说是更接近冷笑的表情。年轻时的威胁者正注视着我。

"怎么感觉见过似的……不可能啊……"

夕见说出这句话后,我才意识到这张照片是不能给她看的。我以自己的焦躁不会被觉察出来的最快速度拿起相机,将画面对着自己。幸好,夕见马上抬起头,转向彩根。

"筱林雄一郎,是怎样的人呢?"

"我问了问参加葬礼的人,据说他本来在学生时代就在东京生活过,所以离开村子后就去了东京。然后,在那里做生意,彻底失败了。以后的事,似乎没人知道。所以,遗像也是很早以前的照片。好像他之前只回过村庄一次,那时也几乎没人和他交流过。"

"他是何时回来的?"

夕见询问彩根时,我第一次从正面持续注视着筱林雄一郎的遗像。我认识这个男人。在他往店里打恐吓电话之前就认识。在他出现在店里之前就认识。

"地震之后,二〇〇四年十月的新潟县中越地震。他应该是很担心故乡的灾情吧。但是,可能不想被大家看到自己穷困潦倒的样子,据说他用口罩和围巾遮住了脸。不过,我今天在神鸣讲碰到的人当中，有一个男人碰巧认出了他。我忘了他的名字，就是鼻梁特别长的那个——"

"送你到旅馆的？"

"对对，就是他。他送我回来时，我在车上随便问了一下。他和筱林雄一郎是初中同学，十五年前那场地震后，他偶然在村里看见雄一郎，就和他打招呼。当时，雄一郎样子落魄，显然在城市混得很失败。因此，这个男人想起他过去的傲慢自大，就捉弄了他一下。结果，雄一郎用可怕的表情瞪着他，走开了。"

"捉弄？"

"问他'你去神社了？'之类的。"

"啊？为什么是神社？"

"据这个'长鼻梁'说，筱林雄一郎曾经很喜欢宫司的女儿，也就是太良部希惠。用现在的说法，好像还做过跟踪一类的事情。"

"跟踪狂，老早就有啊……"

"'长鼻梁'还笑着说，离开村子说不定就是因为希惠不理他呢。不知实际情况到底如何。"

此时，我理应对彩根的话多加留意。因为他说出了"十五年前"这个词语。我所不知的秘密之线索，就应该存在其中。可是，我却错过了这些。我一直盯着数码相机上的筱林雄一郎遗像，倾听着自己的记忆空白。我认识这个男人。从生活在羽田上村的时候开始，我就认识他。这个印象渐渐形成清晰的轮廓，接着，轮廓锐利的一端，触到了包裹记忆的薄膜。随后，薄膜上出现裂纹，裂纹增大破裂，记忆涌入了三十年前因雷击产生的空白之中……突然，记忆如浊流般缓缓流动。

潮湿的泥土气味。后家山的深处。我双手中有很多蘑菇。它们丛生在树林中，对讨厌蘑菇的我而言，它们看起来也很美味。因为误采侧金盏花而遭到了父亲批评，我一直很懊悔。这次我一定要让父亲好好看看，问问父亲能不能吃。

——那时我拼命反省啊，再也不敢采自己不认识的东西带回家了。

在这个旅馆的窗边，说起侧金盏花时，我这样告诉姐姐。

——可是……

说到这儿，我竟然不知道自己到底想说什么了，只留下一种强烈的违和感。而现在，我正直视着那违和感的真面目。

那不是最后一次。

还有一次，只有一次，我又重复了这种孩子气的行为。就像给母亲带回野花一样，就像给父亲带回橡树果一样，我还想被夸奖一次。我想为家人做些什么。可是，当我双手捧着丛生在后家山的蘑菇，蹚开齐腰高的杂草，回到参拜路时，一个男人站在了我面前。他的脸与夕阳重合，成为一个黑影。他向我伸出手臂，摸着蘑菇，之后，一下子从我手中全部夺走了。

——在哪儿找到的……

面对男人的质问，当时的我说不出话，只是回头指指树林深处。他拿着蘑菇，就像被什么拉着一样，急忙走向那边，这时我才看见他的脸。我不知道他的名字，但知道他是来我家餐馆的一个大佬的儿子，蘑菇大户的儿子。被这样的人抢走蘑菇，我觉得自己肯定找到了不得了的东西，发现了极其贵重的东西。在黄昏的参拜路上，我心跳加速，不是因为蘑菇被抢感到伤心，而是因为兴奋。看看自己的双手，在冻僵的手指间，只剩下一只蘑菇。我将它带回家，把母亲的图鉴搬到房间，对照着国语辞典，忘我地阅读说明。

于是，我知道了这个蘑菇的真实面目，以及它所拥有的恐怖力量。

四

房间里只点着一个小灯泡，我看着天花板。

是不是更冷了？这回旅馆准备的被子是三条叠在一起的，夕见说太重翻不了身，可现在却在旁边睡得很香，呼吸均匀。走廊传来"滴答滴答"的流水声，与夕见的呼吸声相重叠。大概是为了防止水管冻住而没关紧的水龙头在滴水吧。

参拜路上发生的事，如浊流般复苏，伴随着鲜明而强烈的身体感觉，在脑海中如旋涡般翻腾，几乎有一种刚刚经历的错觉。这个旋涡，又将更多记忆卷入。卷入，再卷入，随之越发巨大，充满了我的身体。三十年前的神鸣讲。那天发生的所有事情。姐姐头上戴的银色发卡——看到那个小鸟形状的发卡，我说会引来雷击的，太危险。记忆慢慢卷着旋涡，将片段的时间拉近，逐渐扩大。我再次体验了三十一年前母亲去世那天的所有见闻。失去意识的母亲。在那间白色病房，我哭得太伤心，以致呕吐。我被父亲带去洗手间。回到病房后，如今，我再次倾听到父亲那句自言自语。就是清泽照美告诉我们的那句话。

"对于他夫人的情况，藤原南人说过，死就死了吧。"

屋外传来人的说话声，是在神鸣讲喝醉了酒，走在回家路上的男人们的声音。从三十年前开始，一切都没改变。这个村子，什么都没变。

有动静传来。

我听见隔壁房门的开关声，嗒嗒的脚步声在走廊移动。经过我们房间，接着是走楼梯的声音。我坐起来侧耳倾听。脚步声逐渐远去、消失——最后，只听见断断续续的水滴声。

我从床铺上起来，走近拉门，不出声地滑动它。我出门到走廊，看看隔壁房间，门缝中透出光线，应该是开着灯。我走到门前，用指尖轻轻敲门，没人回应。我将指尖放在拉手上用力，可能是门的开关有点儿问题，竟然纹丝不动。我将左手放到右手上用力拉，房门只是咔嗒咔嗒响，还是不动……

"你干什么呢？"

背后有人说话。

回头一看，彩根站在昏暗的楼梯半中间，看着这边。

"我睡不着，想着能不能和您聊聊天儿。"

我从拉门上放开手，面对黑暗说。

"是吗？刚刚我去下面拿这个了，忽然想起放在柜台边上了。"

那是一种叫作"盖被"的防寒用品，样子就像是在被子上加两个袖子。在这个村子生活时，我们一家也曾经用过母亲亲手缝制的盖被。

"这个很不错，肩膀很暖和，叫什么来着？"

"棉睡衣？"

"不是，这边有独特的叫法……啊，想起来了，叫盖被。"

说着，彩根走近我，不晃动身体，也几乎没有脚步声。可是，他刚刚出门下去时，我隔着门都能听到他的脚步声。为什么？

"你用吗？我可以再去拿一个。"

"不，不用了。彩根先生要休息了吧，我也去睡了。"

我们擦肩而过，我正要回房间，他的声音从后面传来。

"不聊天了？"

"算了。"

"是吗？"彩根边说边将手放在门上。是有窍门吗？没见他怎么用力，门却很滑溜地顺利打开了。他站在门口面对着我，屋内的灯光只照到他的一半脸。

"那就睡觉觉咯。"一股热气涌进鼻腔，我没吭声，歪着脖子思考。彩根露出一半牙齿笑着，说："是这边的说法，意思是，那么晚安啦！"

我用点头掩饰过去，背过脸，进入自己房间。我想背着手关上门，本来一直很顺滑的推拉门，竟然拉不动。我焦躁地转过身，双手用力拉上门。

我在昏暗的房间里穿行，就像走在泥潭中，双脚沉重。好不容易才走到夕见的床铺边，跪坐在榻榻米上。人声和动静都没吵醒她，女儿睡得很香。小电灯照着她的脸庞，双眼在眼睑内侧快速眨动着。记得十五年前，她的双眼也是这样在薄薄的眼皮下眨动。那天，她在托儿所用的心爱的布袋被弄破了。听悦子说，夕见看见布袋裂开一个大口子时，显得若无其事。可是，从托儿所回到家，悦子想要扔掉布袋时，夕见却突然大哭不止。布袋破了的那种难过心情，她是不是一直忍耐着？或者是，即将与心爱的布袋分离，才那么伤心？想着女儿当时的心情，那天晚上，我曾和现在一样，凝视着女儿熟睡的脸庞。

第二天，悦子要去买做新布袋的布，就遭遇了那场交通事故。那是夕见的温柔体贴带来的事故。夕见为了我，将蓟花的花盆搬到太阳照得到的地方。花盆坠落，砸碎小汽车的前挡风玻璃，汽车失控疾驶，撞飞了悦子的身体。了解事故经过的我，都做了什么？——拼命守护孩子的人生。不必让她知道的事情，那就让她永远不要知道。从记忆中消失的行为，就永远不要让她想起来。可是，我这样做，到底是多深的罪过呢？已经发生的事情，无法改变。已经死去的人，不会复生。

继续隐瞒事实，是多深的罪过？

——没错。

离开羽田上村时，父亲轻声说出了这句话，如今，我才终于明白这句话的意思。

三十年前，发生毒蘑菇案的当天。

那天清早，响起了那个季节的第一声雷。

——我母亲看见了藤原南人进入神社院内。

在社务所，希惠说她母亲是目击证人。根据希惠现在仍然持有的信件内容，她母亲太良部容子，亲眼看见我父亲在神社工作间，将白色物品放进雷电汤中。而且，在案件发生后，才知道白色物品是白毒鹅膏。她将自己看到的情况写成文字，交给了我父亲。我不知道具体的文字内容。准确知道内容的，大概只有写信人太良部容子、收信人我父亲、从我父亲手里拿到书信的希惠，还有，将那一瞬间拍进摄像机的节目组成员。

这里存在一种可能性。

每个人所知道的信件内容，并不相同。

211

三十年前，父亲涂改了太良部容子交给他的信。那天，希惠从父亲手里接过的，摄像机拍到的，都是被父亲改写后的信。

在涂改信件时，父亲大概既没删减也没添加文字。因为如果那样做，会被熟悉母亲字迹的希惠轻易识破。不过，要大大改变信件内容，根本没必要删减或添加文字。如果我的想法准确的话，父亲只做了一个动作，那就是在太良部容子的文字上添加两条线。

要想弄清一切，只能亲眼看到这封信。

五

听见敲门声，我睁开眼睛。腰窗的隔扇已经微微泛白。

本以为自己肯定睡不着，却不知不觉已经到了早晨。我掀开三条叠在一起的被子，站起身，打开房门。可是，明明听到了敲门声，却空无一人。我看看左右的走廊，旅馆老板正在楼梯边打扫地板。

"啊，对不起。刚刚碰到这个了。"

他苦笑着，拿起一个带柄的清扫工具，顶端的薄布是可以替换的。

"过去呢，都要蹲在地板上用抹布擦，现在有这样的就方便啦。……您马上要吃早餐了吧？"

我回头看看房间，以为会看到夕见，这时才发现她的床铺是空的。我再看向老板，他像戳空气一样，用食指点了两三下，指尖朝着彩根的房间。

"她在隔壁吗？"

老板上下动动下巴表示肯定，我拉好浴衣前襟，朝隔壁走去。

双手移开很难开关的拉门，只见换好衣服的夕见和仍然穿着浴衣的彩根在地板上相对而坐。令人吃惊的是，两人之间摆放着父亲拍的照片。毒蘑菇案发生的前一天，父亲拍摄的二十多张照片。彩根朝我挥挥手说早上好，夕见也回过头，刚要笑，一看我的表情，立刻收回了笑容。

"……你们干什么呢？"

"啊，刚才听彩根先生讲了很多照片的事情。"

"这些照片……"我欲言又止。

"我没说照片的来源，没关系的。"夕见看着我，抬起头说道。

到底什么意思？

"哎呀呀，你们两个都很坏啊。你们的调查远比我有进展呢。"彩根将手指插进还没束起来的长头发中，缩着脖子。

"我根本不知道，昨晚还得意地给你们看过去的录像呢，你们竟然和藤原南人有接触，真让人吃惊啊！"

原来如此，看来夕见是这样说明的。她一定说曾和藤原南人有接触，得到了他之前在村里拍摄的照片。可是，夕见真的以为彩根会相信这种谎话吗？

"她的嘴真够严实的啊。藤原南人如今在哪儿，情况如何，你们怎么得到的这些照片，她一点儿也不告诉我。"

"因为彩根先生像是我们的竞争对手呀！"

"别这样说，我们互相配合吧。"

我站在门口，默默地看着夕见和彩根之间的交流。父亲——藤原南人去世的事情，夕见似乎没告诉彩根，但是，他真的不知道吗？昨天，我在雷电神社礼拜殿与黑泽宗吾、长门幸辅对峙时，将藤原南人之死告知了他们。之后，如果他们将此事说予别人，那么，在神鸣讲上与村民一起喝酒的彩根，就很可能会听说这件事。

"不过，这张照片好可爱啊。"彩根将脸贴近一张照片，那张拍的正是我熟睡的脸庞，他接着说，"这个大概就是叫幸人的，藤原南人的儿子吧。遭雷击的姐弟俩中的弟弟。他睡着了还在哭泣……是做了什么可怕的梦吧。"

"回房间来。"

只说这么一句，我就离开了门口，进了自己的房间。站着等了一会儿后，夕见拿着一沓照片回来了。她轻轻关上门，用困惑的眼神看着我。

"这些照片，不是可以给别人看的。"

我故意用隔壁房间也能听得到的声音说。

相反，夕见却用只有我能听到的声音，轻声说：

"背面有爷爷写字的那张照片，没给他看。而且，爸爸您进来时，我刚刚拿出照片来，案件以及爷爷的事情，我还一点儿没说呢。我呢，本来是想多问问八津川京子女士的事情，才去彩根先生房间的。照片，可以说是作为一个幌子拿过去的——"

"你在他那儿待了多久？"

"也就十分钟左右。"

"说什么了？"

"就是问了很多八津川京子女士的事情……彩根耐心地回答我……唉，总觉得……"夕见眨着眼睛低下头，马上又抬起头，"总觉得，刚才您都不像是那个我熟悉的爸爸了。"

刚刚浮现在夕见脸上的表情——这时也浮现在脸上的表情，并不是困惑，而是害怕，虽然为时已晚，我还是注意到了。我赶紧将看向女儿的严厉目光，尽力变得柔和，但很难办到。

"不过，也是啊。和我不一样，对爸爸而言，毕竟是与您自己直接相关的事情，心情是完全不一样的。我把照片给彩根先生看，还是太轻率了，抱歉。"

夕见把一沓照片抱在胸前，低头向我致歉。她抬起头再次看向我时，我的双眼还未能从紧张中解脱，脸颊像沉重的黏土，尽管如此，至少在说话的语气上，我努力使自己发出女儿熟悉的声音。

"关于他母亲的话题，有收获吗？"

"有，有。当然，我本来就知道八津川女士擅长拍摄人物，据说她曾被委托给某个小剧团摄影。在工作中，她与一位老家是长野县的演员八津川成了恋人，之后两人就结了婚。啊，据说八津川这个人很有趣——"

远处突然传来救护车的鸣笛声。夕见没再接着说，而是走向窗边，移开隔扇，打开窗户。在晨雾笼罩的风景中，鸣笛声朝着雷电神社方向远去。

六

"目前为止，好像还没发现。"

彩根回来了，我和夕见一直在停车场等候。

"我想应该是相当重的东西……到底是什么呢？"

"社务所的玻璃烟灰缸，好像很大很重。"

"啊，确实，烟灰缸……那样的话，拿走也可以理解了。因为凶器上会留下清晰的指纹。与其擦掉，还不如拿走，对犯人来说更方便可靠。"

在雷电神社发现的是，黑泽宗吾的尸体。

十分钟之前。

"救护车好像往神社去了。"

从旅馆窗户伸出头去的夕见说想去看看，我也有事挂心，就换好衣服出了房间。在屋外碰见了拿着相机的彩根，他也很在意救护车，正想去雷电神社。于是，我只好让彩根也上车，三人一起来到了神社。

因为我们从旅馆出发迅速，后家山和神社还都没采取禁止进入的措施，我若无其事地把车停在停车场。当时，停车场停着一辆救护车，还有看起来像警用车辆的面包车和轿车各一辆。鸟居对面，正好是神社院内的正中央位置，黑泽宗吾的尸体面朝下趴在那里。头部朝向这边，脑后的白发被血染成了红黑色，周围没有凶器，只有他使用的手电筒滚落在地面上。

一看见这番情景，彩根像孩子发现珍稀虫类一样，马上从车里飞奔过去，当然，他马上被制止了。制止他的是一个新手警察，身上的大衣明显大了一号，那个警察质问这位不明身份的闯入者是谁，来干什么。彩根如实回答："我是来村里采访神鸣讲的八津川。"他暂时避开了一会儿，趁警察稍不留意，又进入了神社院内，现在才刚刚回来。

现在，黑泽宗吾的尸体暂时被蓝色盖布遮着，我们看不到。刚刚有穿戴蓝色工作服和帽子的几个男人进进出出，照相机的闪光灯不断闪烁着。神社院内的边缘，排列着神鸣讲用的灯笼，只是没有点亮。

"我刚才还去看了看社务所,想问问宫司发生什么事了。"彩根说。

"我看到你了。"

"可我又被那个警察制止了。"

"啊,这也管?……宫司在社务所吗?"夕见问道。

"在的。好像被中年警察问了很多问题。我们在这儿待下去,没准儿也会被盘问吧?"

我点头同意,彩根瞟一眼我的脸,身体转向神社方向。他的身影、周围的景象,不知为何,看起来很不真实,就像是展开在眼前的一幅画。

他接着说:"可是,这样看来搜查进展困难啊。凶器被拿走了,地面的土质坚硬,犯人的脚印也很难留下。而且,昨天很多村民在这里,拥挤不堪。即使地上留有脚印,也是很多人混杂在一起的。您觉得他为什么被杀呢?"

我不作声,做思索状,过了一会儿问:"是小偷吗?"

"你是说,有人想抢他的钱包什么的,也就是说,强盗袭击了他?"彩根问。

"嗯,这也是一种可能性……比如,有人正要在神社偷东西,碰巧黑泽宗吾出现了。因为被黑泽看到了脸,无奈之下就杀了他。"我回答道。

"从后面?"

"如果犯人是黑泽认识的,在这种情况下,很可能会从后面进行攻击吧。"

"啊,原来如此,彼此认识。似乎可以这样分析。那么,犯人应该是在进行盗窃后杀人的吧？因为，如果是盗窃前，即使被认出来了，只要放弃偷盗不就行了吗？"

"我不清楚，只是凭想象说说而已。"我忙补充道。

"不过，先生你一定是个善良之人啊。"

"为什么？"

"因为，如果有人被杀，通常都会从仇恨这个角度去思考吧。可是你却突然说可能是小偷。呀，好人啊。我这种人，刚刚看到尸体的瞬间，立刻就想这个人肯定是被谁怨恨着。"

"当然，事实也可能如此吧。"

"可是……真的会是这样吗？死者是黑泽宗吾先生……"他在口中自言自语，却又似乎不可思议地看看我的脸，"看不见脸，你却知道得很清楚啊。"

"昨天，我来采访神鸣讲时，黑泽先生穿着同样的衣服，体格高大魁梧，很有特点。不过，如果是我认错人了的话，对不住啊。"

"我也是，一眼就觉得他是黑泽宗吾先生。"夕见在边上开口说。从看到尸体的那一瞬间，夕见一直都一动不动、一声不吭。可能因为现在尸体用蓝色盖布遮住了，她似乎也稍微镇静了些。"我很害怕，没能说出口……应该就是黑泽宗吾先生吧，是吧？"

被夕见一问，彩根脸上浮现出不合时宜的微笑。

"我也觉得是。"

"现在禁止入内，对不起。"

从远处传来说话声。刚才那个年轻刑警，嘴里吐着白色哈气，小跑着过来了。他的脸冻得红扑扑的，虽然表情有点儿较真，看起来却很活泼。

"接下来我们要封锁参拜路入口,能请你们开着车子离开这座山吗?"

我们正要遵照执行,如我所料,刑警说:"保险起见,请告知我你们的联系方式。"我正在脑中迅速反应该如何应对,彩根从口袋里拿出自己的名片递给他,并口头告知了我和夕见的假名字。

"我们三个都住在'一位'民宿。"

他似乎知道这个旅馆,嗯嗯的边说边点头。之后问道:"从昨晚到今晨,有没有看到什么可疑的人或事?"大概他本人对这个问题也没什么期待吧,见我们摇头,他也就此作罢,接着说,"对了,我想刚才你们看到了现场……搜查就是要做这些工作的,拜托你们尽量不要告诉别人。"

我们三个都点点头。年轻刑警向我们鞠躬致谢,弯腰的角度把握得像个一丝不苟的优等生,然后就赶紧回到蓝色盖布那边去了。看着他的背影,我对彩根过于轻松的态度感到不理解,本以为他会费力地缠着刑警,追问各种问题呢。

"可是,你们不觉得我……和刚才有什么不一样吗?"

他摊开双手,用极小的声音嘀咕着。我不明所以,过一会儿,夕见发觉了。

"啊!相机?"

"再大点儿声。"

"是相机——"

"啊!"听见彩根大声叫喊,年轻刑警回过头来。

"坏了,忘在那儿了。对不起,刑警先生。我刚去社务所看看,被你骂了,慌忙中把相机忘在那里了。我可以去拿吗?"

219

他正要往那边走，年轻刑警迅速制止，表示自己替他去社务所拿。过了一会儿，年轻警察拿着数码单反相机，红扑扑的脸上带着微笑，递给彩根。

"太感谢了！哎呀，好险。要是有东西忘在犯罪现场，可能会被当成犯人呢！"彩根接过盖着镜头盖的相机，匆忙走到车边，自说自话地坐进后座，边关门边说。

"那，我们下山吧。"

这时彩根脸上浮现出的像暗号一样的表情，开车沿参拜路下山时，我才终于明白其中的意思。

他用数码相机录下了社务所内的声音。

"拍录像肯定太危险了，我就盖着镜头盖，只录了声音。我们赶紧听听看吧。"

在沿参拜路下山的车中，彩根开始播放录音。虽然有点儿不大清晰，但还是听出了一个男人的声音。大概就是那个和希惠交谈的中年刑警吧。

"我说你，这种场合是不能随便到处乱走的，你年纪也不小了，还不懂这个吗？"

"啊哈哈……"

后座传来同样的"啊哈哈"声。这段肯定是彩根进入社务所时的声音。接着，我们听见"哐当"一声很重的噪声，大概就是彩根偷偷把相机放在某个地方的响声吧。接着，年轻刑警进来了，彩根被赶出了社务所。

"那是什么发型啊。"中年刑警叨咕了一句带有歧视意味的话。然后，语气一下子变得很严肃。

"就是说，黑泽宗吾先生是一个人在里面的那个和室房间？"中年刑警开始了盘问。

"是的。之前，长门先生也在那里，两人一起喝酒来着。大概是十一点以后吧，因为黑泽先生睡着了，长门先生就先回去了。"

"就只剩下打个盹儿的黑泽先生了？"

"因为我还要收拾祭祀的东西，就给黑泽先生背上盖了一条毛毯，然后来往于社务所和隔壁的工作间之间。过了午夜十二点后，我觉得还是叫醒他比较好，就招呼他，过了一会儿，他总算醒了过来……我说开车送他回家，他客气地说没必要。他说要走回去。黑泽先生家在山脚下，而且每年如此，我也就没怎么担心……"

在深夜走漆黑的山路回家，在不了解神鸣讲的人听来，可能会很吃惊。不过，因为祭祀当天到第二天早晨，参拜路都禁止车辆通行，对村里的大人而言，走夜路是极平常的事。所有人都是走着来到神社，打算在神社待到很晚的人，每人都带着回去时要用的手电筒。

"您目送他回去时，是怎样的情况？"

"我从社务所的那个门口目送他离开。他说，很冷的，快关上吧。黑泽先生走了一阵儿后，我就关上了门。"

"之后就没再看？"

"是的。"

"有没有人声或者响动？"

"没发现。"

"您报警是在今天早晨的……那个……"翻动纸张的声音。

"是七点二十三分。那时，您才看到黑泽先生倒在那里了？"

"是的。晚上的神社院内一片漆黑，深夜两点前，我收拾得差不多了，回自己住处时，也没发现什么。我想，如果滚在地上的手电筒亮着，我应该就会发现了。"

"刚才看了，电源开关没开。不知是受到袭击后掉在地上关掉的，还是犯人关掉的。"

沉默了一会儿，刑警继续说："请您再好好想想，真的没有人声或者响动吗？"

这时，一阵小跑声接近，然后是"嘎嗒"的噪声。

"……怎么啦？"中年刑警问。

"哎呀，那个讨厌的长头发男人忘了这个。"是年轻刑警的声音，接着是他拿起相机在神社院内走动的声音。

"太感谢了！哎呀，好险。要是有东西忘在犯罪现场，可能会被当成犯人呢！"最后是彩根的声音。

"原来如此……预料之外的事实，只有一个呀。"

彩根停止播放，自言自语。

"什么？"

透过后视镜，我问道。彩根皱起眉头，盯着上方。

"就是，那个年轻刑警说话，意外得难听啊。"

七

"让你看到了那种情形，抱歉了。"

我和夕见并排蹲在河滩边。

"爸爸您不需要道歉呀,因为是我说想去看看的。唉,不过真没想到那里竟然躺着尸体⋯⋯"

已经接近中午了,本该升得很高的太阳躲进背后的山峦。面前开阔的河面呈现沉静的灰色,偶尔有山风吹过,水面泛起像鸡皮疙瘩一样的波纹。

"爸爸也是第一次来这里吧?"

后家山北侧——三十一年前,昏迷不醒的母亲在这条河中被发现。

从母亲去世到我们离开羽田上村,这期间,我曾不止一次想亲眼来这里看看。但是,却一直被父亲说"不要去"。父亲是觉得不应该让孩子看到母亲濒死之地,还是担心我走到这里危险呢?

从雷电神社回到旅馆后,我们若无其事地吃完了早餐。旅馆老板也很在意清早的警笛声,我们听从年轻刑警的嘱咐,三个人都做思考状,随便敷衍过去了。之后,我和夕见再次离开旅馆,开车绕到了后家山的西山脚下。将车停在河堤上,我们沿着河边走了过去。河滩上的石子都很大,脚下很难站稳,每走一步都要重新调整重心。我再次痛感,三十一年前,父亲背着母亲走过的这段路是多么险峻。

"回去时,爸爸背着我试试?"

"我可不行。"

"因为您现在比当年的爷爷年龄还大啊。"

我努力抬起头,看看灰色的河面。到对岸大概有十几米吧。这条河流是流入信浓川的一条支流,名叫霞川。据说这条河在冬季偶尔会结冰,散落在结冰处的雪,看起来像云霞一样,因此得名。可是,羽

223

田上村的人们只把它叫作"川",到现在也似乎没变。

"河还会结冰啊。"

我把河的名字告诉夕见,她很吃惊。

"爸爸也见过河水结冰的样子吗?"

"没有……学校说冬天不能靠近河流,我是严格遵守的。夏天倒是经常和朋友一起来捉蜻蜓。"

"蜻蜓?"

"并不是什么稀罕的东西吧。"

当然不是在这样的深山之地,我们抓蜻蜓都是在刚刚停车附近的河滩处。那时,我们这些小学生,每人手里拿着几根长头发,两端系上小手指尖大小的石子,投向空中。然后,蜻蜓会任性地飞过来,因缠上头发而掉落。因为蜻蜓是吃苍蝇、蚊子这种小虫子的,所以它们以为旋转的小石子是自己的食物,就会飞过来。之后被头发缠住,掉在地上。如今想来,细线应该也可以抓到,但是,当时我们相信一种说法,蜻蜓的眼睛是看不见头发的。

"有灰蜻蜓、银蜻蜓,运气好时,还会抓到'鬼蜻蜓'[1]呢!"

因为自己的头发不够长,我们都是把自己母亲的头发包在餐巾纸里带出来的。我也盯着家里的地板,捡了几根长头发带到了河滩上。母亲的头发太细,容易断,我捡的通常都是姐姐的头发,但我一定谎称那是母亲的头发。因为朋友们带来的头发看起来都很结实,还闪闪发光。我在河滩上捉了很多蜻蜓,傍晚回家后,我还是继续说谎。一边展示笼子里的蜻蜓,一边说是用母亲的头发捉到的。听我这样说,

---

[1] 日本最大的蜻蜓,长约10厘米。身上有黑色、黄色横条纹,中文也译作马大头。

母亲总是看起来很开心。母亲身体瘦弱，但是很勤劳。

"爸爸您也捉过虫子啊？"

"你觉得我原来是怎样的小孩？"

夕见稍微歪歪头。

"想都没想过。"

我没和她说起过这个村庄，也就没和她说起过自己的孩提时代。

山风吹过，水面泛起波纹。飞起的枯叶落在水面上，旋转着流去。夕见拿着相机，多次按下快门。在我们背后的后家山中，警察现在还在树林中走动，搜寻杀人案的线索吧。不知是否找到了凶器？在羽田上村，人们已经开始议论案件了吧。

"……哇，碎了。"

夕见从羽绒服口袋里掏出装着薄饼的小袋子。好像是早餐后，她从房间的矮桌上拿来的。

"另一个……啊，也碎了。"

两个小袋里的薄饼都碎了，不知是开车上下山时碎的，还是我们沿着河滩走过来时碎的。夕见打开其中一个小袋子，抓些碎片放到嘴里，把剩下的递给我。我嚼着薄饼碎片，寂静中，感觉嚼动的声响很大，仿佛使大脑都跟着晃动。

"爸爸……您觉得黑泽宗吾为什么会被杀呢？"放薄饼的小袋子空了，夕见用手团成一团，"您认为是谁干的？"

"我怎么可能知道呢？"

我们没再说什么，风早就停了，我们正身处一片静寂之中。这时，传来了手机的振动声。对于口袋里的这种响声，我应该已经很熟悉了，但是，在这灰色的河水前，却感觉像是第一次听到。

225

电话是姐姐打来的。开场白和昨晚接电话时完全一样。她去店里了，我和夕见都不在，她很担心就打电话来了。我却和上次不同，如实告知了自己所在的位置。我已经决定要这么做了。

"我和夕见在一起，我们来羽田上村了。"

电话那边沉默了几秒钟，没有回答。

我站起身，在河滩上走动，和夕见拉开一段距离。

"你们两个，为什么在羽田上村？"

"我想等姐姐心情平静后再说的。"

我和夕见一起打开了父亲的纸箱。放在纸箱里的相册。母亲墓碑的照片和照片背面父亲的文字。压在相册下面的二十多张照片。我把我们看到的这些都告诉了姐姐。之后的事情，我也告诉了姐姐。第二天，我冲动地来到村子，夕见随后追赶我而来。在举办神鸣讲的礼拜殿，我将父亲写下的文字摆在黑泽宗吾与长门幸辅的面前。但是，他们两人根本没把我放在眼里。

只有在雷电神社看到黑泽宗吾的遗体这个事实，我没有说。我没能说。

长时间的沉默仿佛压迫着我的右耳，姐姐终于说话了。

"四个大佬杀了妈妈……这是怎么回事？"

"不知道。"

我停下脚步，回头看看。夕见的身影在远处，大概不会听见我们的说话声。

"姐姐……你总是惦记夕见，谢谢了。"

"嗯？"

"她虽然没有妈妈，但一直有姐姐你在，帮了我很大忙。她小时候，我不能去托儿所接她的时候，都是姐姐去接她。"

"幸人，你怎么了？怎么说这些话？"

"以后，如果我有什么意外，夕见就拜托姐姐了。"

"哎？什么？别说奇怪的话。"

"因为爸爸死后……我只有姐姐你了。"

回过神儿来，我已热泪盈眶。灰色的河面，布满大大小小石子的河滩，独坐于视野中心的夕见身影，都像被捏碎了一样，扭曲着。

"因为我希望夕见幸福。"

最後の殺意と結末

最后的
杀意与结局

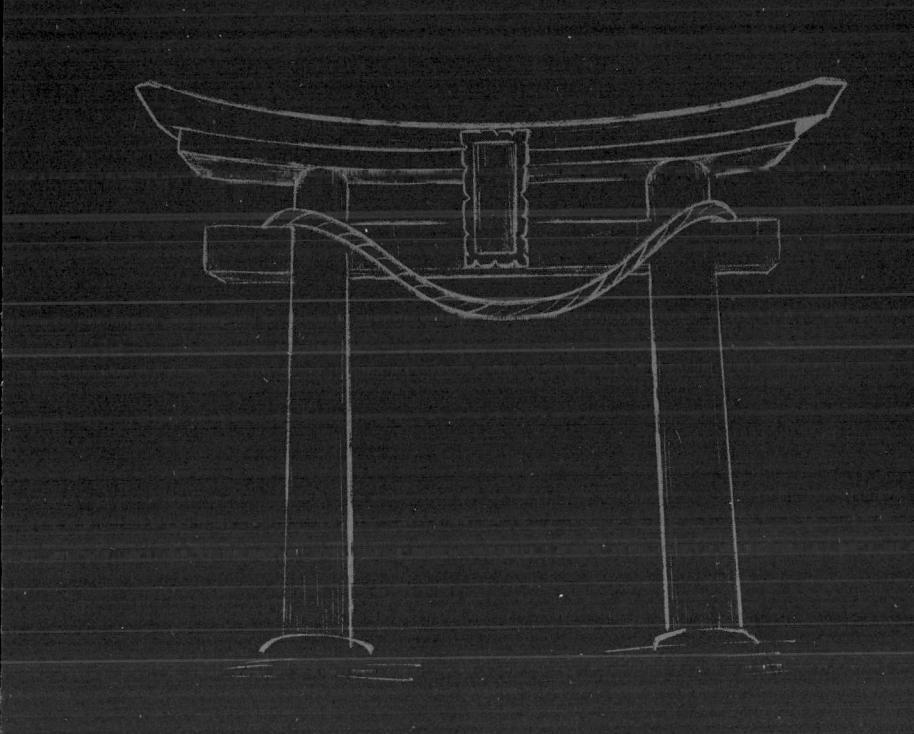

一

树干上留下的伤痕，如同被利爪撕裂一般。

来拍流星的那个夜晚，这棵杉树在我们眼前遭到了雷击。那时，筱林雄一郎就站在距离这棵树约十米远的地方。

正好是现在我所在的位置附近。

往深处走几步，地面到了尽头，二十几米的下方，沙土歪斜干燥。雷雨后的第二天早晨，希惠发现筱林雄一郎死在那里，向警察报了案。警察真的仍然将它定性为单纯的事故吗？还是开始考虑与黑泽宗吾的死有什么关联？

距离黑泽宗吾的尸体在雷电神社被发现，已经过了一夜，现在的时刻刚刚过了正午。油田富翁被杀一事似乎已经在村里传开了，我从旅馆开车前往后家山的途中，看到人们在各处聚集，面对面动着嘴唇，小声说着什么。我们的车子经过时，他们都投来胆怯的目光，大概不单单是害怕我的车吧。

虽然后家山已经解除了禁止通行的禁令，但车辆还是不能进入。我将车停在山脚下，步行上山途中，每隔几十米就有警察。我被第一个警察询问姓名和事项，我如实回答自己叫藤原幸人，去见雷电神社的太良部希惠。警察还很年轻，听到我的名字也没什么反应，当然，如果我告诉他我父亲的名字，他肯定会改变神情。因为即便他不是本村的村民，也应该是当地人吧。

来到雷电神社旁边，发现停车场停着很多辆警车。鸟居下面，那个脸红扑扑的年轻刑警似乎在警戒。神社院内有很多警察，为了避免麻烦，我没进入通往神社的陡峭山路，而是直接沿山路登上了雷场。

我沿着悬崖前进，一直走到遭到雷击的这棵杉树边。

杉树皮被纵向剥掉很大一片，裸露出白色树干，以濒死状态矗立在雷场边缘。

"据说古人认为，这是被raijyuu的爪子撕裂的痕迹。"

希惠站在杉树旁，我们在这里碰头后，这是她说的第一句话。

"raijyuu……？"

"写作'雷之兽'，就是雷兽。"

据说雷兽在雷雨云中来回奔跑，有时飞落到地上，袭击人类、树木或建筑等，跑回天上时，就会留下这样的爪印。

"我在江户时代的画上见过，看起来并不怎么可怕，有点儿像果子狸。"

"不是神吧？"

我触摸一下裸露的白色树干，头上的树叶如悲鸣般响动，周围的马赛克状的光摇曳着。

"彩根先生说，雷是神的惩罚。"

希惠抬起下巴，仰望着杉树。

"无论什么，都是人捏造出来的。这个伤痕，既不是雷兽的爪印，也不是神的惩罚。只是因为电流使树木内部的水分沸腾，体积增大，冲破树皮而已。"

离开旅馆前，我往雷电神社打电话，将希惠叫到这里。我第一次向她说出自己的真名，并说有事想和她说。希惠只是"嗯嗯"地应和，最后小声说"知道了"，就挂断了电话。她的这种反应告诉我，她果然早就知道我是谁。

我们约定的时间是十二点，我稍早到达了雷场。过了一会儿，身穿简易神官服的希惠来了。我们互相轻轻点头致意后，默默往前走，站到杉树旁。

"幸人，你是一个人来的吗？"

"为什么问这个？"

在这个村子生活时，我和希惠经常会见到。偶然对视，她都会对我微笑，我也害羞地笑着回应。还有一次，我们曾经一起乘巴士去看过电影。从没想过有一天我们会如此客套地交谈。

"因为你经常和一位女性在一起。"

"女儿在旅馆附近拍照呢，她在大学是学摄影的。"

我偷偷看着希惠的表情。可是，她只是轻轻点点头，难以判断她是否连夕见是我女儿这件事也已知晓。

"你女儿学摄影是受她爷爷的影响？"

她提起我父亲，并没让我感到有所迟疑。

"父亲喜欢拍照这件事，他本人没有对我和我的女儿说起过。所以，夕见说大概不是影响，而是遗传吧。"

"你的女儿名叫夕见啊。"

"对，汉字解释就是'看见夕阳'。我和妻子希望她每天都能幸福地看夕阳,两人就一起取了这个名字。"

"很棒的名字。"

从希惠的侧脸仍然无法推断出她到底了解什么,了解到什么程度。

"这棵树……会死吗?"

我抬头看着树皮被无情剥落的杉树,问道。希惠抬起一只手,用指尖触摸裸露的白色树干,摇摇头。

"我觉得它会活的。因为被雷击后,可能会暂时停止生长一段时间。"

树木有没有意识?有没有记忆?

突然,从希惠口中蹦出了一句非同寻常的话,将我从思绪中拉回现实。

"我曾经想从这里跳下去的事,你听亚沙实说过吗?"

"……想跳下去?"

"很久以前的事了,初中一年级的时候。"

"为什么?"

"不值一提的理由。"希惠侧着脸回答,"第一次听我母亲说,我将来要继承雷电神社,我只是觉得这太……可怕了。"

我不禁看了看站在身旁的希惠。她身上那件简易神官服,与她的身体,与她的存在本身,都和谐地融为一体。怎么也无法想象,她曾经惧怕以这种形象活着的自己。不过,想来神职毕竟是特殊职业,神职人员的一生也是特殊人生。当知道这是自己被赋予的使命时,那种心情本来就是他人无法想象的。

"当然,如果我和某个男人结婚的话,也许丈夫就可以从我母亲那里继承宫司一职了。即使如此，我以后还是要继续在神社工作，这一点是不会改变的。每天在狭小的山村生活，一天天老去，这也是不会改变的。"

希惠抬起头，看向悬崖前方。眼前横亘着被正午阳光照射的日本海，可是，地平线却笼罩在晚秋的雾霭中，模糊不见。

"不管是学校、书本还是电视都告诉孩子：未来无比广阔，可以选择任何道路。我也一直相信会如此。可是，却突然被告知自己只有一条狭窄的道路，于是不知如何是好，十分害怕。"

"所以……就想死？"

希惠却摇摇头。

"一旦长大成人，就很难再想起孩提时代的感情。不过，我感觉与其说自己当时是想死，还不如说是想飞进另外一个世界。记得我当时曾有一种毫无条理的确信，认为一旦从这里跳下去，自己就不再是自己了。不论是在学校，还是回到家，我总是在心里描绘着站在这里的自己的样子。在想象中，眼前的景色总是美丽而且令人非常愉快。"

虽然和羽田上村相似，景色却明显不同。希惠比喻说，仿佛是把这个村子暴露在光天化日之下一样。她说，每次在脑中描绘时，这种景象就会增加现实感，渐渐地感觉比自己所在的现实世界更接近现实。

"就在那时，在学校的课间休息时，亚沙实来和我打招呼了。"

说完，时隔三十年，我们在这个村子再次见面后，希惠第一次这样做。

她看着我的眼睛，微笑起来。

"亚沙实问我，发生什么事了吗。虽然班里同学很少，但我和亚沙实几乎没说过话，所以我很吃惊。不过，我想就算和别人商量，人家也不可能理解，就说没什么，逃进了厕所。因此，之后亚沙实就没再和我打招呼，但我清楚地记得，她当时看起来很担心我。"

对当时的希惠而言，哪怕是姐姐的这种态度，也只是感觉疏远和强加于人的。于是，在她的心中还是一直浮现站在这里的自己的形象，展开在她眼前的是美丽而快乐的景色。

"那是一个星期六，中午放学后，我没回家，而是来到了这里，第一次真的站到了这里。就是杉树的右边，正好和现在是同样的位置。"

那天的天空布满乌云，熟悉的日本海在她面前只呈现出暗沉的灰色。可是，当她闭上双眼，却看见了比之前任何瞬间都清晰的景象。

"与其说是我接近风景，倒不如说是在我紧闭的眼睛中，风景朝我走近的感觉。"

可实际上，是她在朝着悬崖走去。当有人从背后呼喊她的名字，她睁开眼睛时，发现自己脚尖前，地面到了尽头。

"亚沙实在雷场入口处，大声呼喊着我的名字。有生以来，第一次有人那么大声呼喊我的名字。"

好像姐姐并不是偶然出现在雷场的。

"据说她是跟着我来的。并不只是当天，每天如此。自从她觉得我的样子有点儿奇怪开始，她每天都悄悄尾随我离开学校。一直看着我走上后家山的参拜路，走进家门。她明明就是一个几乎没说过话的同班同学而已。"

在这个地方，希惠和姐姐之间曾经有怎样的交流？她没有说。不过，她告诉我，那天开始她放弃了跳下去的念头，她有生以来第一次在同学面前哭泣，她脑海中不再浮现站在雷场的自己的身影，而是姐姐的脸。

"如果没有亚沙实……就没有现在活着的我。"

这句话她本可以用幸福的表情说出来，可是，凝视着日本海的希惠，双眼却灰暗阴沉。虽然眼前的大海和天空都碧蓝澄澈，她的眼睛却不去勾勒这种色彩，反而顽固地拒绝着。

"三十年前，我的母亲在礼拜殿自杀时，我没能提前阻止她，如今我依然悔恨不已。我没能像亚沙实曾经阻止我那样阻止母亲，我没能留意到……"

雾霭在海面上移动着。如果不仔细看就几乎感觉不到，如时间流逝一般，不停移动着。希惠凝视着海面，她的鬓角夹杂着白发。

"失礼了。"

她突然转身，面对着我。

"有话要说的，本来是你呀。"

刚才浮现在她脸上的微笑，已然无影无踪。她仿佛变了一个人，笑容完全消失，就连眼睛和嘴角也找不出一丝笑意。

"我有东西想给你看。"

我从口袋里掏出手机。从今天清晨给希惠打电话起，我就已经抛开了所有迟疑。照片显示在屏幕上，我把手机递给希惠。她接过手机放到眼前，可能因为光线太强看不清，她抬起一只手遮住光，形成阴影。

她面无表情。

"那天站在门口的……是你吗？"

她没回答，只微微动了动咽喉。

"是夕见拍的照片。她想学习拍摄市井人情，有时就会拍些这类照片。"

站在"一炊"门口的女性。

是与希惠非常相像的女性。

"大概是在半个月以前拍的，十一月八日晚上八点半左右。现在的数码相机很方便，能将照片转发到智能手机上，离开旅馆前，我让夕见发给我的。"

希惠看着画面一动不动，过了一会儿，突然把手机还给我。

"我想，那不是我。"

"看起来像你。"

为了不错过她的表情变化，我一直盯着她的脸。

"你到那么远的店里来做什么？怎么想也不像是偶然的。"

"所以，不是我。"

"是来探听离村后我家的情况吗？"

"我为什么要那样做——"

"十五年前，你也曾站在我家店的入口处。当时我和你近距离地打了照面。"

"我根本不知道你在说什么。"

我们相互对视着。希惠的脸上甚至浮现出淡淡的微笑。不过，与刚刚说起姐姐时浮现的笑容完全不同，这次显然是假笑。然后，当我说出下一句话的瞬间，我清楚地看到，她就像人偶一样没有了表情，她的脸上失去了活力。

"你为什么不问我，照片是在哪里拍的？"

风摇动着濒死的杉树。

"这张照片是在叫作'一炊'的餐馆拍的。这家餐馆是我父亲在埼玉开的,如今我在经营。虽然我什么都没说,你却似乎全部知晓。我刚刚说'那么远的店'时,你也没问在哪里,为什么?"

希惠接着仰起了脸颊,上面映着马赛克状的影子。

"老实说吧,我偶尔去过几次。我很挂念大家后来怎么样了,就去看过几次。我觉得让大家想起过去的事情并不好,就总是从入口处看看而已。"希惠说。

"店址,你是听谁说的?"

她的回答出乎我的意料。

"亚沙实。"

"你们离开羽田上村的几天前,她将迁居的地址告诉了我……我们就是那时约定的。我们彼此约定,如有地址变更,要互相联系。当然,因为我一直住在神社,就没跟她联系过,但我收到过亚沙实的一封信。应该是你们一家离村两年后,也就是二十八年前的初夏时节。"

那时,姐姐离开家,开始自己住公寓。父亲和我搬进了"一炊"二楼。时间确实吻合。

"信上写了她新家的公寓地址,还说你父亲开了一家叫'一炊'的餐馆。因为埼玉县叫作'一炊'的餐馆只有一家,餐馆的地址,一查便知。自那以后,大约每年一次,我都抽空去埼玉看看大家的情况。"

目前看来,从希惠的话中挑不出矛盾和差错。她和姐姐之间如有地址变更,要互相联系的约定也好,只在二十八年前收到过姐姐的一封信也罢，大概都是真的吧。我想她没必要撒谎，毕竟我问一下姐姐，就可以轻易戳穿她的谎言。

"当然，我也去了亚沙实的公寓。不过，没和她见面。我怕见了面会让她想起伤心的往事。所以，我一直只是从通道暗处看看那个建筑。只有一次，我碰巧看到她进出房间。只是这样，我已经很满足了。你父亲去世的事，直到前些日子我才得知。当然，你说拍下照片那天——十一月八日吧？那天我往店里看时，也注意到你父亲不在。"

"我父亲的死……你是听谁说的？"

"神鸣讲那天，听黑泽宗吾、长门幸辅说的。你在礼拜殿和那两人说完什么事情之后。"

希惠的回答很流畅，仍然找不出矛盾和差错。

但是，我还没问到最想知道的事情。

"十五年前，是怎么回事？"

"……怎么？"

"那时，你和店里的一位兼职女店员搭话，问了我们家的情况吧。你刚才说通常只是从入口处看看，但十五年前的那次，为什么要那样做呢？"

那时悦子才刚刚去世，为什么偏偏这时来询问家人的事呢？十五年前这个时间节点，到底隐藏着什么我不知道的东西呢？

"那是——"

刚一开口，希惠头一次垂下眼帘。半张的嘴唇稍微动了动，显然，她在寻找恰当的语言。

"只是单纯地想，至少问一次看。不只是张望，还想稍微了解一下你们家里的情况。"

事实上,她的回答如我所料。不论她想知道什么,或者想隐藏什么,从一开始我就预料,她会这样回答。看来,不管我再怎么追问,她大概也只会给出同样的说法。

不过,一旦变成这种情况,我该如何应对?这一点我也事先有了决定。

"筱林雄一郎,往我家打电话了。"

我故意突然说出了这个名字。

"就是从这里掉下去摔死的,筱林雄一郎。"

希惠的眼皮像被拉升一样抬起来,双眼大睁着,几乎能看见黑眼球的边缘。她凝视着我的脸,却没说话。

"这是发生在我们来这个村子前没多久的事情。打过电话后,他还出现在店里。不知道他是如何得知店面的。你说自己是根据'一炊'的店名找到的,但是,店名自不必说,甚至连父亲在埼玉新开了餐馆这件事,筱林雄一郎都应该不会知道。和羽田上村有关系的人,知道这个店面的,恐怕只有你了。"

我直直地盯着希惠大睁着的双眼。

希惠像痉挛了一样摇着头,向我这边靠近了一些。

"那个人……和你说什么了?"她问。

"找个能说。"

"你这样那样地问我,自己却不回答问题吗?"

在她脸上清晰浮现出的,到底是什么?我不知道。但是,如果说最接近的一种表情,大概就是恐惧。她惧怕着某种东西,就因为她知道了这个事实——筱林雄一郎曾经联系过我。

"三十年前，你母亲给我父亲的那封信，请你交给我。"我提出了交换条件。"如果想知道筱林雄一郎对我说了什么，就请把那封信给我。"

希惠将身体离开一些，垂下眼睫毛，一会儿，她抬起那双如安静的肉食动物般的眼睛。

"这是什么意思？"

"你应该知道才是啊。"

在树皮被撕裂的杉树旁，我们就这样面对面站着，彼此的双眼像是用绷紧的线连接起来一样，相对而视，一动不动。结果，希惠那边的线无声断开了，她耸耸肩，背过脸去。

"信，你还是不看为好。"

我正要回话时，从背后传来了脚步声。回头一看，那个脸红扑扑的年轻刑警正从雷场入口处朝这边跑过来。

"如果你决定把信给我的话，请和我联系。今天早晨我给你打过电话，那就是我的号码。"

希惠还没回答，年轻刑警已经跑到了我们身边。他面朝希惠想要说点儿什么，又看看我，突然闭上了嘴。

"……我回避一下？"我问道。

年轻刑警老实地点点头，略带歉意地说："抱歉，我和宫司有重要的事要说。"

最后，我和希惠短暂对视一下，说自己要回旅馆，便离开了那里。走开一段距离后，我听见刑警语速很快地开始说话。完全听不见内容，不过，事情相当重要这一点，从语气上还是能觉察出来的。

二

我回到了旅馆，可是夕见还没回房间。

不能一直站着，我跪坐在矮桌边。从后家山开车回来的路上，两次看到了像是媒体相关人员的身影。但是他们的人数比我预想得要少，是不是因为到目前为止，这还只是一起发生在偏远山村的男人被打死的案件呢？

我拿出手机，搜索新闻，发现了几条报道。不过，媒体好像还不知道被杀的黑泽宗吾就是三十年前那起案件的幸存者这一事实，或者是谨慎报道的缘故？但是，总有一天会被报道出来的。就像三十年前，大批媒体可能会涌入这个村子，我的真实身份也可能被曝光。一旦那样，我就不能像现在这样自由来往于村庄各处了。

回想着刚刚和希惠的交谈，我关掉浏览器，拨通姐姐的号码。通讯录上的联系人名字是姐姐的全名"藤原亚沙实"。存手机号码时，起初我把联系人名称设定为"姐"，但是几天后，我就把它改成了姐姐的全名。因为之前的"姐"字，总是显示在手机通讯录的最前面[1]，这让我很在意。到底为什么在意呢？当时也没仔细想过，但现在我终于明白了。

是自己不愿意想起来吧。作为不住在一起的家人，姐姐当然一直在我心中，但是突然看到"姐"这个字时，最先掠过我脑海的必定是被刻在她肌肤上的雷击伤痕，似乎对此并不在意、笑着的姐姐，还有曾经笑起来更自然的姐姐。我讨厌这些。偶尔在网上查询毒蘑菇案

---

[1] 日语中"姐"的汉字是"姉"，发音是ane，因此按照罗马字发音排序，会出现在通讯录的最前面。

时，这些画面也会出现在脑海，我讨厌这样。我害怕无法维持日常生活的平衡，那是我竭尽全力才保住的。而姐姐可能每天——不，也许每天很多次都在想自己突然巨变的人生吧。

我跪坐着按动手机拨出键，没有接通。

我又拨通了另一个号码。来到羽田上村的第一个下午，我曾与原护士长清泽照美约定见面，手机上还留有当时的通话记录。

"您好，我是前几日打扰过您的深川。"

我说自己曾和撰稿人、摄影师一起去她家拜访过，清泽照美马上想起来了。

"我和您说啊，昨天神社——"

我还没开口说自己有何事，她就说起了黑泽宗吾被杀案。她的声音充满恐怖，好像自己也可能被杀一样。她语无伦次地说着自己听说的案件相关情况，说着说着有点儿上气不接下气，马上又喘口气接着说。不过，她所知有限，内容重复，我见机插了一句。

"此案警察在调查，很快会抓到犯人的。"

"可是，这是谁干的呀——"

"我想说说其他事情。前几日来打扰时，听您说的一件事，我想再——"

电话那边传来的呼吸声，夹杂着困惑与焦急。

"就是三十一年前的晚上，藤原南人的妻子藤原英，在昏迷的情况下被送到医院时的事情。我想确认的只有一点。"

"确认？那天您不是都确认过了吗？"

"关于藤原南人在病房里说出的那句话。当时，他的妻子躺在病床上，他曾说自己的妻子'死就死了吧'——我那天听您这样说的。"

我想确认，确认过去发生的一切。保存在彩根数码相机中的筱林雄一郎的遗像——看到它而复苏的自己的记忆，真的正确吗？我想确认这一点。

"这句话，您是亲耳听到的吗？"

"不是的，我说过，当时我和医生出了病房。"

是的，在病房里的只有另一位护士和我。清泽照美为了与医生商量治疗方法，离开了房间。

"就是说，您是听当时在病房的那位护士说的，对吧？"

"是她在工作间隙告诉我的，说藤原南人在病房说了那样的话。"

我记得。现在能想起来。当时，我在母亲病床旁边哭边想自己能做些什么。我往自己的两只小手里吹气，贴在母亲的脸和脖子上，想温暖一下母亲曾泡在冰冷河水中的肌肤。祈祷着母亲睁开眼睛，希望母亲看看我。

"现在，她在做什么？"

"之后过了几年，她辞职回了老家。"

"那位护士是不是照顾藤原南人儿子的那位？在次年的神鸣讲上，藤原南人的两个孩子遭遇雷击的时候。"

我问完，在短暂的静寂之后，传来了大声的回应。

"是的，是的，就是那个孩子。您怎么知道？"

我在病房苏醒时，看到的那位年轻护士。她和医生一起，给我头上戴了一个像橄榄球选手一样的帽子，在赤裸的胸部贴上冰凉的吸盘。

245

"因为我在做各种调查。"

"可是，为什么现在还要确认三十一年前的事情呢？难道藤原南人和昨天大佬被杀的事，有什么关系吗？"

"没有任何关系。"

楼下传来说话声。有人连续不断地说着话，边说边走上了楼梯。其中一个声音是彩根，另一个男人，到底是谁？

"突然联系您，非常抱歉。"

考虑到墙壁和门都很薄，简短寒暄几句后，我挂了电话。

走近的脚步声从走廊经过，停在隔壁门前。我站起来，不出声地、蹑手蹑脚地在榻榻米上移动。悄悄滑动推拉门，看看隔壁。一个穿着工装裤的大块头中年男人，正用双手把什么东西递给彩根。东西被他身体遮住，我看不清，好像是一口锅。

"哎呀，真是太高兴了。而且还麻烦你送到房间来，不好意思。为了节约经费，我在这儿是只住宿不用餐的，吃饭都是在外面随便吃点儿。有了这个，从今天开始就营养充足了。这儿的老板也应该能让我热热汤什么的。哎呀，不过，我脸皮还是有点儿太厚了啊。"

"没事，没事。"男人轻轻笑着说。

"锅，只要用完还给我就行了。我还有工作，再见。"

男人往回走的同时，我也转身关上门。我没看清他的脸，但他的窄窄的额头给我留下很深的印象。

听着脚步声沿着走廊远去，我回到矮桌边。旁边放着夕见的双肩包，拉链敞开着，装有父亲所拍照片的那个信封稍微露出一角。

我拿出信封，从里面抽出照片，摆在桌上。最上面一张就是母亲墓碑的照片。腰窗射进来的光线使照片上的凹凸稍微浮现出来。凹凸的背面，就是父亲用黑色圆珠笔反复描过的"决行"二字。

"有人吗？"

门外传来彩根的声音。我想干脆假装不在，但又想，刚才他没准儿看见我往走廊看了。于是，把照片放回背包，起身开门。

"哎呀？只有你一个人吗？摄影师呢？"

他双手抱着锅，就是刚才那个男人递给他的。

"她在外面拍照。"

"是吗？遗憾。唉，我请人帮我做了蘑菇汤，想和你们一起喝呢。对了，就是在神鸣讲那天和我混熟的，那个长鼻梁的人。神鸣讲时，我稀里糊涂地忘记喝蘑菇汤了。我忙着到处拍照，不知不觉间，汤已经没了。刚才在附近碰见他，我说起这件事，他就说'我给你做吧'，你看！"

他得意地把锅端起来。

"我就算了。"

"藤原先生，你不太喜欢蘑菇？"

"嗯，不太喜欢。"

回答之后，我才注意到，他叫的是我的真名。

三

"……好暖和啊。不，实际上有点儿温吞吞的。"

彩根在矮桌上喝着蘑菇汤，一副满足的样子。

"对不住啊，我借用了这个茶杯。我拿了很多一次性筷子，却

247

把重要的汤碗完全忘记了。"

汤的热气模糊了彩根的眼镜,他面前放着一把一次性筷子,他说是从刚才那个男人那里拿的。

"……什么时候开始的?"

"啊?"

"你是什么时候开始知道我是谁的?"

"从第一次见面呀!"彩根笑着说,"可能是遗传了一直拍人物肖像的母亲的血脉,我看人的脸部时有个习惯,不太注意发型、眼镜或者妆容等,而总能看出眼睛、耳朵、骨骼等具有本人特征的东西。所以,那天晚上在雷场,当我看到您和您姐姐时,虽然只是借着头顶灯的昏暗光线,我也马上认出来了。因为我已经多次播放毒蘑菇案的录像,反复看过您二位年轻时的面部照片。"

他喝着剩下的蘑菇汤,将茶杯贴在嘴边,敲着杯底。

"后来打雷时,看到您的姐姐——亚沙实情绪那么混乱,我就想果然如此。不过,因为您二位好不容易隐瞒这事,而且我也并不是很确信,就想装作不知道。努力想表现得自然一些,却有点儿过度,说出了'雷是神的惩罚'之类的,如今想来令您二位非常不快的话,实在抱歉。"

他说这些话时,脸上并没有特别抱歉的样子。说完,将空茶杯放在桌上。

"对了,那位摄影师,是你的女儿吗?"

我点点头,回答说:"她名字的写法是'看见夕阳',名叫夕见。实际上她还是学生,正在学习摄影。她是令堂的粉丝,那本有流星照片的摄影集,她在家一直翻阅。"

"我很高兴，母亲泉下有知，也一定会开心的。夕见？好名字。南人、幸人、夕见，一家三代。"

"你怎么知道夕见是我女儿的？"

我一问，彩根面露意外之色。

"因为，你们住在一个房间，而且，本来你们俩不就长得很像吗？"

这种说法倒不常见。不管是悦子活着时还是现在，大家都说夕见长得像妈妈，我自己也这样觉得。

"像吗？"

"手的样子，耳朵的形状，一模一样。"

我不禁看看自己的双手。这时，彩根将那把一次性筷子拿过来，不知为何，他开始在矮桌上摆起来。竖着两根，横着两根。摆出"井"字形状后，他看了一会儿，用手挡住左下方。

"我之前说过，我走访各地调查过去发生的案件。以前在长野县，照例调查过一个旧案。没想到竟然被卷入了怪事之中。在那一系列事情中，有个女人坠井而死。是自杀。"

他抬起盖住筷子的手。那里又一次出现了"井"字，再盖住同样的位置，仔细一看，变成了"女"字。

"人世间……悲伤的事，越少越好啊。"

彩根弓着背，将筷子一会儿盖住，一会儿露出，低声说。听来理所当然的一句话，却仿佛尖锐地刺中了我的心脏，突如其来的疼痛使我说不出话来。

"先不说这个，对了，幸人先生你不觉得汉字很有趣吗？像这样盖住一部分，去掉一条线或加上一条线，就成了完全不同的一个字。有这样的猜谜游戏哦。——来，请只移动两根筷子，变成一个动物。"

彩根用十二根筷子做成了"田"字。每条边的长度都是用两根筷子相连而成。也就是用八根筷子做成了一个大大的"口"字。里面也是分别用两根筷子相连，做成一横一竖。

"不能做成动物的画什么的，是用汉字表示的动物。"

我看着组成"田"字的筷子，完全搞不懂。试着把这里或那里的两根拿掉，放在其他位置，倒是做成了"中""百""旦"的字样，但是没变成表示动物的汉字。我随便移动着筷子，形成了好像四足动物的形状，可画面又是不行的。"巳年"的"巳"是蛇的意思，我就想试试能否做成这个字，但还是没成功。

"时间到。正确答案在此！"

彩根将用十二根筷子做成的"田"字的左下方的一根筷子拿下，移到文字的上方，接着将右下方的一根筷子斜着向下移动，就形成一个"虫"字。

"只是两条线的区别，就变成了完全不同的汉字。你不觉得有趣吗？"

无形的手触到了我的后背，无声地穿过脊梁骨，抓住我的心脏。我默默地盯着桌上的筷子，有一种四面的墙壁都在向我逼近的错觉。

彩根是不是发现了？

三十年前父亲做过的事，他是不是知道了？

我好不容易抬起头，发现他并没看我，他的眼睛看向放在墙边的夕见的双肩包。从敞开着的拉链缝隙，可以看见我刚刚匆忙塞进去的那沓照片。

"那是之前夕见小姐在房间给我看的照片吗?"

"是的。"

反正他看过一次了,我再撒谎也毫无意义。

"是三十年前,神鸣讲的前一天拍的吧。"

"夕见连这个也说了?"

"我是从照片中挂历的日期知道的。"

"不愧是摄影师。"

"除此之外,当时我还想到了几点。"他侧着脸,眼睛看着我,"想听吗?"

迟疑之后,我点点头。

我从信封里拿出照片放到桌上,只将那张背面写有父亲字迹的——母亲墓碑的照片,留在了自己手里。彩根注意到了,但什么也没说。

"原谅我动一下啊。嗯,不是这张,不是这个,这个……啊!这个!"

他从一沓照片中抽出的是院子的照片。起初由母亲照看的、之后由姐姐继续照看的、朝南的院子。院子里,晚秋的花儿美丽绽放。照片拍摄一年前母亲的死,第二天将要在羽田上村发生的事,似乎都与这个院子毫无关系。彩根仔细地看了一会儿照片,手指移到其中一点,花草的前面。那里没有花,只有变成褐色的叶子和几根细细的花茎。茎的前端,椭圆形的残花全都耷拉着。照片是十一月下旬拍的,植物都枯萎成了褐色。

"这是蓟花吧?"

彩根猜对了。

"是我去世的母亲最喜欢的花。"

每年，母亲都在院子里最显眼的地方种上蓟花。一到夏天，紫花绽放，花朵宛如柔软的针聚集在一起，随风摇曳，非常美丽。我和悦子结婚后，也是因为对此记忆深刻，才在家庭用品商店买了蓟花种子。在那个白色花盆中，我放入土，撒上种子，虽然不像母亲和姐姐那样熟练，也按照种子袋上所写的方法悉心照看它。每年，蓟花都在阳台上开出小花。

"更具体地说，它叫大蓟。"

"还有这种叫法？"

我第一次听说这种正式叫法。不，也许是母亲和姐姐告诉过我，但我忘记了。在我家那个院子里开放的蓟花，远比我在阳台上种的更大、更壮实。叶子上有白色纹路，中间有一大朵花，之后左右分枝，开出很多花。小时候，一个春天的清晨，我在院子里玩耍时，第一次近距离看到蓟花的叶子。然后，很吃惊地想，是不是晚上下过雪了？叶子上的白色纹路看起来就像融化后的雪。我跑进家里去告诉母亲，她笑得前仰后合，好像要把瘦弱的身体折断一样。

"花都枯萎了，你居然还能清楚地知道它的具体名称。"

"是我推断出来的。"

"这个叫大蓟？"

彩根点点头，调整了照片的上下方向，移到我面前。

"大蓟是从地中海沿岸传到日本的植物，英语叫作 Milk Thistle——'Thistle'就是蓟的意思。沿叶脉有白色纹路，看起来像牛奶（Milk）在流动，据说这个名字就是来源于此。别名也叫'玛利亚蓟花'，说是因为圣母玛利亚的乳汁滴落在蓟花叶子上，才会开出那么美丽的花朵。"

听他这么一说,浮现在叶片上的白色纹路,确实很像牛奶在流动。

"顺便说一下,在动画片《小熊维尼》中,蓟花是小驴屹耳爱吃的食物。"

我沉默着点点头,等他继续说。可是,彩根没再做进一步说明,只是面带微笑地看着我。

"在网上查查,还会有更多信息呢。"

他只说了这么一句,就将院子的照片放回那一沓照片中。

"你刚才说,关于照片,你还想到了几点……其他还有吗?"

"有。"

彩根把一沓照片像扑克牌一样展开。他想从中拿出哪一张,打算说什么,我感觉自己已经猜到了。

我紧闭双唇,看着他的动作。

但是,最终我没再听到他接下来要说什么。楼下的大门打开,有脚步声,有人上了楼梯,朝这边走来。夕见回家时,我总听见这个声音。那是一种轻快的、仿佛看见光的脚步声。

"我发现你们真实身份的事能说吗?"彩根小声问我。

我回答说"由你决定"时,房门开了。我们若无其事地回过头,看着站在门口的夕见。

"啊,摄影师回来啦。哎呀,我刚刚拜托编辑能否帮我出一本书,却被拒绝了。啊,这是表示慰问的蘑菇汤,可以的话,请您也喝一碗。"

"谢谢您。那我就等一会儿尝尝。"

不知怎么,她似乎很急地走过来,跪坐在矮桌前。牛仔裤的裤脚上挂着几片破裂的落叶。

"为了拍照,我在各处走走,没想到人们的目光好可怕。大家的眼睛就像没有黑眼球一样……哎呀,可明明是有的呀……"

我很吃惊。夕见的印象竟然和我之前的感觉完全一样。

"大家都长着那么可怕的眼睛吗?刚才和我在一起的那个人,鼻梁很长啊。"

彩根开了个不明所以的玩笑,夕见连礼节性的微笑也没有,两手放在桌上,身体趴在上面。

"彩根先生您也在,正好。"

"嗯?"

"实际上,在您之前给我们看的录像中,我发现了一个奇怪的地方。"

四

——我记得很清楚呢。

从彩根拿过来的个人电脑中,传来农协职员富田的低语。

现在的画面是彩根编辑的旧报道影像的后半部分——父亲被认定为毒蘑菇案的犯人之后,当时播放的新闻节目。

——我问他怎么不喝?他说,味道有点儿怪,还是算了。

就是这里,夕见按了暂停键。

"你们怎么看?"

我含糊地摇摇头,发现一旁的彩根似乎有点儿面露喜色。

"你发现了？"我问。

夕见先是点了一下头，说"嗯"，然后睁大双眼。

"彩根先生您也发现了吗？"夕见说。

"我觉得好奇怪啊！"

"对吧，奇怪吧！"

我也不能再继续沉默了，开口说："哪里奇怪呢？不是很简单吗？藤原南人在祭祀当天的清早，往雷电汤中放入了白毒鹅膏。但是，他知道大佬们有时会往一般的蘑菇汤中分一些雷电汤，就想自己的碗里也有可能含有白毒鹅膏，所以就没喝。他说味道奇怪，只是一个借口。"

我用眼睛看看画面上的富田。

"他的说法很有把握，而且我感觉这个男人也不像是说谎或者记错了。"

"是的，我也觉得这个证词是真的。可是，若是这样，很奇怪呀！"

夕见将电脑画面朝向我。

"因为，这可是全体村民都喝过的蘑菇汤啊。谁都应该知道这个汤没什么怪味道呀。正因为如此，有了这条报道之后，藤原南人的嫌疑才变大了。可是，爷——藤原南人为什么要特意这么说呢？任何人听了都会立刻知道那是谎话呀。"

差点儿就说出了"爷爷"，夕见瞟了一眼彩根，他佯装不知地摸着下巴。

"不喝蘑菇汤的借口，是不是很难找？比如说自己怕烫之类的。"

"那么，他是怎么想的？"彩根将双手的手指交叉，放在盘腿

255

而坐的胯部,问道。"藤原南人,到底为什么要这样说呢?"

"我认为有两种可能性。其一,藤原南人只是找了一个失败的借口。他往雷电汤中放入白毒鹅膏,但他想到雷电汤有可能会掺到一般的蘑菇汤中,因此,为保险起见,他没喝。作为不喝的理由,就稀里糊涂地说了句'有怪味儿'。"夕见回答说。

"确实如此,很符合人性。另一种可能性呢?"

"他故意说了不自然的话。"

"那是为什么?"

"不知道。"夕见撇撇嘴。

"不过,可以认为是他为了将嫌疑转向自己。如果这句话是故意说出口的话。"

"可是,这句话是在案件发生之前说的呀。"

"关键就在这里。比如,我们能不能这样看——藤原南人不是犯人。但是,那一年的雷电汤中将被混入白毒鹅膏这件事,他因某种缘由事先知道了。他也知道是谁打算这么做。可是,他不但没有阻止这个犯罪行为,反而希望自己在案发后被怀疑,才故意这样说的。"

"就是说,他为了保护犯人,说了谎?"

"嗯嗯,就是这样。"彩根不断点头,"在当时的情况下,你觉得哪种可能性更大?藤原南人找了句失败借口的可能性,或者,为了保护谁而说谎的可能性。"

"我说不清楚。"夕见回答得很快,"毕竟完全是我的想象。"

"的确如此,但很明智。"

"彩根先生怎么看呢?"

他挺起胸,抱着胳膊,看着夕见,眼神好像在掂量着什么。他沉默良久,这沉默足以让对方惊慌失措。终于,他松开胳膊,竖起食指。

"我觉得还有另外一种可能性。"

"是什么?"

回答之前,他将脸转向我,嘴角微微上扬。

"藤原南人既没找借口,也没说谎。"

说完,就像考验我们一样,彩根闭上嘴,目光回到静止的画面上。我看着他的侧脸,动弹不得。在视线的一角,夕见一直歪头思考着。就这样,大家暂时都没说话,只能听见彼此的沉默。

"……就是说,"我好不容易挤出声音来,彩根的眼睛一下子转向我,"就是说,蘑菇汤真的有奇怪的味道。"

"请问,您在吗?"

突然有人敲门,是旅馆老板的声音。我好像完全没注意到走廊的脚步声。彩根和夕见好像也很吃惊,冷不防地抬起上身,相视而笑。我的心还被彩根刚才的话牵扯着,回了一声"在"。

"有个人说有事找您,人已经在楼下了。"

"是哪位?"

"雷电神社的宫司。"

"噢。"彩根大张着嘴巴看着我,似乎在说,是不是有线索了。

我什么都没说,站起身,走出房间。

五

"今晚,可能会打雷。"

希惠看着天空说，她在简易神官服外穿着大衣，看起来不太协调。我也看向天空。后家山右侧，大海那边，灰色云层聚拢着。

我和希惠站在旅馆的大门口，两人默契地走到建筑背后。锈成红色的涂炭仓库。废弃不用的焚烧炉。地上散落着腐烂变黑的碎木片。

"刚才你和刑警说什么了？"

我试着问雷场那边的情况。希惠没看我，告诉我说，警察发现了凶手杀害黑泽宗吾时使用的凶器。

"警察让我不要外传……是一块像小孩脑袋那么大的石头。他们将我带到保存这块石头的警车上，问我是不是有印象。我如实回答说不知道。因为石头的样子都差不多。"

"警察没说石头是在哪里发现的吗？"

"警察好像也想听听我的意见，就告诉我了。从神社往山里走一段，有一条小溪流，你还记得吗？就是在那里发现的。"

枯叶落在鞋尖，微微晃动。这晃动预示着天气的突变，风中带着不祥的湿气。

"是在水里吗？"

"岩石上。那条小溪中，有一块很高的岩石。有时采蘑菇的人会用它来试运气。就在那个岩石上。"

那是一块位于溪流中部的岩石，有一个毫无创意的名字，叫作"试运岩"。大概是远古时代从山坡上滚落下来的，像扎进水底一样立在那里，高约三米。上部稍微平坦些，据说从很久以前开始，采蘑菇的人就从溪边捡起小石子投向岩石，半开玩笑地占卜一下当天的收获。如果小石子顺利地投到岩石上，就能采到很多蘑菇。

"只要是村里人，大概谁都知道这个地方吧。可是，犯人为什么要把杀人所用的石头，投到那里去呢？"

"警察也问了我的意见，我说不知道。——不过，我觉得应该是个头比较高，臂力比较大的人。老人、女性，当然还有小孩子，不是很难办到吗？我和警察也这么说了，看样子不用我说，他们也明白这一点。"

希惠说到一半，如尖利的针一样的耳鸣滑入我的耳膜。令我垂在身体两侧的双臂和本应支撑着身体的双腿，都失去了知觉。似乎只有收入尖厉声音的头部悬在空中。希惠转向我，右手插入衣袋。她拿出的白色信封是什么，我一眼便知。

她是收拾起来之后，就从来没拿出过吗？或者，她总是很小心地触摸它？看起来，它和三十年前没有任何不同。

"我是来给你送这个的。它本来就是我母亲交给你父亲的，不应该我拿着。"

我用毫无知觉的手，接过她递过来的信封。

"我就此告辞，"她看着我，眼睛仿佛闪着光。"……你要好好的啊。"

说完，希惠转身走开了。不久，她的背影消失在旅馆一角，脚步声也听不到了。

我将手指滑进信封，取出里面的东西。折成三折的信纸。三十年前，希惠在"英"的门口打开的信纸，如今就在眼前。我双手打开信纸。太良部容子在三十年前所写的文字。毒蘑菇案目击证词。我双眼追随着文字。视线在信纸上反复几次，终于停在一处，不再移动。指尖在颤抖，嘴唇在颤抖，心肺在颤抖，我开始抽泣。待回过神儿来，我正双膝触地，低声痛哭。

六

雷雨云低声咆哮着，覆盖了羽田上村。

后家山的山影将视线左侧涂成了黑色，右边的旱田和塑料大棚也隐没在黑暗中。天空偶尔剧烈轰鸣，但是，闪电还没出现。我走在小路上，影子融入黑暗中。

前方浮现出微光，伴随着我的步伐晃动着。

在可以称作邻居的距离之内，没有任何建筑，映入眼帘的只有长门幸辅家亮着的灯光。我不觉得冷，也不惧怕雷声，迈步走向建在山脚的那幢两层建筑。

走到树篱笆跟前，我停下脚步。大概是罗汉松吧，我透过尖尖的叶子朝对面看。刚刚浮现的光，似乎是从微微开着的防雨门缝隙透出来的。大概那里是起居室，其他房间都没亮灯。我沿着树篱笆绕到左边，在篱笆一角右转，打算进入房子与后家山之间的位置。

我刚在什么也看不见的黑暗中前行，突然听见一声"晚上好"。

我的双脚像被钉在地面上一样，一动不动。屏住呼吸，睁大双眼，只转动眼球来观察周围。风吹动着，脚下落叶飞舞。树丛与后家山之间一片漆黑，什么都看不见。

"在这里。"

左边亮起圆锥状光束。声音的主人坐在树根上，那是一棵长在斜坡上的树，双手垂在胯间，握着手电筒。

"幸人先生……你在这种地方干什么？"

虽然声音轻得像是自言自语，我还是听得很清楚。

"和你没关系。"

"夕见小姐在旅馆？"

"可能因为累了，她好像有点儿不舒服，早早就睡了。"

夕见休息后，我十点多离开了旅馆。当时，虽然彩根的房间没有动静，但门缝里透着灯光，我就以为他在里面。根本没想到竟然会在这里碰到他。

"我正想找个时间问一下呢，今天下午，宫司来旅馆找你什么事？"

"她把信交给了我，就是三十年前太良部容子写的信。她说，本来这封信的收件人就是我父亲，她不应该自己拿着。"

"这封信，不能给我看……？"

我沉默着摇头，彩根也干脆作罢。

"不行也没办法了。不管怎样，我劝你还是趁早把它处理掉。即使用相似的钢笔加上几笔，一旦用纸上色层分析法进行鉴定，马上就能知道改写的方法和内容。即使过了三十年，现在的技术也完全能做到。"

我没回答，看着沉在黑暗中的对方的脸。

彩根站起来背对着我，用手电筒照着后家山的山坡。

"柏拉图写的洞穴的比喻，你知道吗？"

他抬起一只手，遮在手电筒前，手指的影子奇妙地弯曲着，浮现于投射到地面的圆形光环中。

"在洞穴中，有几个囚徒。他们从小就被绑上手脚和脖子，生活在这里。他们被强迫面壁而坐，看着墙壁度过人生，不允许回头看后面。他们背后燃烧着大火，在火焰与囚徒之间，人和动物形状的类似木偶的东西一直在动。就是说，他们看到的只是映在墙上的木偶影子。如此这般，结果如何？囚徒们在注视着这些生活的过程中，不知不觉间，他们就认为那些影子就是世界的姿态。"

彩根边说，边在手电光中晃动手指。

"可是，有一天，其中一个囚徒被解开绳子带到了洞外。耀眼的太阳令他头晕目眩，一开始他什么都看不见。不过渐渐地，他看出了物体和人的形状，最终亲眼看到了真实的世界。而且，直到此时他才领会到，目前为止他所看到的东西是影子。那么，他会怎么做？他非常同情不知道实情的其他囚徒，打算一定要把自己看到的东西告诉他们，就回到了洞穴。但是，已经习惯了外面光线的他，这次却在洞穴中什么都看不见了。"

彩根关闭了手电筒开关，无边的黑暗包围着我们。

"这时，其他囚徒就想，那家伙就是因为被带到了外面的世界，才毁了双眼。于是，不管他说什么，囚徒们都拒绝被带到外面去。为了保住自己的双眼，哪怕杀掉对方，也要留在洞穴中。已经了解外面世界之美好的他，无论如何都想把其他囚徒从洞穴中带出去，却无法实现。于是——"

彩根再次打开手电筒，弯曲的手指影子映在斜坡上。

"最终，他像以前一样，生活在了洞穴中。他祈祷着总有一天要将大家带到外面的世界，在那漆黑的地方，仍然只是看着影子活下去。"

彩根将身体转向我。

"这个洞穴的比喻，有各种各样的解释。要发现真相，就必须训练啦，就要伴随相当程度的痛苦啦。要将真相告知某个人，需要漫长的时间啦。或者，人更愿意相信的不是真相，而是自己创造的偶像啦。不过，我呢，在至今为止调查的很多案件过程中，有了这样的想法。其实，是不是到了外面的那个囚徒，看到了不该看到的东西？所以——"

天空闪着光，树木和篱笆都被照得一片苍白。树皮的凹凸、尖尖的叶子前端都清晰可见，之后，所有一切都变成了残存的感觉，迟来的雷鸣将空气撕裂开来。

"所以，他才选择回到洞穴，和大家一起看着虚假的世界，生活下去。"

不该看的东西。

"……幸人先生怎么看？"

"不问问那个囚徒，无从知晓真相。"

"确实。"说着，彩根晃着肩膀笑了。

"对了，商量一下，这个，怎么办？"

他从牛仔裤口袋里拿出一个小物件。

"这个是我数码相机里的存储卡。在雷场第一次见到你时，我拍下的打雷瞬间的照片，也存在里面。"

"这个和我有什么关系？"

我之前就知道，这个相机他不常用。

"你不是一直以为我是用胶卷相机拍下的打雷瞬间，所以才偷走了胶卷吗？不过后来，当知道我其实是用数码相机拍摄照片的时候，你又想要做点什么来着。但是，你正要潜入我房间时，却被我发现了。"

"我为什么要从你相机里偷走胶卷呢？你自己不是说，本来相机里就忘记放胶卷了吗？"

"那当然是谎话啦。我怎么也不会出那种差错的。即使不小心忘记放了，也能通过卷胶卷的手感发现的。"

我既没摇头也没点头，只问了彩根一句话。

"你拍下来了吗？"

在手电筒分散的光束照射下，他点点头。

"无可挑剔的照片。在被雷击中的树旁，你猛然撞向筱林雄一郎胸部的瞬间，拍得很清楚。"

世界似乎停止了呼吸，随后剧烈摇动。我用无力的双脚支撑着身体，瞪着彩根一只手里的存储卡。

"这个，随便你怎么处理。"

他把手伸到我面前。

"我不是正义的伙伴，什么都不是。我也并非想破案，只是单纯的调查而已。在这过程中，碰巧知道谁犯了罪——"

他只停顿了一会儿，接着说："知道，仅此而已。"

我伸出手，将存储卡握在掌心。

"我把需要的照片转到另一张存储卡上了，这一张储存卡你怎么处理都没关系。"

"……可以相信你吗？"

"这个，也请随便。"

我将攥在右手里的存储卡塞进裤兜。彩根踩着落叶往后退，回到刚刚坐着的那个地方。

"有点儿像交换条件啊，能请你告诉我吗？三十年前，你的父亲被认为是毒蘑菇案的嫌疑人时，亚沙实小姐不是提供了你父亲的不在场证明吗？"

姐姐和警察说，神鸣讲当天，雷电汤中被放入白毒鹅膏的早晨，父亲一次都没离开过家。姐姐在案发前因被雷击伤而失去了意识，对于之后发生的事，包括父亲成为嫌疑人的事，她都应该一无所知。因此，警方完全相信了姐姐的证词，侦查工作触礁。

"那是真的吗？"

我摇摇头。

"以前姐姐跟我如实说过，她对警察说谎了。实际上，她在好几天前就苏醒了，毒蘑菇案的事情，父亲被当作嫌疑人的事情，她都听希惠说了。"

"于是……亚沙实小姐为了保护家人说了谎？"

"是这样。"

"原来如此，原来如此。"彩根说着，朝昏暗的树篱笆看去。

"只有一点，我要通知你一下。在这个房子对面有一个储木场……有一辆车藏在堆积的木材后面。我感觉里面好像有人，就看了看，没想到真的有。藏在里面的人也大吃一惊，极为恼火。车里的两个人，一个是在雷电神社询问宫司的中年刑警，一个是那个表面亲切其实说话很难听的年轻刑警。"

一下子，我不知如何应答。

"为什么警察在这儿？"

现在，我和彩根在长门家房子的后面。左边是后冢山，右边是树篱笆。要穿过这里，才是储木场。

"啊……可能是长门先生拜托的吧。希望有贴身警卫。当然，他本人也可能不知道正在发生什么。"

三十年前的神鸣讲，雷电汤中被放入了白毒鹅膏，四个大佬中，

265

荒垣金属的荒垣猛、蘑菇大户筱林一雄死亡。三十年后的神鸣讲，我出现在幸存的两人——油田富翁黑泽宗吾、经营医院的长门幸辅的面前，手里拿着应该是藤原南人写下仇恨文字的纸。之后，黑泽宗吾在神社被杀，剩下的只有长门幸辅了。他请求贴身警卫，想来也完全是意料之中。正如彩根所说，即使他不明白正在发生什么。

"现在，如果尝试闯入那个房子，会相当危险。"

彩根说得没错。

"还有……今天下午，我在旅馆房间说到的。对了，关于你父亲三十年前在神鸣讲前一天拍的照片，我还有其他想法。我是不是这样说了？"

"是。"

"夕见小姐第一次在房间给我看时，照片上有像鬼魂一样的东西。鬼魂，是夕见小姐使用的说法吗？"

姐姐的背影那张照片。斜对面的房子——腰窗附近，有一个模糊的白色圆形。那个不知为何物的白色圆形，几乎与腰窗同样大小，确实像人的灵魂飘在空中。

"那个是什么，藤原先生，你知道吗？"

"现在，我知道了。"

那是雪。落在镜头附近的雪花，偏离焦点并模糊，在照片中就成了那个朦胧的白色圆形。

"只此一声巨响，降雪雷声轰隆。"

彩根低声说出旅馆老板晚餐时说过的俳句。

"在日本海附近，之所以将雷叫作'降雪雷'，就是因为打雷之后，降雪时节来临。特别是在羽田上村，这是惯例。先打雷，后下雪。可是——"

彩根的脸暴露在持续轰鸣的天空下，短短地吐了一口气。

"并非总是这样。"

声音的余波在静寂中消失时，不知从哪儿传来了响声。

是带有明确而单调音程[1]的、极小的电子音。彩根迅速回头看向树篱笆方向，但是，那里只浮现出被树叶遮挡而失去轮廓的房屋影子。我反转过身，踩着落叶开始跑。沿着树篱笆跑到转角处左转，回到能看见防雨门缝隙透出光的地方。可是，光已经消失，整个房子都沉入黑暗之中。——不，建筑右侧亮着一点儿橙色光束。因为我是从侧面看着房子，不能很确定，但那光好像是从大门上的窗子透出来的。刚刚听到的电子音，大概是门铃吧。

我注视着树篱笆对面。

大门朝里面打开着，橙色光横向照射着。

从房子里走出的人模糊地摇晃着慢慢移动，融入黑暗之中。是长门幸辅还是他的妻子？我正凝神看着，黑暗中又出现另一个人影。看起来那个人好像抱着什么东西，如野生动物般快速闪进房中，之后，房门"砰"的一声被粗暴地关上。第一个人影赶紧回到门边，将手放在门上，像损坏的机器那样笨拙地移动着。看样子是想要开门，却怎么也打不开。我站在原地，动弹不得。这时，脚踩落叶的声音逐渐接近，彩根将脸靠过来。

"——那是？"

"有人摁门铃，趁着有人出来时，进到里面去了。"

---

[1] 两音间的距离。一般以七声音阶各音级为基础，用单位"度"来表示。

"然后，锁上门了？"

我点头时，门口的人影发出急切的喊声，是女人的声音。似乎是长门幸辅的妻子。在房子中，房间的灯似乎被打开了，光从防雨门的缝隙透了出来——哎呀，不对。

"坏了！"

在彩根尖厉的低声自语中，从防雨门缝隙透出的光晃动着，变得越来越大，眼看着从一楼其他窗口也透出了光。这时传来男人们的声音，一定是在储木场待命的刑警。他们一边争论着什么一边踏进院子，像喊叫一样，与站在门口的长门幸辅的妻子说了什么。随后，两人转到房子这一头，站在防雨门前再次大声喊叫。他们像扯下些什么来一样打开防雨门，光芒倾泻而出，整个房子都发着光浮在黑暗中。在因热气而变得怪异的空气中，窗帘和地板熊熊燃烧着，一眼就能看出，这种火势不是用打火机或者火柴点燃的。

玻璃碎裂声传来，与此同时，室内的火焰越来越大。年轻刑警抓起院子里的石头，打碎窗户。中年刑警像猛扑一样跑过来，从里面打开锁，将窗户往旁边拉开。火势越发凶猛，但并不是整个房屋都燃烧起来了，地板还有进入的空间。刑警们冲进室内，像犬吠一样高声呼喊。显然，是在对里面的某个人喊叫。听到这声音的瞬间，我开始移动。

我沿着树篱笆向左跑，在转角处右转，踩着落叶跑过去。房子后面一片黑暗，时间如停止一般。彩根也马上跟在我后面跑过来，在又一次接近树篱笆的拐角时，一个人影像要撞破篱笆一样冲了出来。视野极度模糊，我跌倒在落叶上，从背后跑过来的彩根被我绊住，也跌倒了。我抓住地面，抬起上身，用尽全身力气大喊。

268

"右边！"

为了让刑警听到。两个刑警追着人影，从房子跑了出来，但还在树篱笆里面。我大声呼喊，是为了让他们听到。

"往储木场那边跑了！"

彩根跳跃着站起身，越过我的身体再次奔跑，脚步声混合着落叶声。前方出现了树篱笆的响声，大概是两名刑警跑出来了。彩根简短说了句什么，没听见刑警的回答。看不见任何人，我全身心祈祷，又站起来跑进后家山。

穿过连绵不断的树丛，我在山坡上奔跑。干枯的树叶一直吹打着我的脸，枯叶飞舞声加上自己的呼吸声，使我什么也听不见，什么也看不见。可是，这时天空中放射出一道巨大闪光。路的前方被照亮，在白色静止的一角，只有一个东西在动。就像被穷追不舍的动物一样，横向沿着山坡移动。周围再次陷入黑暗时，我开始追着那个背影奔跑。天空在吼叫，雷鸣刺穿双耳。伴随着雷鸣声，前面的人影大声喊叫着。

"不要停！"

充满全身的请求，冲破咽喉，喊出了声。

"快跑！"

我拼命动着双脚，雷电光没有照亮前路，泪水将黑暗的视野变得更加模糊。我呻吟着，在广阔无边的树丛中奔跑。祈求那个背影不要停下来，希望能顺利逃脱。

这时，突然有人叫我的名字。

那 声好像是长时间一动不动的人发出的。平稳的声音。虽然绝不是近处传来的声音，却似乎像身边低语一样，清晰地传入我的耳中。我往声音那边跑，树丛消失了，眼前一片黑暗。一块巨石从山坡朝向天空。站在上面的身影，面向这边，像祈祷一样将双手放在胸前。呀，有闪着银光的东西。微弱的星光，在两手与胸前之间，反射着银光。

"对不起啦——"

对方发出声音的同时，双手移动了。伴随着安静而有力的动作，银光被吸入胸中。宛如石像一般，全身剧烈一晃，朝后倒下，消失不见。之后，传来划破水面的巨响。当我跑到那边，跪在坚硬的岩石上时，只有霞川在眼前流淌着，冰冷无比，没有一丝水声。

本神社举办的神鸣讲开始前，在清晨的雷声中，我看见你进入了工作间。

你将一种白色的什么东西放进雷电汤后离去。我马上去检查锅里面，知道那是蘑菇。剧毒的白毒鹅膏的名字也掠过了我的脑海。但是，我没有倒掉汤汁，也没有告知任何人，结果导致两人死亡，两人身患重症。

背负着这种罪责活下去，我做不到。

这封信，你丢掉也完全没关系。

所有一切都由你决定。不过，请你想一想家人。我只祈求这一点。

平成元年十二月十日

雷电神社宫司

炎良部容子

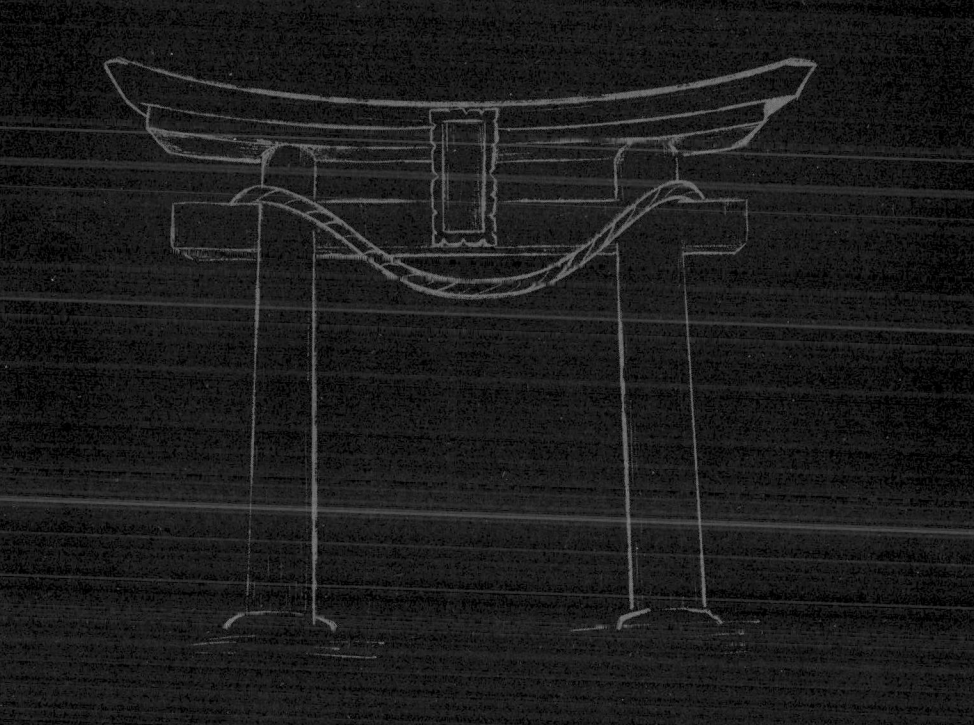

雷神

雷神

一

我们通过报道得知，在长门家的火灾废墟中，发现了一个熔化的聚乙烯罐。

据说是在通往二楼卧室的楼梯附近发现的。

"大概是神社的聚乙烯罐吧。"

希惠坐在我对面，今天她不是神官打扮，穿的是裙子和衬衫。

"有一只装有煤油的聚乙烯罐从工作间消失了，还有一把菜刀，也找不到了。"

我们大家一起集中在希惠的住处。距离火灾发生的夜晚，已经过去了两天。围坐在矮桌边的是我、希惠、夕见和彩根四人，每个人面前都放着希惠泡的茶。在我们开始说话前，大家已经沉默良久，茶水的热气都消散了。

桌上摆着照片，是三十年前父亲在神鸣讲前一天拍的二十多张照片，还有拍下母亲墓碑的那张照片。墓碑照反面朝上，父亲所写的文字，如今呈现在所有人眼前。

"那人之所以准备菜刀，大概是为了最后自绝性命吧——"

彩根弓着背，低声说。

"或者，那人一开始摁门铃时，如果出来的是长门幸辅，就想当场杀了他吧。没想到，出来的却是长门的妻子。因此，那人迅速进门并上锁，在房间放了火。"

也许如此，也许并非如此。既然不能询问本人，那就不会了解真相。

但是，对于彩根的下一个疑问，我是有明确答案的。

"如果打算在长门夫妻入睡后，趁着夜深人静放火，确实如此吧……为什么还要先按门铃呢？"

"为了不连累长门幸辅的妻子。"

彩根也是这样想的吧，沉默着，动了动下巴。

"不想牵连无关的人，因此才先按了门铃，所以——"

所以，失败了。

长门幸辅，没有死。他从刑警敲碎的窗户跳了出来，尽管被烧伤，但保住了性命。

那个夜晚，我下了后家山，听着背后消防车的鸣笛声，行走在黑暗中。回到旅馆房间，站在腰窗旁的夕见猛地回过头，瞪大双眼，连珠炮般地向我发问。听她的口气好像以为我是先她一步被消防车鸣笛声吵醒，到外面去看发生什么了。

但是，很快，夕见注意到我的衣服上满是泥土。

在皱着双眉、默默无语的女儿身边，我隔窗望着广阔的羽田上村。黑暗中只有一个地方，像另一个世界一样，放射着红色光芒，从那里升起的烟雾和雷雨云融为一体，整个天空如泥泞般混沌不清。泥泞之下，前照灯如爬行般来来往往，大概是来观察火情的村民和警察的车辆吧。

我找不到任何语言，一直呆立在窗边。彩根回到旅馆，敲着房门。我走到门口，彩根悄悄和我耳语了之后的情况。为了搜查从长门家逃出的人影，他和刑警去了储木场那边，但是没找到。之后，他被两个刑警审问，他回答什么都不知道。他没说碰到过我。据彩根所说，从刑警的口气推测，他们自己和长门夫妻，都没看清楚逃走那个人的样子。因为火势凶猛，烟雾太大，甚至连是男是女都没看清。关于自己在现场附近的理由，彩根回答说，他很在意储木场藏着警车，心想是不是要发生什么，就在长门家周边走来走去。

——那位呢？

只这简短一句，我马上领会其意。我的简短回答，彩根也心领神会。

——刺中自己胸部，倒在霞川。

彩根静静地垂下眼帘，没再抬眼，就推开了房门，走进自己房间。之后，再无任何声响。这时，雷声带来的雨滴开始敲打旅馆屋顶。但是，淋湿的窗户对面，升腾的红色火焰并未减弱，反而更加猛烈地燃烧起来。

我让困惑不已的夕见坐下，面对面坐在彼此的被褥上。

我告诉她，姐姐已经刺中自己胸部，倒在霞川中。

夕见完全不相信，大概以为我在说什么骇人听闻的笑话，用责备的眼神看着我。可是，当她终于明白这是真实情况时，表情由内而外瞬间崩塌。女儿拍打着榻榻米大声哭泣，像个孩子一样。就像她四岁时的夏天，她妈妈去世时一样。为什么会这样？到底发生了什么？在不断涌入喉咙的抽泣之间，夕见用含混不清的语言，向我寻求解释。

一直到今天早晨，我都没回答她。

我不明白的还有太多。误解有时会招致可怕的后果。这次发生的事情，不是我一个人能解释清楚的。要说清楚的话，希惠，还有彩根，他们的话是不可缺少的。

火灾发生的夜晚过去了，天亮之后，我给雷电神社打电话，说想谈谈这次发生的事情。希惠只回答明白了，就挂了电话。一天过后，今天早晨，希惠联系了我们，大家就这样聚在了她家。

目前，姐姐的遗体尚未找到。是沉入了冰冷的河底吗？或者，因下雨而变得湍急的河水将她带到了大海？

"一直……都在这里吧。"

我环视四周。我们所在的起居室。右边的厨房。厨房边的楼梯。刚刚希惠才告诉我们，我和夕见在羽田上村这段时间，姐姐一直都住在希惠家。

"那是，姐姐的……？"

左手的墙边，一个老旧的木架角落里，孤零零地放着一个笔袋。我们住在这个村子时，曾经一起乘巴士去看电影，这个就是当时在电影院买的"龙猫"笔袋。

但是，希惠慢慢摇摇头。

"是我的。"

那时，她和姐姐买了相同的笔袋，她现在还在用。

希惠的心情，我还不能完全把握，一边揣摩着，一边想起自己曾经给姐姐买笔袋的事。那是一个将人造花像用拼接工艺贴上去的，看上去稍微大人化一点儿的笔袋。在埼玉上初中时，我拿着它回到狭窄的公寓时，发现姐姐的生日晚会并未如期举行。最终，我没能把笔袋交到姐姐手里，现在也——不，直到最后，也没能送给姐姐。

千言万语涌上心头，喉咙却像被黏土堵住一样。明明是我主动给希惠打电话，说想聊聊这次发生的事情，却不知从何说起。我看看坐在身旁的夕见。她那哭红的双眼，自从火灾那个夜晚就一直被泪水浸润着，像两个被置之不理的伤口，令人心痛不已。

"从开头，按顺序梳理一下吧。"

彩根抬起头，勉强挤出笑容。自从见到他，第一次看他这样笑。

"这次发生的事……到底怎么回事？"

大家都表示同意后，视线暂时分散开来，最后都集中到希惠脸上。她仿佛将我们的目光都收到了自己内心，缓缓垂下眼帘。

"我是在这个房子的大门口看见亚沙实的。在雷场发生雷击的两天后……筱林雄一郎的遗体被发现的第二天。"

也就是，我们三个离开羽田上村的第二天。那天，我和夕见在家里打开父亲的纸箱，发现了那个相册，还有最后拍摄的二十多张照片。

"傍晚，我在礼拜殿做神鸣讲的准备工作，在折纸垂的时候，稍微切到了一点儿手指，就回家拿创可贴。就是那时，亚沙实站在门口边树丛的后面。"

据说姐姐叫了她一声，希惠。

当时，姐姐睁着一双通红的双眼。

"之后，她也只是很多次反复叫着我的名字。起初，我以为她还没从在雷场受到的惊吓中恢复过来。因为两天前，雷击就发生在亚沙实身旁，她惊恐至极，被带到了社务所。"

希惠设法将姐姐带进家中，听她讲述。

"她似乎不能流畅地组织语言，说话断断续续的。不过，从亚沙实的语气中我得知，她孤身一人来到了村子。前一天，她和幸人、夕见三个人一起回到了埼玉。过了一夜后，她自己又换乘电车回来了。"

我和夕见再次来到羽田上村，是在姐姐来的第二天。我们先后去了举办神鸣讲的雷电神社、照相馆、殡仪馆和墓地。我记得那天晚上接到了姐姐的电话。

——幸人，你在哪儿？

当时姐姐就在希惠家，我和夕见在神社院内走动，也许她隔着窗户都看到了。而且，她不知道我们到底来羽田上村干什么，因此才打了电话吧。

——我开车出来兜风了。

我这样回答。

——你们在哪儿兜风呢？

——噢，各处，随便转转。

简短的对话后，旅馆老板叫我们吃晚饭，我就匆匆挂了电话。我只顾自己拼命说谎，对姐姐当时在埼玉毫不怀疑。

"我姐姐来到这儿，和你说了什么呢？"

"她说，三十年前的神明讲，往雷电汤中放入白毒鹅膏的是她自己。"

希惠说完，夕见马上抬起头。

"……什么？"

她的眼里充满疑问和困惑，这也难怪。

"毒蘑菇案的犯人是亚沙实姑姑？这是不可能的。因为，爷爷写的那段文字——"

黑泽宗吾　荒垣猛　筱林一雄　长门幸辅

　　四人所杀

　　雷电汤

　　白毒鹅膏　大银杏菇

　　相同颜色

　　至神鸣讲当日，若决心不变则决行

夕见指着照片背面说，希惠客气地制止她。

"策划者，确实是亚沙实的父亲。"

"到底怎么回事？"

"当时村里人和警察的判断，一半是正确的。制订使用白毒鹅膏的可怕计划，想要杀掉四个大佬的，原本是藤原南人先生。"

"但是，你刚刚说犯人是亚沙实姑姑——"

"要说明这个，就像刚才彩根先生所说，有必要从开头，按照顺序说起。"

希惠说的"开头"，就是姐姐在这里向她坦承的，三十一年前发生的事情。

二

这件事发生在社务所里间的那个和室中。

三十一年前，神明讲两天前的晚上，母亲和另外三个女人一起在工作间帮忙准备蘑菇汤。因为比往年费时，结束时已经很晚了。当时，四个大佬在社务所里间的和室喝着前夜祭的酒。因为他们都是"英"的贵客，母亲回家前，就到那个房间去打招呼。据说，母亲一眼就看出男人们的样子不同寻常。他们要让不胜酒力的母亲喝点儿酒再走。实在不好拒绝，母亲就喝了几口他们倒的酒。接着，他们又让母亲吃炭炉上烤的蘑菇。

"吃完蘑菇之后，你的母亲眼前马上出现了幻觉，完全没了时间的感觉……待回过神儿来，发现自己遭受了暴力……"

那种暴力，大概并非拳头或者巴掌之意。

被欺负的过程中，母亲清醒过来，从房间的腰窗逃出来，跑进山里。她之所以没跑向社务所正门，而是跳出了屋外，大概是因为使用炭炉时正好开着窗，也可能因为那个蘑菇夺去了母亲的判断力。

"据说，你母亲不顾一切跑向山里时，心里只想着要将自己的身体清洗干净。"

果然，那个蘑菇让母亲意识失常了。我发现的蘑菇。将身体投入几乎冻住的冰冷霞川中，肯定会有生命危险。母亲若是意识正常，这一点她应该知道。母亲绝对不会留下我们，自己从这个世界消失。

"后来，当时的宫司——负责神明讲准备工作的我的母亲，注意到了停车场的车。应该已经回家的亚沙实的母亲的车子，仍然停在那里。"

太良部容子很疑惑，就在周围寻找，但哪里也没有我母亲的身影。她问了在和室饮酒的四个大佬，他们也说没见到。母亲在进入社务所里间的和室时，应该将鞋子脱在了房间入口处，她的鞋子可能已经被那些男人藏起来了。

后来，村民们被叫来了，大家开始一起搜索。最先，只有母亲的鞋子在神社旁边被发现。这肯定是四个大佬假装帮忙搜索时，顺便将藏起来的鞋子扔在了那里。

最终，是父亲发现了母亲，她的身体泡在冰冷的霞川中，倒在那里。父亲背着母亲，沿着险峻的河滩，一直走到救护车等着的路上。

"你母亲被送到了长门综合医院，深夜，她曾经醒过来一次。那时，只有亚沙实一个人在病房——"

那时，我因为抽泣得太厉害而呕吐，父亲将我带到了病房外。当时的护士长清泽照美用毛巾擦拭了我的呕吐物，她也为了清洗毛巾走出了病房。

"你母亲拿掉氧气面罩，用断断续续的声音，将发生在自己身上的事情告诉了亚沙实。"

清泽照美说过，她收拾好毛巾回到病房时，母亲正在告诉姐姐什么。她没听见具体内容，但是，母亲最后重复两遍的那句话，她却听得一清二楚。

——不要吃蘑菇……

母亲这样说。

母亲担心姐姐的安全，大概将事情经过全部告知了姐姐。尽管意识到自己马上要失去生命，但她还是一心要保护女儿。

"你母亲被强迫吃下的蘑菇，不知叫什么。亚沙实好像也不知道，可能，你母亲也——"

"阿根廷裸盖菇[1]。"

我说完，大家的目光都转向我。

---

[1] 学名Psilocybe argentipes，也叫阿根廷光盖伞，担子菌亚门伞菌目蘑菇。有致幻作用，人食用后会陷入狂躁状态。

几天前，记忆如浊流般涌入我的脑海。彩根给我看的筱林雄一郎的遗像成了导火索，记忆在一瞬间被唤醒。我真想再次忘却这些记忆，但还是对围坐在桌边的三个人说了出来。那就是我小学四年级时，在后家山发现的蘑菇。褐色的蘑菇丛生在树下，样子很像滑菇，看起来非常美味。因为之前误采侧金盏花，我遭到了父亲的严厉批评，当时的我悔恨不已。后来我决定，不再把采来的东西随便放到厨房，而是想好好给父亲看看。就像带回橡树果那次一样，我希望父亲能再次表扬我。我想做点对家里有用的事情。可是，当我两手抱着蘑菇回到参拜路时，筱林雄一郎站到了我面前，抢走了蘑菇。

——在哪儿找到的……

我指指树丛里面，那个男人马上就朝那边走了进去。他的表情让我觉得自己发现了什么不得了的东西。比起被夺走蘑菇的伤心，我更因为兴奋而心跳加速。

我站在参拜路上，看看自己的双手。冻僵的手指间，只剩下一颗蘑菇。我将它带回家，把母亲的图鉴搬到房间，对着国语辞典，忘我地阅读上面的说明。于是，我知道了它的名字叫"阿根廷裸盖菇"，还了解到它具有很强的致幻作用，可以作为麻药使用。

可是，那时我是怎么做的？

我心想还好没把蘑菇带回家……只是，松了一口气而已。还想，还好没给父亲看。

自己的愚蠢，超越时间的后悔。如今让我内心颤抖不已的，只有这些，别无其他。自己发现的这种蘑菇，之后会引发怎样的事情，连想都没想过。

"就是现在说的……'致幻蘑菇'的一种吧。"

彩根像对茶杯说话似的,谁都不看,低声说。

"成分和效果和LSD[1]非常相似。这个LSD的致幻作用相当强,据说哪怕只是摄入零点零零几克,都会使人变得不正常。摄入二十分钟后,空间感认知就会扭曲变形,比如,想要从钥匙孔进入房间之类的,有时会出现通常难以理解的行为。"

"就是这样。"

恢复记忆的那个夜晚,我瞒着夕见,重新查阅了"阿根廷裸盖菇"这种蘑菇。据说,现在它已被认定为麻药,禁止故意采集或持有。它与LSD相似的致幻成分,会根据采集地和采集时间的不同,增至百倍。

"就因为我,筱林雄一郎知道了阿根廷裸盖菇的丛生之地,会不会经常去采集呢?而且,他可能把这个像玩具一样的蘑菇交给了他的父亲筱林一雄和其他三个大佬。"

"因此,那些男人们就养成了恶习?"

我对彩根点头回应,但觉得"恶习"这个用语很不合适。就因为这种"恶习",母亲遭受了丑恶的暴力,丧失判断力,跑到山中,泡在冰冷的水中,失去了生命。这件事与次年的毒蘑菇案相关,更与三十年后的这次事件相关。所有一切的开端,不是别的,就是我当初的肤浅行为。想被父亲夸奖的孩子气的想法。

"不是爸爸的错啊。"

像读懂了我的内心一样,夕见抓住我的衣袖。

---

[1] 麦角酸二乙胺,简称LSD,是一种强烈的半人工致幻剂。

"爸爸只是想让爷爷高兴，只是想做些对家里有用的事情吧。"

即使这种行为，和自己珍爱的亲人之死相关？

——爸爸的花，会长大的哦。

即使招致再也无法挽回的结果？

——花，要晒太阳才会长大哦。

我既没摇头也没点头，只是紧握着放在膝上的双手。一会儿，夕见拿起桌上的茶杯，像是故意的，出声地喝起来。用"哎呀，说起来……"这种生硬的方式转移了话题。夕见这样做，一定都是因为她有一颗温柔体贴的心，从小时候开始，从未改变。

"刚才希惠女士不是说了吗？本来策划毒蘑菇案的是我爷爷。我爷爷之所以想杀掉四个大佬，也是因为知道在社务所里间的和室发生了什么吧。是亚沙实姑姑告诉爷爷的吗？"

希惠含糊地摇摇头。

"她说没告诉任何人。因此，她觉得只有自己知道。"

"大概是从受害者藤原英女士本人那里听到的吧。"

一直用手掌"咚咚"地敲着自己脑袋的彩根，停下手，开口说。

"藤原英女士去世的那天晚上，与她在一起时间最长的是南人先生。他在霞川发现妻子后，一直背着她，沿着漫长的河滩，走到救护车等待的路上。在她身上发生了什么，很有可能是处于濒死状态的她本人，当时在丈夫耳边说出来的。"

大概正如彩根所说吧。最先听母亲说出实情的，是父亲。而且，父亲坚信只有自己知道。他没想过，在他离开病房时，母亲曾经一度清醒，用断断续续的声音告诉了姐姐。同时，姐姐也坚信，只有自己知道真相。

"最可以不负责任说话的就是我了吧，因此，接下来也请让我说一下随意的想象。如果有错误之处，请随时说出来。"

彩根说完，我和希惠点头示意。我们三人各自知道的和不知道的，大概差不多吧。

"英女士，那天晚上在医院停止了呼吸。在河滩听她讲述了实情的藤原南人先生，不可能放过黑泽宗吾、荒垣猛、筱林一雄和长门幸辅这四个人。但是，即使向警察申诉，因为当事人已经去世，没有留下任何证据。而且，对方是在羽田上村这个小社区拥有强大权力的四个人。没有证据，即使申诉了，他们岂不是也不会被抓？"

在这个村子，这种情况完全有可能。

"因此，南人先生想亲手惩罚这四个人。还将这个决心写在了英女士墓碑照片的背面。"

来到羽田上村后，我已经多次想到了这些可能性。母亲遭受了大佬们丑恶暴力的可能性。父亲知道了真相，计划对四个人复仇的可能性。但是，我还是没能正视它。因为我不愿意相信母亲的遭遇和父亲的计划。并且，从清泽照美那里听说的话，无论如何也和这种可能性不相吻合。

——藤原南人说他的妻子"死就死了吧"。

父亲之所以说出这样的话，是不是因为母亲遭受了那些男人的暴力？是不是觉得母亲被玷污了？我也曾经这样想过。但是，即使母亲身上发生了什么，父亲也绝不可能说出那样的话。所以，我也和清泽照美一样，没有把握，充满困惑。

但是现在，我清晰地想了起来。

父亲说出这句话时，在病房的只有我和父亲，还有一个外县的年轻护士。一年后，我遭遇雷击时，也是这位护士照料我的。我还记得，因为她说的是标准日语，我还误以为自己在遥远东京的某家医院呢。

那时，我在母亲床边一边哭一边拼命想自己能做些什么。我想让母亲睁开眼，我想让她看看我。我往双手里吹气，贴在母亲的脸和脖子上，拼命想温暖一下母亲那泡过冰冷河水的肌肤。这时，父亲在我身后说。

——sinndemo ee。

在这里的新潟县和父亲的出生地群马县，这句话的意思是"不用做了"。医生和护士都在对母亲进行对症治疗，父亲希望我的小手不要做多余的事，因此悄悄提醒了我。但是，护士却听错了，误以为这句话是"死就死了吧"。仅此而已。

"藤原南人先生计划要杀掉四个大佬，方法就是在次年的神明讲，往雷电汤中放入白毒鹅膏。白毒鹅膏虽然并非稀有品种，但也不是马上就能找到的。我认为，在照片背面写下那段话后，他就开始到山里寻找采集。然后，悄悄晒干，保存在自家或者店面的某个地方。因为照片后面写的是'至神鸣讲当日，若决心不变则决行'，他可能打算在祭祀当天清晨潜入神社的工作间，往雷电汤中放入白毒鹅膏吧。"

终于，母亲去世一年后，神鸣讲的日子临近了。在神鸣讲前一天，举办母亲去世一周年忌日的当天，父亲手拿相机，就像要留下活过的印记一样，拍了桌上的二十多张照片。并且，当天晚上，在照相馆关门前，去洗照片。

——那个男人，把胶卷给我时这样说。

当时是照相馆老板的老人说的话，现在想来，应该是真的。

——可能不是我自己来，而是孩子代替我来拿照片。总之，那个男人已经预料到自己会被警察逮捕。

"但是，南人先生在差点儿就实施的时候，打消了念头。"

是的，打消了念头。

父亲一定是想到了我和姐姐。他想要越过母亲的死，必须要和孩子们一起活下去。最后的最后，父亲将装载着复仇与家人的天平，倾向到我们这边。

——因为去年没吃到啊！

神鸣讲那天，几个女人在礼拜殿前盛蘑菇汤，我记得父亲对她们说话时，表情很平静。筹划了一年的杀人计划，父亲自己决定放弃，当时他应该是看到了接近希望的某种东西吧。他当时的心情大概是想忘掉一切，重新生活吧。

可是，就在那之后，姐姐和我被雷击中了。

——报应到孩子们身上了。

全身被刻上雷电痕迹、昏迷不醒的女儿。失去记忆的儿子。孩子代替自己受到了惩罚，父亲大概这样想吧。就是因为自己曾经想往雷电汤中投毒。

"那天晚上，四个急症患者被送到了医院。"

黑泽宗吾、荒垣猛、筱林一雄、长门幸辅。被送来的四个大佬，两人死亡，两人重症。被判定的原因是，雷电汤中混入了白毒鹅膏，他们中毒了。

"南人先生本已放弃的犯罪，却成了现实。他大概马上就查看了自己曾经藏起来的白毒鹅膏。结果发现，消失不见了。南人先生应该困惑不已。自己放弃了差一点儿就实施的犯罪，却有人真的做了。但他不知道是谁做的。也许有可能脑海里掠过一个想法，犯人可能是亚沙实或者幸人。但是，作为父亲，他对此并不确信。"

彩根将手伸到桌上，指着父亲留下的文字。

"亚沙实小姐知道南人先生计划的经过，大概与幸人先生、夕见小姐一样。她发现了父亲写在照片背面的文字。而且，她马上明白，不只是自己，父亲也知道母亲的遭遇，不只如此，父亲还在计划复仇。"

为什么父亲要在照片背面写那段文字，贴在相册上呢？为什么要写在那么容易被发现的地方呢？现在，我感觉能明白其中缘由。

父亲是不是想让我和姐姐发现呢？想让我们发现后追问他呢？他在孩子们面前号啕大哭，什么都说不出，不停地摇头，想通过这样抓住通往新人生的一线希望。但是，我是在经过了很长时间之后才发现它的。虽然姐姐在三十年前就发现了，却没能追问父亲——

"看到照片背面文字的亚沙实小姐，趁南人先生和幸人先生不注意，在家里和店里不断地寻找。她想找的一定是藏在某个地方的白毒鹅膏。关于这些，我想希惠小姐应该已经听亚沙实小姐讲过了……是吗？"

过了一会儿，希惠点点头，说道：

"她说，在厨房的水槽下面有一个纸袋，里面藏着已经切小并晒干的白蘑菇。亚沙实发现时，首先想，无论如何要阻止这个计划，毕竟弟弟幸人才上初中一年级，绝对不能让父亲做那样的事。于是就把蘑菇藏在了自己房间的衣柜里。"

为了使父亲无法实施计划。

为了在神鸣讲时不会发生可怕的事情。

"可是,随着神鸣讲一天天临近,她多次想起父亲在照片背面写的话……母亲临死前的神情,父亲内心的痛苦,对四个大佬的愤怒,人世间的荒谬无理,所有这些都积聚在她的脑海,到了极限——"希惠接着说。

她打算用自己的手来实施。

"亚沙实从衣柜里取出装有白毒鹅膏的纸袋,藏在外套里面,朝神社走去。在神鸣讲前一天的清晨。"

前一天,夕见叹息着轻声说。

是的,是前一天。至今我们一直认为,雷电汤中被放入白毒鹅膏是在神鸣讲当天。但实际上,是在一天前,也就是神鸣讲前一天的清晨。

"从这些照片,可以了解一些情况。"

彩根挪过来两张照片。一张上面是姐姐,一张是我。姐姐正沿着家门口的小路向右走,前方的天空微微泛红。我在被子里睡着了,眼里流着泪。枕边的时钟指向六点半。一开始看到包括这两张的二十多张照片时,我和夕见都误以为是傍晚拍摄的。但是,当时十一月都快结束了,下午六点半的天不可能是亮的。父亲拍下这些照片是在早晨六点半,姐姐前方不是夕阳而是朝阳。沿着小路向东走的姐姐前方,本来就不可能看见夕阳。

在小路前方转弯,进入主干道,再向东走,左手边就是后家山的参拜路。我们来到羽田上村的第一天,曾经从原来自家所在的位置往神社走,路线相同。

想在第二天实施复仇计划的父亲,为了留下活过的印记,拿起了相机,拍下了家里的角角落落,母亲爱惜的院子,两人开的店,站在店前的自己。还拍了仍在熟睡的我,对着离开家走在路上的姐姐的背影,按下了快门。父亲怎么也不会想到,他的女儿正要亲手实施他自己想出的复仇计划。

"这里,拍下了雪。"

是拍下姐姐背影的那张照片——落在镜头旁的雪花,形成了模糊的白色圆形。

"在羽田上村,历年都是打雷后下雪。但是,当然也有顺序相反的年份。比如发生毒蘑菇案的三十年前,就是如此。"

那一年的神鸣讲前一天,大清早就下雪了。我记得在寺庙举办母亲的一周年忌辰时,从正殿看到松树叶上有薄薄的一层白色。

可是,夕见说,困惑地看看照片和彩根。

"希惠女士的母亲并不是在神鸣讲前一天的清晨,而是在当天的清晨看到了犯人的身影吧?那么原来的目击证词,是怎么回事?日期也不一样,人也不一样……而且,也不可能将亚沙实姑姑错看成是爷爷呀!"

"当然不会,她看到的就是亚沙实。"

"那么,那封信——"

"信里也是,从开头就是这样写的。"

可以吗?彩根说,将脸转向我。

我从包里拿出信封,将折成三折的信纸展开,放在桌上。

　　本神社举办的神鸣讲开始前,在清晨的雷声中,我看见你进入了工作间。你将一种白色的什么东西放进雷电汤后离去。我马上去检查锅里面,知道那是蘑菇。剧毒的白毒鹅膏的名字也掠过了我的脑海。但是,我没有倒掉汤汁,也没有告知任何人,结果导致两人死亡,两人身患重症。

背负着这种罪责活下去,我做不到。

这封信,你丢掉也完全没关系。

所有一切都由你决定。不过,请你想一想家人。我只恳求这一点。

平成元年十二月十日

雷电神社宫司

太良部容子

"太良部容子女士来到店里,从她手中接过这封信的确实是藤原南人先生。但是,他只是受托而已,内容是写给亚沙实小姐的。遭受雷击后,亚沙实小姐在医院昏迷不醒,容子女士拜托南人先生以后把信交给亚沙实小姐。当然,她也预料到南人先生会打开看。因为如果自己在托付信件后自杀身亡,南人先生不可能不看这封信。"

太良部容子将一切都交由我父亲决定了。包括他会不会将容子女儿的同学——我姐姐做的事说出来。

"可是,这里……写的是'清晨的雷声中'啊。"

夕见抬起头,用更加困惑的眼神看着彩根。

"清晨打雷的,并不是神鸣讲前一天,而应该是当天呀?"

确实如此。神鸣讲前一天,既没打雷也没听见雷鸣。正因为如此,太良部容子的目击证词,被认为说的是神鸣讲当天……

但是——

"在这封信中，同样的文字出现了三次。"

彩根将信纸移到夕见那边。

"但是，只有一个，仔细一看，形状不同。"

他伸出手指，指着第一次出现的"雷"字。

"这里，本来写的是'雪'。"

父亲加了两笔，使它变成了"雷"。仅仅两笔，就改变了信中最重要的部分。太良部容子目击犯人的时间不再是神鸣讲前一天的清晨，而变成了当天的清晨。而且，那天早晨，姐姐一次都没离开过家。

"太良部容子女士死后，南人先生打开她托付的信封，看了信，知道了自己的女儿就是毒蘑菇案犯人这个事实。怎么办才好？怎么办才对？他一定很懊恼，拼命想了很久。可就在这时，希惠小姐和媒体一起来到了店里。"

——临死前，我妈妈来这里来做什么？

当时，父亲在门口和希惠面对面，面对希惠的质问，父亲沉默良久。一动不动，好像连呼吸声都没有。

——请在这儿等一下。

说完，父亲上了二楼，拿着信封回来了。有可能就是在这时，父亲在信里加了两笔。因为如果不想给别人看的话，没有必要改写内容。

"南人先生决定，代替女儿，自己成为犯人。因此掩盖了信件是写给亚沙实小姐的事实——将'雪'改成了'雷'。"

在从太良部容子那里拿到信件的当天，父亲在照相馆关门前去取了照片，就是现在桌上的二十多张照片。因为在神鸣讲的前一天清晨，他拍下了姐姐在雪中往神社方向走去的背影。父亲可能认为将照片放在照相馆很危险。

"当然，他读完这封信，应该完全可以将信处理掉。实际上，信里也写着'丢掉也完全没关系'。但是，他特意没有这样做，而是选择自己成为犯人，就是为了能切实保护亚沙实小姐。"

神鸣讲的前一天，姐姐走向雷电神社的身影，有可能被别人看到了。在那么狭小的村子，即使是在清晨，也很难走很长一段路却不被人看到。如果将全村的村民作为搜查对象持续下去，警察最终可能会调查姐姐。一旦调查，很可能警察就会发现姐姐是犯人的某种证据。父亲预防了这一点。他掩盖了信件是写给姐姐的事实，自己变成了嫌疑人，只有自己将成为警察的调查对象。

——没错。

正如父亲所计划的，毒蘑菇案的犯人被认定为藤原南人，父亲作为唯一的嫌疑人被调查。但是，没有发现证据，最终，我们逃离这个村庄，案件以未侦破状态到了时效。

"在知道亚沙实小姐是毒蘑菇案的犯人时，南人先生大概也想起了在神鸣讲喝的蘑菇汤味道有点儿怪吧。"

——我记得很清楚呀。

农协职员富田先生说。

——我问他，你不喝吗？他说，味道有点儿怪，还是不喝了。

"这张照片上有大蓟花……别名玛利亚蓟花的植物。"

彩根指的是一张院子的照片。

"自古以来，这种花就被当作药用植物。众所周知，它种子里所含的西里马林成分能保护肝脏免受毒素损害，解毒效果非常强。如果在吃了白毒鹅膏后十分钟之内服用，解毒率达到百分之百。"

过去，父亲喝酒喝多了时，母亲给他服用的也可能是大蓟花种子吧。

"三十年前的神鸣讲当天，亚沙实小姐将这个玛利亚蓟花，偷偷放进了南人先生的蘑菇汤中。不知她是将种子煎成了汤，还是碾压成了粉末放进去的。"

有毒的雷电汤可能被掺入一般的蘑菇汤中，姐姐应该是想到了这一点。

"当然，假设大佬们将雷电汤舀出一些分到了一般的蘑菇汤中，但蘑菇汤的锅是非常大的。就算其中混入的白毒鹅膏被盛到了某个人的汤碗中，也应该只是极少的微量。食用后陷入重症状态的情况，几乎不存在。"

姐姐对植物非常了解，她当然应该明白这一点。若不是这样，她从一开始就不会实施这个计划。将很多人都置于危险境地的事情，姐姐是不会做的。

"但是，世上有很多偶然之事。碰巧自己父亲的碗里有很多白毒鹅膏的可能性，也并非完全是零。即使这只是万分之一的概率，也相当于自己用手枪对着父亲扣动了扳机，哪怕一万发子弹只有一发命中。她是绝对不能这样做的。"

所以，姐姐往父亲碗里放了解毒剂。想用带有圣母玛利亚之名的蓟花保护父亲。她想，虽然不可能给全部村民准备解毒剂，但至少要给父亲一份。因此，蘑菇汤的味道变了，父亲几乎没动筷子，这种情况正好被富田先生看到。然而，富田先生的证词却支持了藤原南人是犯人的观点。这一点是姐姐无法预料的。

"可是，只有一点，我有疑问。"

彩根面朝希惠。

"写这封信的太良部容子女士——您的母亲，目击了亚沙实小姐往雷电汤中放入白色蘑菇的行为，并且想到那有可能是白毒鹅膏。可她为什么置之不理呢？为何不阻止案件的发生呢？"

"在那间和室发生的事情……我母亲可能在心里多少有点儿感觉吧。"

"她觉得藤原英女士的死因，是四个大佬的暴力？"

希惠点点头，真切的痛苦漫过她的脸颊，面部有点儿扭曲。

"当然，我觉得母亲并不确信，只是有一点点怀疑。她很信任大佬们。在我看来，大佬们虽然态度狂妄傲慢，但母亲总是微笑着接受。他们四个给神社的供奉金，母亲也是由衷感激地收下。因此，母亲肯定马上把这一点点怀疑也从自己心里抹去了。关于藤原英女士的死，她相信大佬们说的那句'什么都不知道'。"

"原来如此。但是第二年，亚沙实小姐往雷电汤中放了可能是白毒鹅膏的东西，您母亲看到了。于是，她想，一年前自己的怀疑可能就是事实吧。也许藤原英女士的死因就在四个大佬身上，了解真相的亚沙实小姐才打算进行可怕的复仇……"

但是，希惠摇摇头。

"在看到亚沙实往雷电汤锅中放入某种东西之后，母亲应该还是相信那四个人的，至少，她应该是决定相信的。"

希惠的说法，含有足够的确信。

"那是……为什么？"

"因为如果这种怀疑就是真相，母亲的人生就破碎了。"

希惠的声音中，带有之前不曾听到过的情感。是一种真挚而确信的声音。就像不谙世事的小孩子，对于自己绝对信任的东西，不顾别人的反对，越说越起劲。

"作为雷电神社宫司，母亲一直在这个村子和这座山里生活，如果真是如此，她人生的一切就都破碎了。"

听着她的声音，我感觉希惠是太良部容子的女儿这一已知事实，第一次被摆到眼前。这并非只是单纯的血缘意义上的，我与夕见只有父女二人，她们也一样，只有母女二人。希惠刚才说到"母亲的人生"。可是，她一定比任何人都清楚，作为独生女儿的她自己的人生，也包含其中。她也明白，母亲是为了保护女儿的人生，才拼命压制自己的怀疑，决定相信四个大佬。这是无可奈何之事。

"最后，她一定想……只能交给神灵了。"

神灵，彩根又重复一遍。

希惠闭上双眼，稍微动动下巴。

"如果她的怀疑是真相，四个大佬就会受到惩罚。如果一切都是自己的错觉，那么直至神鸣讲结束，什么事都不会发生。亚沙实小姐往雷电汤中放了什么，过一段时间，可以去问她本人。或者，也可能都是自己看错了。——母亲一定曾经这样想。"

因此，太良部容子既没有从汤锅中取出白蘑菇，也没有扔掉雷电汤。既没有彻底怀疑大佬们，也没有消除怀疑，将一切都交给了神灵。

一直作为神职人员生活过来的太良部容子，当时是否从内心相信神灵的旨意？这一点无从知晓。但是，无论如何，她最终深深感到了神灵的存在。当四个大佬因白毒鹅膏被逼近死亡深渊之时；当其中两人毙命，姐姐遭遇雷击、失去左耳听力和美丽肌肤之时。

"所有一切都为时已晚之后，母亲多么后悔啊——"

连她的女儿希惠都无法估量的悔恨，我们更是无法想象。虽然同为女性，她没能保护藤原英；让自己女儿的好朋友犯下了恐怖的罪行；相信大佬们，就是因为相信了他们，才造成了他们的死——没有一样是可以挽回的。一下子，她背负了太多太多，只能在礼拜殿门框系上腰带，将无法解脱的沉重负担，还有自己的身体吊了起来。

"从小时候起，我就觉得母亲很特别。和周围的其他母亲不一样，是个特别的存在。"

希惠仍然闭着双眼，喉咙有点儿颤抖。

"可是……母亲也是普通人，是软弱的普通人。"

太良部容子在自杀前，没有去警察那里说出一切，而是将信交给了我父亲，这大概也是因为她只是一个普通人吧。虽然她自己压制住怀疑，没去阻止案件发生，但是，将别人的罪行公之于众这种事，她也做不到。

"亚沙实姑姑——"夕见虽然看着我，却像是在寻求某种更大的帮助，"一直隐瞒着三十年前所做的事吗？"

她拼命想理解这些情况，但却怎么也无法接受吧。她在向我这个父亲寻求让自己安心的语言，却知道无论如何也不能期待吧。

"整整三十年，她一直都在撒谎吗？将自己犯下的罪推诿给爷爷吗？在与我和爸爸三个人一起来到这个村子时，她还撒谎说，想了解真相——"

夕见说到这儿，我摇摇头。

"她没有撒谎。"

姐姐说想了解真相，绝不是说谎。三十年前，在这个村子到底发生了什么？父亲真的是毒蘑菇案的犯人吗？如果是，到底为什么要做那样的事？

——因为如果姐姐知道，她对父亲的想法就可能发生改变。

姐姐真的想知道全部真相。

"和我一样。"

夕见的眼中，黑眼球在闪烁。

"雷……夺去了姐姐的记忆。"

遭遇侧面雷击的我失去了记忆，而直接被雷击中的姐姐在记忆上却没有任何异常，三十年间，我怎么会一直相信这个呢？就像夕见衣袋中破碎的两只薄饼干，一只碎了，另一只不可能完好无损。当初被雷击中时，姐姐和我一样，不，比我失去的记忆更多。离开羽田上村后，我们从未谈及过去的事情。因此，姐姐失忆的事——一直隐瞒失忆的事，我和父亲未能发现。

"那么，失去记忆这件事，亚沙实姑姑隐瞒了三十年？一直谁也没告诉？"

我再次摇头。

"并不是谁也没告诉。"希惠突然说。

姐姐在病房恢复意识后，告诉了当时在场的人。因雷击而陷入长时间的昏迷的姐姐，苏醒过来后告诉了那个第一个与她交谈的人。

"有谁……知道？"

只有这个回答，才是将三十年前和现在连接起来的导火索，才是引爆沉睡火药的第一道火花。

"是我。"

希惠说，声音在颤抖。就像曾经出现在"英"的店前，面对我父亲时。

"亚沙实在病房苏醒过来时……仅从我们一开始的几句对话，我就觉察到了。亚沙实的记忆有很多空白。那一年的事情，一年前的事情，以及更早以前的事情。特别是，从她母亲在神社失踪开始，一直到她自己遭遇雷击这一期间的事，她几乎完全不记得了。"

希惠颤抖的声音中，似乎夹杂着眼泪。这种声音，我还是第一次听到。不管是她母亲自杀后，还是在病房探望昏迷的姐姐时，我在她脸上一次也没发现流泪的感觉。她一定是将泪水憋在喉咙深处了吧。相反，当她独自一人时，也许曾无数次痛哭。

"连她母亲已经去世的事情……亚沙实也忘记了。"

夕见浑身用着力，我从她衣服上都能看出来。可是，她的脸却一下子失去了血色，变得苍白起来。

"我在病房里告诉了亚沙实。包括她母亲的死，还有在羽田上村发生的一切。在亚沙实失去记忆这件事，被别人知道以前。"

为什么？夕见只说了这么短短一句，声音就像有气无力似的中断了。

"因为我想，如果不邪样做，警察就会抓走亚沙实的父亲。"

当时，往雷电汤中放入白毒鹅膏的时间被认为是神鸣讲当天早晨，父亲说那时他没离开过家。警察对父亲的话表示怀疑。能给父亲做证，供述父亲一直和孩子们在一起的姐姐还在昏迷中。因此，警察们一直在焦急等待。反过来说，为了证明父亲不在场，姐姐的证词至关重要。

"所以，我把发生的一切都告诉了亚沙实。"

当时，希惠只有十七岁，这肯定是她豁出性命的决断。她在病房向姐姐说明了一切。一年前，我母亲不明原因的死亡。这一年在神鸣讲发生的毒蘑菇案。她自己母亲的自杀。她母亲自杀前交给我父亲的信。信里所写的内容。父亲被怀疑是犯人，姐姐说的话关系到父亲的不在场证明。

"为了不让别人听到她的哭声，亚沙实将脸深深埋在枕头里……听完了我说的话。"

听完希惠的叙述，姐姐一定和村里人以及警察一样，认为父亲就是犯人吧。因为她忘记了一切。濒死的母亲用断断续续的声音告诉她的话；父亲在照片背面写的文字；她在厨房找到了白毒鹅膏，并亲手放进了雷电汤中。这些她都忘记了。而且，她一定相信，自己的肌肤被刻上雷电痕迹，正如之后村里人所说，是自己代替父亲受到了惩罚。甚而，对于父亲的供述——神鸣讲当天早晨，一直和孩子们在一起的供述，姐姐可能抱有极大的误解。在病房听希惠讲完案件始末，姐姐可能是这样想的。为了避免自己被逮捕，父亲对警察说了谎。其实在神鸣讲当天早晨，父亲去了雷电神社，往雷电汤中放入了白毒鹅膏。一直和孩子们在一起，是谎话。如果是这样，自己一旦醒过来，谎话立刻就会被拆穿。姐姐大概心想，父亲希望自己就这样不要醒来。就因为这件事，她才对父亲产生了极大的不信任，之后和父亲连话也不说了。若非如此，当父亲打算在埼玉开一家新店，重整旗鼓时，姐姐就不会对父亲说出那样的话了。

——爸爸你，没有这种资格。

"最后的最后，亚沙实点头同意了。"

几天后，姐姐假装从漫长的昏迷中苏醒。然后，与进入病房的刑警们对话，证明了父亲不在场。她隐瞒了自己失忆的事实，回答说父亲在神鸣讲当天早晨，一直与自己在一起。姐姐认为，她这样做是保护了父亲。虽然她对父亲抱有如坚冰般的不信任，但她觉得还是亲手救了养育自己的父亲。可是，实际上，是父亲保护了姐姐，救了姐姐。

"姐姐失忆的事，我再早一点儿觉察就好了。"

在所有情况下，我都错过了暗示。

三十年前，神鸣讲的早晨，姐姐戴的小鸟形状的金属发卡。当时，我担心姐姐戴着它会引来雷击，但是我没坚持让姐姐拿下来。

——把发卡拿下来吧。我要是再认真点儿告诉你这个，就好了。

在埼玉的狭小公寓，我第一次和姐姐坦言自己的后悔。

——我全都忘记了。

姐姐口中曾经流露出这样的、再明确不过的真实。

"来到这个村子后，也有很多可以觉察的机会。"

姐姐在旅馆说出的谜语般的话，我现在也明白了其中缘由。来到羽田上村的第一天，我们并排站在房间的窗边。当时，我想起来自己曾经误以为是款冬花茎，采回了侧金盏花。被父亲批评，我痛哭之后，姐姐给我讲了侧金盏花的奇特之处。它以花苞的形状一直等待着阳光，一旦照到阳光，无须十分钟就开得很大。虫子飞到温暖的花朵上，传递花粉，侧金盏花就会越开越多。

——事到如今再问有点儿怪，当时姐姐为什么给我讲侧金盏花呢？

——什么时候？

——噢，就是我小时候，采摘款冬花茎那次。

当时，姐姐闭着嘴沉默一会儿，小声说。

——因为，非常像。

我在窗边很纳闷儿。因为，姐姐的意思不应该是款冬花茎和侧金盏花在形状上相似。正因为形状相似，幼小的我才犯了愚蠢的错误。

——这是在猜谜吗？

——嗯，算是吧。

那并不是谜语或者什么。我采回了侧金盏花的事，以及因此被父亲批评的事，姐姐都不记得了。她没能拥有和我一样的回忆，所以才马上说出那样的话。不明所以的不是我，而是姐姐。

那天傍晚，我们到清泽照美家拜访，从她那里听说了在母亲病房发生的事。而且，知道了母亲在临死前，用断断续续的声音告诉了姐姐什么。当时，对于姐姐一直闭口不谈如此重要的事情，我非常困惑。但是，姐姐绝不是闭口不谈。对姐姐而言，所有的一切，也都是第一次听到。

"希惠小姐，还有一点，请你实话实说。"

彩根的声音，比任何时候都慎重。

"你是不是在某个时间点，已经发觉亚沙实小姐才是毒蘑菇案的犯人？"

希惠没有回答。

"在南人先生将你母亲的信交给你时，或者是之后，你就应该发觉文字被改过了。在这个村子，你母亲已经做雷电神社宫司多年。你一定从小时候起，就无数次看过她写的'雪'和'雷'。这样的你竟然和其他人一样，一直被这封信欺骗，我是难以理解的。"

希惠一动不动。一直如此——她的身形渐渐失去了纵深感，看起来像一张被剪下来的画。

"信被改动过,我是过了一阵子才发觉的。"

终于,她只动动嘴唇,认可了彩根的话。

"是在亚沙实苏醒过来,又过了几天之后。当然,那时我并不知道原因。但是,亚沙实的父亲可能并不是真正的犯人,至少这种想法浮现在了脑海里。理由正如刚刚彩根先生所说。如果亚沙实的父亲是犯人,他只要把信件处理掉就行了。但是,他没有那样做,而是特意改写了文字,交给我。这样一来,只能认为他打算要袒护某人,自己成为犯人。那么,犯人就只有亚沙实或者幸人了。"

到底父亲在袒护谁?是谁在雷电汤中放了白毒鹅膏?

"当时,我想起了曾经看到的报道,藤原南人先生说神鸣讲的蘑菇汤有怪味儿,没喝。"

那个报道支持了藤原男人是犯人的观点,但希惠说,对她而言却完全具有另外的意义。

"另外的意义,是什么呢?"

"以前去亚沙实家玩儿的时候,她曾经给我看过她母亲的笔记本。是叫草药吧。院子里种的什么植物对怎样的症状有效,都记在本子上。"

母亲去世后,姐姐仔细抄写的那本笔记。

"其中,有一页是玛利亚蓟花。上面写着,它的种子对于肝脏有很好的疗效;对于在这一带有名的毒蘑菇白毒鹅膏,是强有力的解药……你母亲的字迹将这些内容写得很详细。我还记得,我们两个人一边看着笔记,一边甚至还笑着说'即使吃毒蘑菇也没事啦'。"

想起那次闲聊,在希惠心中,一切都关联起来了。

"我开始认为，最大的可能是——亚沙实才是真正的犯人。当然，我并不知道她的动机，对此也并不确信。整整三十年间，我一次都没确信过。"

"没有确信。"

彩根重复了希惠的话。

"不过，这种疑惑，你没能仅仅封存在自己脑海中？"

将三十年前的案件与这次发生的事情连接起来的导火线。

召唤我们来到羽田上村的东西。

"在三十年前的病房，我和亚沙实约定……从今以后，亚沙实失忆的事情，我们不会告诉任何人。亚沙实信守了约定，一直将这件事深藏于心，生活了三十年。但是，我……"

希惠说不下去了，彩根平静地问她。

"是不是写在了什么地方？"

她一动不动地回看一眼彩根，像折断坚硬的东西一样，重重地点头。

"全部写在了我十七岁时的日记本上。在亚沙实病房发生的事、我俩的约定、我母亲的信被改写、亚沙实曾给我看过写有玛利亚蓟花的笔记本，这些都写下来了。"

她是不得不倾诉出来吧。毒蘑菇案的犯人，可以说间接杀害了她的母亲。而且，被认为是犯人的，就是亚沙实父女中的一个。尽管如此，在姐姐病房，希惠让姐姐证明了父亲的不在场，保护了父亲。并且，在发觉姐姐可能是真正的犯人之后，她也没告诉任何人。她这样做，使父亲和姐姐逃脱了警察之手，也让我们一家离开了羽田上村。十七岁的希惠之所以做出这样的决断，也许是因为她曾在身边目睹姐姐失去母亲的悲伤。也许因为当她想从雷场边缘跳下时，姐姐救了她，延续了她的人生。不管怎样，这一系列的疑惑和事件，封锁在内心都过于沉重巨大。无奈之下，她至少可以用文字吐露出来。

"当然，我写的目的并不是要给谁看，所以，不管哪件事，都并未详细记录。但是，那里面的用语……相关人员看到时，会很容易明白意味着什么。"

"原来如此……原来是日记啊！"

彩根看看天花板，缓缓点头。然后，面朝希惠，继续说：

"听说，十五年前新潟县发生中越地震后，这里进了小偷？"

这件事我也从清泽照美那里听说过。因为担心地震后发生山体滑坡，希惠住在了村里的旅馆，就是那个时候。神社的香资盒被毁坏，里面的钱被全部偷走，社务所和住处也被翻得乱七八糟。

"被偷掉的东西中，也包括日记吗？"

"如你所说。"

回答之后，希惠含泪看着我。

"日记里还夹着亚沙实以前给我写的信。信里写着她的新住址和'一炊'餐馆的事。"

据说，那封信是我们搬到埼玉两年后，姐姐寄给她的。

就是说，偷走日记的人，同时知道了三十年前的真相和我们全家的住址。

"是谁偷走的，我当时完全不知道。但是……我很害怕、很不安，就跑到埼玉去看了看亚沙实全家的情况。我想，偷了日记和信的人，也许会以某种方式接触他们。"

就是十五年前，希惠站在"一炊"店门前的那一天。

"那时，幸人走到了店门口，我感觉他的表情似乎很紧张，这更加剧了我的不安。"

当时，悦子因车祸去世不久，我内心总是充满猜疑。是不是车祸的真相被谁发觉了？是不是年幼的女儿做的事被别人知道了？会不会有人来告知夕见真相？

"可是，对这一家人——亚沙实自不必说，幸人也好，他们的父亲也罢，我绝对不能去问什么。结果，我什么也不能做，只好回到了村里。自那以后，我就一直在村里生活，但是，我没有一天不在想日记的事情。"

到底是谁偷走了日记？

日记在哪里？

知道这些，是在今年的十一月八日。

"傍晚前，社务所的电话响了，一个男人的声音突然说，十五年前的日记是他偷走的。我还没来得及回应，那个人就开始滔滔不绝地说起了三十年前的事情。本应该只有我才知道的毒蘑菇案真相，他都说出来了。"

信被改写的事，姐姐失忆的事，玛利亚蓟花的事。

"打来电话的人，就是筱林雄一郎吧？"彩根确认道。

"正是如此。"

十五年前发生地震后，筱林雄一郎出现在羽田上村，一副穷困潦倒的模样。过去他曾经喜欢希惠，用现在的话说，还曾经做过类似跟踪狂的事情。据说，村里有人认出了他，开玩笑说，去雷电神社了吗？他瞪了对方一眼就走开了。

大概就是回村期间，他在雷电神社和希惠的住处实施了盗窃，得到了日记和信。

"他在电话里和你说什么了？"

"当时只说最近来见我，就挂了电话。筱林雄一郎这个人，有不太正派的地方，尽管他离开村子很长时间了，我还记得很清楚。因此，当我知道是他这种人拿到了日记时，非常绝望。当然，我第一个想到的就是亚沙实。和十五年前一样，我抛开一切去了埼玉。在亚沙实的公寓周边走动，去看了看幸人的店——"

希惠当时的身影，被夕见拍进了照片中。

"不过，我还是什么都没做。和日记被偷走时一样，我没能向任何人问什么。"

我拼命强忍着似乎马上要撕裂嘴唇，冲出喉咙的大声呼喊。

——我是藤原。

十一月八日，希惠接到了筱林雄一郎的电话，大概一周后的一天下午，他往我家打来了电话。

——想让你给我筹点儿钱。

那个男人跟我要钱。

——我知道你的秘密哦。

不，他并不是打算跟我要钱的。

——做那件事的是你女儿。你明知如此，却瞒着不说。

筱林雄一郎以为接电话的是我父亲。因为他所熟悉的父亲的声音，与我现在的声音相似。他偷走并阅读希惠的日记后，了解了三十年前的真相，他打算以此为资本来威胁父亲。他不知道，我父亲已经在三个月前离开人世。他没发觉，电话听筒的对面是我，三十年前还只是个小孩子的我。

——种蓟花的事儿……我也知道哦。

从一开始，就没有任何关系。那个电话与悦子的交通事故，与夕见小时候的失误，都毫无关系。

——不给钱的话，我就把一切都告诉你女儿。

——那孩子一无所知，什么都不记得！

打来电话的四天后，筱林雄一郎出现在店里。我根本不知道对方的真实身份，被愤怒和不安驱使着，走近他的餐桌。

——是你往我家打电话了吧？

我一问，那个男人只是一瞬间有点儿不知所措，之后鼻子哼哼几声，变成一副下流面孔。

——难道跟孩子说了？

我没有回答，但在心里却重重地摇着头。不可能说。我怎么能和夕见说！然而，他所说的孩子，并不是夕见，而是我自己。筱林雄一郎原来就是打算用电话威胁父亲的，于是他认为父亲将电话内容告诉了我。

"最终，我还是什么都没做，只能从埼玉回到了这里。接着，就在几天后，亚沙实、幸人和夕见，突然出现在神社。"

"肯定很吃惊吧。毕竟你当时正在为筱林雄一郎的电话懊恼。唉，当然是偶然的吧……幸人先生一行，原本是为什么来羽田上村的？"

彩根看着我，我没能回应。夕见在旁边。我不能让她听到我与筱林雄一郎之间的交流。只有这个，绝对不能。

"爸爸因过度劳累病倒了，这就是我们来这里的契机。"

夕见代我回答了。

"爸爸说想和亚沙实姑姑一起,三个人到远一点儿的地方去……于是,我就说想去羽田上村。因为从很早开始我就是八津川京子的粉丝,而且也想看一看成为自己根的地方。"

"原来如此,是这样啊。"

"毒蘑菇案和奶奶去世时的事,那时我才第一次听爸爸和亚沙实姑姑说起。可是,全都弄不明白……我们想重新调查一下到底发生了什么,就来到了这个村子。"

直到现在,夕见也不怀疑来这里的原委,听夕见叙述的彩根和希惠也一样。可实际上,我是一心想带女儿逃离威胁者才离开埼玉的,去哪里都无所谓。威胁者暗示的并非十五年前的交通事故,而是三十年前的毒蘑菇案。我当时并未觉察到这一点,就来到了羽田上村。既不知道姐姐才是真的案犯,也不知道姐姐失忆的事。

"你们三人出现在神社时,我震惊至极,无法用言语表达。"

希惠朝窗户看去。现在拉着窗帘,从那扇窗正好可以看清整个神社院内的景象。

"那样与亚沙实面对面相见,还是三十年前。因为筱林雄一郎的电话,我的大脑充满着不安,但要说见到亚沙实没感觉到怀念,一定是说谎……但是,我还是假装没认出对方是谁。"

因为她完全不知道,我们来羽田上村的原因吧。

"后来,在社务所被问及毒蘑菇案的时候,我也只能继续假装一个受访者……不过,我看出亚沙实现在还没想起案件的真相,唯独这一点,让我放心了。"

"那天就是,雷场打雷的那一天吧。"

"那天的白天。"

"到了晚上，筱林雄一郎就坠下了悬崖……他来这个村子，就如同他用电话预告的一样，是来拜访你吧？"

希惠点头。是的，那个男人并不是来追赶我的，而是为了见希惠，才来到了羽田上村。

"晚上八点左右，筱林雄一郎突然出现在社务所。"

希惠说，她正在为神鸣讲做准备，那个男人就开门进来了。

"因为已经是三十年没见了，如果没有那个电话，我想我不会知道对方是谁。但当时，我马上意识到他是筱林雄一郎。一开始他净说无聊的过去事，说着说着，就说起自己在城市做生意失败，失去了一切……这时，他想起了十五年前弄到手的那本日记。他明确地和我这样说。"

"他觉得可以弄到钱？"

希惠轻轻摇头。不知从何时开始，她放在膝盖上的双手，像濒死的白色生物一样颤抖着。

"好像不止是钱。"

她没有具体说明。但是，她双眼浮现出阴暗的色彩，仿佛所有影子都凝聚在了那里。看着她的眼睛，我觉察到了某种东西。曾经对她抱有扭曲爱恋的筱林雄一郎，大概除了想要钱，还有更丑恶的要求吧。

"他说，如果不答应，就要全部告诉当事人——亚沙实。然后，他从包里拿出日记给我看。看到日记，我再次意识到他说的一切都是真的，于是暗下决心。钱也好，其他的也罢，我都答应他。"

她下定如此悲壮的决心，一定是为了姐姐。希惠心想，筱林雄一郎接近姐姐，说出案件真相——告诉姐姐一切，这种情况，绝对要阻止。

"可是，就在那时，有人从外面敲社务所的门。筱林雄一郎便迅速抓起日记，躲进了里面的和室。我打开门，站在那里的是亚沙实、幸人和夕见。"

当时，为了拍流星照片，我们正要去雷场。因为要把车停在神社的停车场，想事先打声招呼，就拜访了夜间的社务所。我们出现在门口时，希惠到底是怎样的心情呢？眼前出现的是忘记过去罪行的姐姐。而背后，知道这一罪行的筱林雄一郎正屏住呼吸。

"只进行了简短对话后，我赶紧关上门。紧接着，那个人从和室里走了出来。不过，他似乎思考了一会儿，留下一句'我还会来的'，就离开了社务所。"

希惠胆战心惊地从门口往外看，筱林雄一郎的身影消失在通往雷场的山路上。

"原来如此，我知道那个时间点。当时，我正在雷场准备相机，在那儿碰见了幸人先生一行三人。然后，拍完流星照片就打雷了。"

姐姐受到雷声惊吓，跑进树林深处，我拼命追赶。筱林雄一郎出现了。

——抱歉，我急需钱用啊！

那时，我仍然毫不怀疑地相信，对方知道十五年前交通事故的真相。

——你非要拒绝的话，我现在可以马上告诉她本人。

我拿着手电筒，不顾一切地逃离那里，雨水将地面变得泥泞，还没跑多远，我就被绊倒了。我不知道自己朝着哪个方向，在胡乱照射的手电光中，看到了那个男人的身影。愤怒充满头顶，我双手抓着

313

泥，思考自己应该做什么。雷鸣震动着空气，雪白的光照亮周围，那个男人的身形再次出现在树林中。——黑暗中，我像游泳一样，朝着雷场深处，呈悬崖状的地方前进。手电筒滚落在地，我不去管它，而是朝着那个男人出现的地方跑去。我想杀了他，想在没有任何人看到的一片漆黑中，将男人的身体推下悬崖。我的动作再快几秒钟，我就能杀掉他。可是，在我开始跑的同时，闪电划破了眼前的黑暗。

"在雷场深处，雷打下来时，幸人先生，你在——"

彩根的语气似乎带着担心，可双眼却直勾勾地看着我。

"我看见了一些东西。"

我在雷电照射下看到的东西。偶然被彩根拍进相机的东西。

"距离遭到雷击的杉树不远的地方，出现了那个男人的身影。"

"只有这个吗？"

我摇摇头，挤出长时间压抑在内心的那句话。

"我看到旁边蹲着一个人，像跳起来一样……双手推向男人的胸。"

"是亚沙实小姐吧？"

"正如你的相机拍到的。"

那是雷电消失之前，瞬间发生的事。

我清楚地看到，姐姐推了那个男人。

黑暗再次来临，我颤抖着双脚往那边靠近。被轰隆的雷鸣与大雨包围的雷场边缘，姐姐在哭喊着。悬崖下面，无论怎么倾听，都毫无声响——但是，那时的我，什么都不理解，一无所知。我以为姐姐被恐怖的雷声吓坏了，冲动之下，将站在那里的人推了下去。我极度混乱的大脑，只能想到这一点。而且，在哭喊着的姐姐身旁，我甚至感到一种安心，因为威胁者已经从这个世上消失了。

然而，真实的情况完全不同。

"为什么……亚沙实姑姑一定要杀掉筱林雄一郎呢？"

夕见双眼通红地诉说着。

"那样做的理由何在？"

"姐姐并不是想杀人。"

当时，到底发生了什么？

"她想远离记忆。"

"……怎么回事？"

我不知如何接下去，彩根像是想要帮我一样，开口了。

"我的想法也一样。那是冲动杀人。理由不在对方，而在她自己身上。"

"亚沙实姑姑自己身上——"

因为条件具备了。

"失去了三十年的记忆，在那一瞬间复苏了。这样想，一切都吻合了。"

轰隆作响的雷鸣。羽田上村和后家山。举办神鸣讲的季节。正在着手准备神鸣讲的神社。还有——

"科学证明，被置于同一条件时，人的记忆容易复苏。但是，亚沙实小姐的情况还不止如此，是更加直接、更加有意识的。正是这种有意识的行为，造成了冲动杀人。"

"这是为什么呢？"

"是不是希惠小姐所恐惧的事情，筱林雄一郎付诸实施了呢？"

一定如此吧。

315

——你非要拒绝的话，我现在可以马上告诉她本人。

不知道他当时怎么说的。也许并不需要很长的语句。当时，姐姐惧怕持续轰鸣的雷声，所以蹲在雷场边缘。而那个男人，就在那时将三十年前的真相告诉了姐姐。我刚刚才逃脱的威胁，瞄准了姐姐。

"羽田上村、后家山、雷电神社、神鸣讲、雷鸣，还有从筱林雄一郎口中被告知的话。所有这一切融合成一体，一瞬间，将所有记忆从亚沙实小姐心中牵扯出来。这是怎样一种体验，我们只能依靠想象。不过，一定如雷击般穿过整个身体，根本无法承受吧。"

于是，姐姐推了男人一把。因为他在自己眼前说出了一切。

为了将复苏的记忆，抛向看不见的远方。

当然，这既没有证据，也已经不能问姐姐本人了。但是，除此之外，想不到其他情况。不，如果不这样想，就没办法解释了。因为两人之间没有任何直接的关联。姐姐将筱林雄一郎推下悬崖的理由，还可能想到其他的吗？

"之后，我们就下山来到神社。敲了敲社务所的门，希惠小姐好意让我们在社务所休息。这时，黑泽宗吾和长门幸辅出现了。"

在恢复记忆的姐姐面前，又具备了一个条件。三十年前没能杀死的两个人。将母亲逼死的四人当中，如今仍然活着的两个人。隔着拉门，姐姐听到了他们带着笑的声音，就在母亲曾经遭受暴力的那间和室。

——祭祀的准备，你都弄好了吧？

——一定要锁好门啊！

——谁知道脑子不正常的人何时会出现呢？

"姐姐决定要完成复仇，大概就是那个时候吧。"

——那个男人还活着吧？

——我都忘记了，你又提起来……

——我也早就忘得一干二净了……

"可是，都已经过去三十年了呀。"

夕见说完，彩根摇摇头。

"对于突然恢复记忆的亚沙实小姐而言，定根本不存在什么岁月的概念。因遭遇雷击而被迫停止的时间再次启动了，所有感情都在她心中复苏了。大脑和心脏，有时被比喻成硬件和软件。三十年前发生故障的硬件突然恢复，软件再次启动。这种比喻虽然有点儿太现实，但是，当时的状况大概与此非常相似。"

不，姐姐内心的感情应该超过了以前，变得更强烈了。三十年前，姐姐决心为母亲报仇。但是，她没能达到杀掉四个人的目的，岂止如此，她还遭到了被雷击中的惩罚，承受着一生背负可怜的雷电伤痕的痛苦。这所有的一切，都在一瞬间涌入姐姐脑海。

——幸人。

那个夜晚，姐姐在旅馆的被子里叫我。

——发卡的事，对不起啊。

我困惑地转身朝向姐姐，黑暗中，听见了姐姐伴随着呼吸的细语。

——因为我，害得幸人也被雷击了，对不起啊。

姐姐这句道歉，不是因为自己戴了金属发卡。姐姐认为，因为她往雷电汤中放了白毒鹅膏，自己才受到神灵惩罚，遭了雷击。连在她身边的我也遭到了侧击。她是在为这个后悔。

——我们离开村庄时，有人说，是因为爸爸，我们才遭到了惩罚……神灵，真的存在吗？

姐姐的声音就像小孩子说出了单纯的疑问。不过，在姐姐内心，一定已经有了明确答案。神灵在看着一切，知道谁是应该受到惩罚之人。

尽管如此。

——已经没事了……

已经能原谅我完成了复仇吗？如今我已经受到了足够的惩罚，能否允许我再做最后一次？当时，姐姐在黑暗中问着神灵。而且，用她自己的耳朵听到了我听不见的神灵的回应。

"不过，如果亚沙实小姐没在雷场杀掉筱林雄一郎，之后就可能什么也不会发生。"

彩根说完，希惠稍微垂下眼帘，收收下巴。这个动作是在由衷祈祷什么，别无其他。如今，姐姐已不在人世，我们只能做出各自的解释。而且，只能祈祷是正确的解释。

"她杀掉了一个人。当然，直到早晨遗体被发现，都不知是否真的死了，她极度混乱，心中一定翻卷着不安。但是，他死了。而且，关于他的死，谁也没怀疑亚沙实小姐。这就成了她将觉醒的复仇之心付诸实施的契机。"

能阻止姐姐的，只有一个人，那就是我。如果我早一些发觉姐姐失忆，我就可能会理解打雷瞬间所见到的情景是什么意思，理解姐姐为什么推那个男人的身体。我就能与姐姐面对面说清楚，阻止她后面的行动。但是，我却认为姐姐是被雷声吓得一时错乱，才引发了那种行为。我用肤浅的理解掩盖难以理解的事情，让自己信服，岂止如此，甚至还为威胁者的消失感到安心。

"第二天早晨，筱林雄一郎的尸体被希惠小姐发现。当时你和警察说，因为前一天晚上打了很大的雷，早晨就去看看情况。那是谎话吧。"

希惠毫不迟疑，点点头。

"前一天晚上，那个人为了追赶亚沙实他们离开了社务所，但一直没回来。我非常担心，所以天一亮就去了雷场。"

"然后，你发现他在悬崖下面。"

"我一眼就看出他已经死了。当然，在谈起这件事之前，我根本没想过是亚沙实推下去的。因为是在被雷击中的杉树旁，我只以为是意外事故……受打雷惊吓，失足滑下去了。或者受雷的冲击跌下去了。老实说，看到那个人已经死了时，我才放下了心。"

原来，她也和我一样。

希惠说完，吐出一口细长的气。从三十年前到现在，她的精气神被剥夺殆尽，所剩无几。我感觉那股精气神也和气息一起，从身体里脱离出来。

"理所当然。毕竟这个了解三十年前一切真相的、一直威胁自己的男人，在眼前死去了。"

彩根点了几下头，再次看着希惠。

"他拿着的那本日记，你是在那时……？"

"因为挎包缠在他身上，我就绕到悬崖下，从泥里把包拉了出来，在社务所处理掉了。之后，我才联系了警察。"

同一大早晨，我带着姐姐和夕见离开羽田上村。姐姐坐在汽车后座上，像个人偶一动不动，安静地闭着嘴唇——可不知为何只说了一句"我想看看海"。很久以前，她曾和希惠相约去海边玩儿。她们相约的就是这个大海,姐姐坐在海边,一言不发,久久盯着海平线。那时,姐姐的眼睛到底在看什么?是不是某处的一个合情合理的世界呢?或者是,回望自己可能拥有的过去?她和希惠两人,如约来到海边,一直开心地笑着,玩累了回到家中,全家人一个不缺地都来迎接她。姐姐是不是在看,那个已经消失无踪的过去?

"正如我开头所说,亚沙实站在我家门口旁边,是在第二天傍晚。"

就在这个家里,姐姐告知了希惠自己想起来的三十年前的真实情况。母亲临死前告诉她的话、爸爸在照片背面写下的杀人计划,还有她自己所做的一切,全部如实相告。

"听了亚沙实的话,我再一次明白,自己三十年前写在日记里的内容,都是正确的。"

希惠用力闭着双眼,似乎在努力控制感情。

"不过……雷电之夜,她把筱林雄一郎推下悬崖的事,亚沙实没和我说。"

"那是没办法的。"彩根说。

"因为她是要杀掉黑泽宗吾和长门幸辅才回到村庄的。如果把杀掉筱林雄一郎的事告诉你,害怕你可能联系警察。那样的话,她回村就没有意义了。"

彩根的说法很冷静透彻,说完,他咕嘟喝了一口已经变冷的茶。

"接着,天亮后,神社举办了神鸣讲,一直持续到晚上的祭祀活动结束后,黑泽宗吾在神社内被打死了。亚沙实小姐大概就是从这个窗口观察外面,看村民们都离开后,就寻找机会下手的吧。"

到了深夜,机会终于来了。在姐姐看来,对方不仅喝了酒,而且一只手拿着手电筒走在空无一人的黑暗中，杀掉他一定并不难。当作凶器的石头，也不难找到，周围就有不少。

"她拿起石头，走近黑泽宗吾身后，打上去。"

"可是，将那块石头转移到奇怪地方的，是你吗？"

"是我干的。"

那天晚上，在亮着小灯泡的房间里，我审视着自己恢复的记忆。外面的小路上，偶尔传来喝了酒的村民的声音。忽然，至今一次也没思考过的各种可能性，接连萦绕于脑海。我将这些可能性与自己见闻的很多事情进行了对比。父亲在照片背面写的文字。神鸣讲前一天早晨下的雪。姐姐照片中出现的白色物质。太良部容子交给父亲的信。筱林雄一郎打来的电话。那个男人说的每一句话。于是，所有一切都完全吻合了。——姐姐实施了父亲制订的杀人计划，往雷电汤中加入了白毒鹅膏。父亲知道后，在太良部容子写的信上加了两笔，使自己成了嫌疑人。筱林雄一郎所知道的"秘密"就是这件事。姐姐和我一样失去了记忆。筱林雄一郎在雷场使姐姐恢复了记忆。姐姐将他推下悬崖的理由就在于此。当然，这只是我的想象。

"那天晚上，我想请求希惠姐给我看看她母亲写的信。"

要确认自己的想法是否正确，无论如何都需要亲眼看看那封信。

"夕见睡着后，我离开旅馆，去了神社。"

因为时间已经很晚了，我想神社应该只有希惠一个人在。但是，我穿过参拜路靠近鸟居时，看到前面有手电筒的光。我迅速躲进鸟居的暗处，黑暗中传来似乎是醉酒者的脚步声。不久，听见了低沉的撞击声和重物倒地的响声。

"我从鸟居旁看过去……手电筒在地上滚动着，在晃动的光束中,掠过一个人影。"

虽然只是一瞬间,但那个人影确实是女性。我并没有看清面部。因为祭祀用的灯笼都已熄灭,能看到的范围很小。过了一会儿,我下定决心,迈开脚步,胆战心惊地靠近滚落在地的手电筒那边。于是,我看见黑泽宗吾倒在冰冷的地上,后脑已经被砸裂。旁边有一块石头,约有小孩子的脑袋那么大,在横向照射的光束中,石头上的血迹清晰可见。

"我想到了姐姐是犯人的可能性。恢复记忆的姐姐回到村庄,是不是亲手杀掉了三十年前侥幸存活的黑泽宗吾?"

当然,我并不确信。但是,我不能什么都不做。我蹲下去,用外衣袖子关掉了手电筒开关。这是为了在天亮前,黑泽宗吾的遗体不被发现。

"之后,我抱起石头,朝那条溪流走去。起初,我只是想把它扔到水里藏起来。"

但是,我马上意识到那毫无意义。警察通过侦查,一定很快就能断定凶器是石头。还没想清楚怎么办才好,我已经走到昏暗的水边,看到了溪流中央那块"试运岩"。

"我往上扔了几次,把石头扔到了那块岩石上。这个地方,靠女人的力气是怎么也扔不上去的,我想大概能糊弄一下警察吧。"

在那样做之前,我先用水清洗了石头,扔的时候,也将收集的落叶放在了手与石头之间。因为我听说,现代技术可以从大多数物体中检测出指纹。

下山途中,我给姐姐打了很多次电话。但是,姐姐的电话关机,一次也没打通。第二天早晨,倒在神社院内的黑泽宗吾的遗体被希惠发现，全村陷入混乱。

"姐姐给我打来电话，是那天中午。"

当时，我和夕见坐在霞川河滩上，手机响了。我如实告诉姐姐我们在羽田上村，并说在纸箱中发现了父亲拍的照片，以及写在其中一张照片背面的文字。一边说一边寻求着某种能打消自己疑惑的东西，拼命侧耳倾听姐姐的声音。但是，姐姐只简短回应了几句，我仍然满怀疑惑与不安，于是想方设法寻找应该要告知姐姐的话。

——姐姐……你总是惦记夕见，谢谢了。

如果姐姐杀了黑泽宗吾，我想让她知道我已经发觉了。如果她接着还想做什么，我希望她放弃那种想法。

——以后，如果我有什么意外，夕见就拜托姐姐了。

可是，一切也许都是自己的胡思乱想。

——因为爸爸死后……我只有姐姐你了。

若将我的胡思乱想说出来，姐姐该多么受伤啊。

——因为我希望夕见幸福。

最终，我只说了这些就挂了电话。我只能这样做。

"当时，我也应该可以阻止姐姐的。"

"没办法了呀。"

夕见明明就坐在我身边，她的声音却似乎从怎么伸手也摸不到的地方传来。

"一切，已经没办法了呀。"

窗户对面传来礼拜殿的铃铛声。在铃铛下合掌的村民们，在神鸣讲结束的雷电神社，在死了好几个人的后家山，到底在祈祷什么？

记忆犹新。在这个村子生活时，听雷电神社的铃铛声，一定是在新年时。这个声音对我而言就是新年之声。新年第一天，我们全家一定会来到这里，依次摇响礼拜殿的铃铛，合掌祈祷。明明做过很多次，当时自己向神灵祈祷了什么，如今却一个也想不起来。不过，内心充满着对新事物的期待，唯有这个印象仍然留在记忆深处。响彻天空的铃铛声，总是将村庄密闭的空气笔直地切分开来，然后，从切分处溢出清冷却微微发光的东西。

"第二天，希惠小姐发现了黑泽宗吾的遗体并报警——"
彩根问。
"你有没有想过亚沙实小姐是犯人？"
"我抱有这个疑问。"
希惠答道，并没看彩根的脸。之后，她那双像玻璃球一样的双眼，一直茫然地不知看着何处，没有看向任何人。
"我想，犯人会不会是亚沙实？她是不是想完成三十年前的复仇？——电话报警后，我将发现黑泽宗吾遗体的事告诉了亚沙实，但当时我很害怕，甚至都没能正视亚沙实的脸。"
"听了你的话，亚沙实小姐说什么了？"
"只轻轻点点头，什么也没说。第二天下午，警察告诉我说，作为凶器的石头被放在了'试运岩'上面。尽管如此，我还是没有消除怀疑……"
希惠的声音也似乎渐渐变远，终于在此中断。
"直到最后，你也没能将自己的怀疑告知她本人吧？"
彩根平静地问，希惠垂下眼帘，似乎在倾听自己的内心。
"大概我也……和母亲一样吧。"
她的声音透露着难以形容的悔恨之情。

"我想把一切都交给神灵。因此，让她住在我这里时，我一直都没有追问亚沙实。"

希惠来把她母亲的信交给我时，她的心情大概也和三十年前的太良部容子一样吧。她们都是想把自己知道的事情告知对方。太良部容子想告诉我父亲。希惠想告诉我。——她们这样做，是想将一切委托给一个强大的意志。她们相信它的存在——至少在心里期待如此。收到信的父亲，选择牺牲自己保护了姐姐。这种做法正确与否，我无从判断。如果能预见未来，父亲能看到现在的我们，他也许不会做同样的选择。但是，三十年前，父亲确实用自己的手保护了姐姐。然而，我却一件事都没能做。所有事情都暗示着姐姐是犯人，而我却不想承认。就像看到了禁看之物的囚犯，再次回到原来的黑暗之处，屏住呼吸，凝视着看惯了的假影子，告诉自己那是真的。

"不过，归根结底，还是因为害怕。"

希惠的话，就是我想说的。

"只是将自己没有勇气去触碰的东西，换成了神灵而已。"

她也和我同在一个洞穴里，就在我旁边屏住呼吸吧。当我们还在黑暗中胆怯害怕时，姐姐已经拿着菜刀和聚乙烯罐，走向长门幸辅的家。然后，她被警察追赶，在山中奔跑，沉入冰冷的霞川，消失不见。只给我这个从小就一直让她操心的、什么都不会的弟弟留下一句"对不起"。

希惠双手捂住脸，像孩子一样哭泣着。将目光从她身上移开，我看向窗边的架子。那里有个笔袋，是过去我们三个一起乘巴士去电影院时买的，姐姐和希惠买了一模一样的。这三十年，希患一直在羽田卜村生活，做着从出生开始就被命运赋予的雷电神社宫司。但是，她一定从未忘记与姐姐共度的时光，从未忘记和姐姐在病房的约定。初中一年级时，姐姐在教室和她打招呼。在雷场，她想要结束生命时，姐姐从背后大声喊着她的名字。之后，她有生以来第一次在同学面前哭泣。从那一瞬间开始，她们俩就一直彼此牵挂。即使分隔遥远，她们也始终想着对方。如今，一个沉入了冰冷的河流，一个在此伤心流泪。这一天的到来，她们谁也不曾想象过。

"亚沙实姑姑认为……复仇已经结束了吧？"

夕见说出了我们所有人心中的疑问。

"她认为自己放火烧了房子，杀掉了最后一个仇人之后才去死的吧。"

谁也无法回答这个问题。当她消失在冰冷如冻的霞川时，是否相信自己完成了一切？还是心中满怀遗憾而死？她刺中自己胸膛，是因为意识到已经没有退路了吗？或者，她事先早已决定，一切结束后这样做？

礼拜殿的铃铛响了。我闭目祈祷。我祈祷，那天夜晚，在被菜刀深深刺入时，姐姐心中有些微的平静。我祈祷，跨越三十年岁月后再次复苏的愤怒和仇恨，在最后的最后，像云一样消失，白色的光照着姐姐的胸膛。

一条小路从停车场笔直延伸出去,我和夕见并肩走着。

夹在常绿树之间的小路前方,墓碑群显现,如远方的街区一般。

"今年的忌日已经过去了很久,奶奶会不会感到孤单啊。"

因为这里远离市区,听不见一点儿声响。只有我们踩踏石子路的脚步声,响彻在腊月寒冷的空气中。

"你爷爷在她身边,没关系的。"

母亲的墓在陵园的中间位置,如今父亲也长眠于此。

父亲去世时,墓地没有放在遥远的群马县,而是将骨灰埋在与母亲一样的地方,这是他的遗愿。父亲在做了食管癌的大手术后,可能意识到死亡离自己不远了,就在病房将此事托付给了我。后来,父亲身体康复回到家,却在久别的"一炊"厨房突发脑出血,很快就离开了人世。

葬礼时,我将父亲的话告诉亲戚们,无一人反对。只有父亲的兄弟们似乎有点儿迟疑之色,最终也点头同意了。亲戚们一定与羽田上村的人们一样,觉得父亲是可怕的罪犯吧。父亲之所以想在这个陵园长眠,也许因为他本来就明白这一点吧。

"我们有很多事情要向爷爷奶奶汇报呢。"

因此，我和夕见来到了这里。

离开羽田上村后，两周过去了。姐姐的遗体还没找到。也许已经漂到大海中，沉入黑暗的水底了吧。

总有一天，姐姐的工作单位和所住公寓的管理方，一定会联系我的。为了不给对方带来麻烦，如果有必要的手续，我会照办。之后，只能佯装不知地继续生活。我和夕见，都会如此。

几个月后，我也许会到警察局报案，说姐姐失踪了。但是，成年人的失踪，一般不太受重视，一定会很快在无数凶险事件中消失不见。

——为什么，发生杀人这种事呢？

我和夕见离开羽田上村时，彩根送我们到停车场，他这样说。

——至今为止，在被卷入了这样那样的怪事，或者自己主动介入的过程中，我和杀人犯曾经有过几次交谈。但是，他们都并不凶残，也并非具备某种非人的人格。亚沙实小姐也应该一样。否则，她不会被那么多人爱着，大家也不会那么努力去保护她。

父亲赌上自己的一生保护了姐姐。母亲在命悬一线之际，担心姐姐的安危，留下了最后那句话。希惠将姐姐犯下的罪隐瞒了三十年，在这个秘密被筱林雄一郎知晓后，挺身而出保护姐姐。他们这样做是否正确，如今依然无法判断。但是，他们为姐姐着想的心情，一直强有力地存在着。只有我，什么都没能为姐姐做，但我从小就确实很爱姐姐。正因为如此，每当姐姐将手放在我头上，说出那句咒语般的话时，我总能无比安心。

——杀意这种东西，大概一直盘旋在无数人心中吧。绝大多数都没与杀人相关联，也许只是幸运吧。

说着，彩根抬起下巴看向天空。羽田上村的天空，似乎对它下面发生的事情毫无察觉,万里无云。只有飞鸟的影子无声地掠过视线一角。

——就像雷一样,吸进来的东西和与之呼应的东西偶然相遇,就会致人死亡。稍不走运,就会将杀意转变为杀人。

最开始的不走运,在哪里呢?

是我在后家山发现阿根廷裸盖菇的时候吗?是因为当天我在回家路上碰到了筱林雄一郎吗?是因为三十年前,我和姐姐在礼拜殿前面吗?蓟花是母亲最喜欢的花儿。因此,我和悦子一起买了蓟花种子,种在了阳台的花盆里。如果不养那盆蓟花,悦子就不会死。十五年后,我也不会错误地理解筱林雄一郎的威胁。我们就不会回到羽田上村,姐姐也不会恢复记忆,如今还能活在世上。

——这个世上,一定没有任何神灵吧。

除去简短的日常告别语句,这是彩根说的最后一句话。

"寒山茶的花,落了。"

雪白的石子路上,落着几片红花。看看旁边,低矮的山茶树将枝条伸向小路。

"寒山茶这个名字,还是很久以前来这里的时候,亚沙实姑姑告诉我们的呢。"

女儿走在石子路上,绕开落在地上的红花,脚上穿着崭新的绿色鞋子。几天前,她去大学提交期末照片,回家路上买了这双轻便的运动鞋。作为期末照片,她提交的并不是在羽田上村所拍的流星照片,而是家庭写真。照片上有父亲、母亲、姐姐、我、悦子和夕见。但是,当然不可能是我们六个人一起照的合影。一天晚上,我正在起居

329

室盯着夕见小时候与姐姐的合影,照片上的她俩都笑着。突然,从侧面传来相机的快门声。夕见并未把相机从她的脸前拿下,而是像要挡着眼睛似的,一边用手指着我对面。那里的佛坛上,并排放着父亲、母亲和姐姐的遗像。

后来,夕见笑着说。这张期末照片,因为题目比较个人化,虽然能拿到学分,但并不指望被表扬。哪怕只是这样强颜欢笑,夕见到底要付出怎样的努力啊。

"从我小时候起,亚沙实姑姑就教了我很多东西呢。"

夕见选择这张照片作为期末照时,是怎样的心情?提交期末作业后,在回家路上买新鞋子时,又是怎样的心情?夕见都没和我说。但是,我感觉从中看到了微弱的光。就像用双手捂住脸时,从指缝看到的很小——但确实透射出温暖的那束光。

"亚沙实姑姑到托儿所来接我时,我们会稍微绕点儿远路。开在路边的花叫什么名字,花粉是由昆虫或者风来传递的等,都是亚沙实姑姑告诉我的。"

与夕见的声音重合着,我仿佛听见了姐姐的声音。

——妈妈用她最喜欢的花的名字,给我取了名字。

我的名字是父亲取的,姐姐的名字是母亲取的。父亲希望我能在比他更宽广的世界里生活,跳出了"南人"的框框,给我取了"幸人"。母亲将她最喜欢的花的名字给了姐姐。只改变了一个字,是因为比较在乎"aza"的发音与"痣"相同[1]。

——而且,据说在欧洲神话里,蓟花是可以保护人免于雷击的花。

---

[1] 蓟花的日语读音为"azami"。痣的发音为"aza",为避免不好的寓意,故选取了"asami"为名字,对应汉字就是"亚沙实"。

母亲告诉了姐姐这样的故事,姐姐是什么时候讲给我听的?姐姐当时骄傲地笑着,应该比三十年前还要久远吧。姐姐的眼睛看起来很幸福,应该比三十一年前还要久远吧。

"小时候,亚沙实姑姑告诉我的花名,我当时要是好好记住该多好。因为不同的季节开不同的花,一年过后总是忘掉……再一次请亚沙实姑姑告诉我,还是会忘记。"

由远及近,我们的脚步声响彻着,前方很快就是墓碑林立之处了。因为是历史比较悠久的陵园,老远就能看出花岗岩墓碑的新旧。既有平成元年(1989年)之后建的墓碑,也有三十年前昭和天皇还没驾崩以前就矗立在此的。就在半年前,平成时代也宣告结束,令和时代开启。不管时代如何变化,人们都要经历生死,最终长眠在墓下或海底,绵延不绝。

"不过,不知为何,也有直到现在还清晰记得的。"

被情感触动,被现实裹挟,在喜悦与悲哀之间,我们咬紧双唇,几乎咬得出血。但是,我们还是只梦见幸福,拼命生活。是不是在某个地方,有什么在看着这样的我们呢?父亲做的事。姐姐做的事。我和希惠做的事。没做过的事。十五年前的那一天,年幼的夕见对爸爸的温柔体贴。消失的生命。永远消失不了的悔恨。看着所有这一切的,是不是存在于某个地方?

"同样的花,却因为生长地方不同而高度不一样,我觉得不可思议,就问了亚沙实姑姑呢。"

一定如彩根所说吧。

"然后,姑姑告诉我说,花,要朝着太阳才会长大哦——"

这个世上,没有任何神灵。

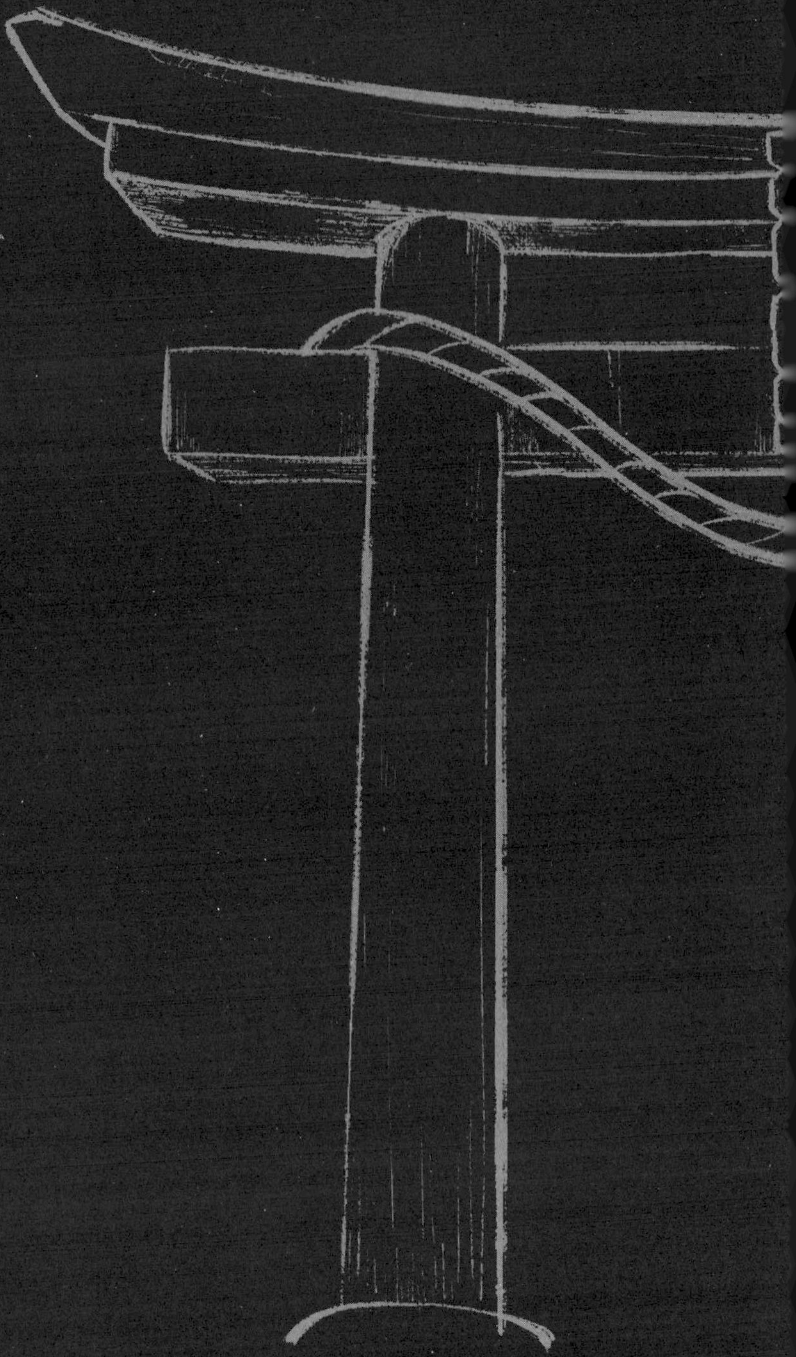

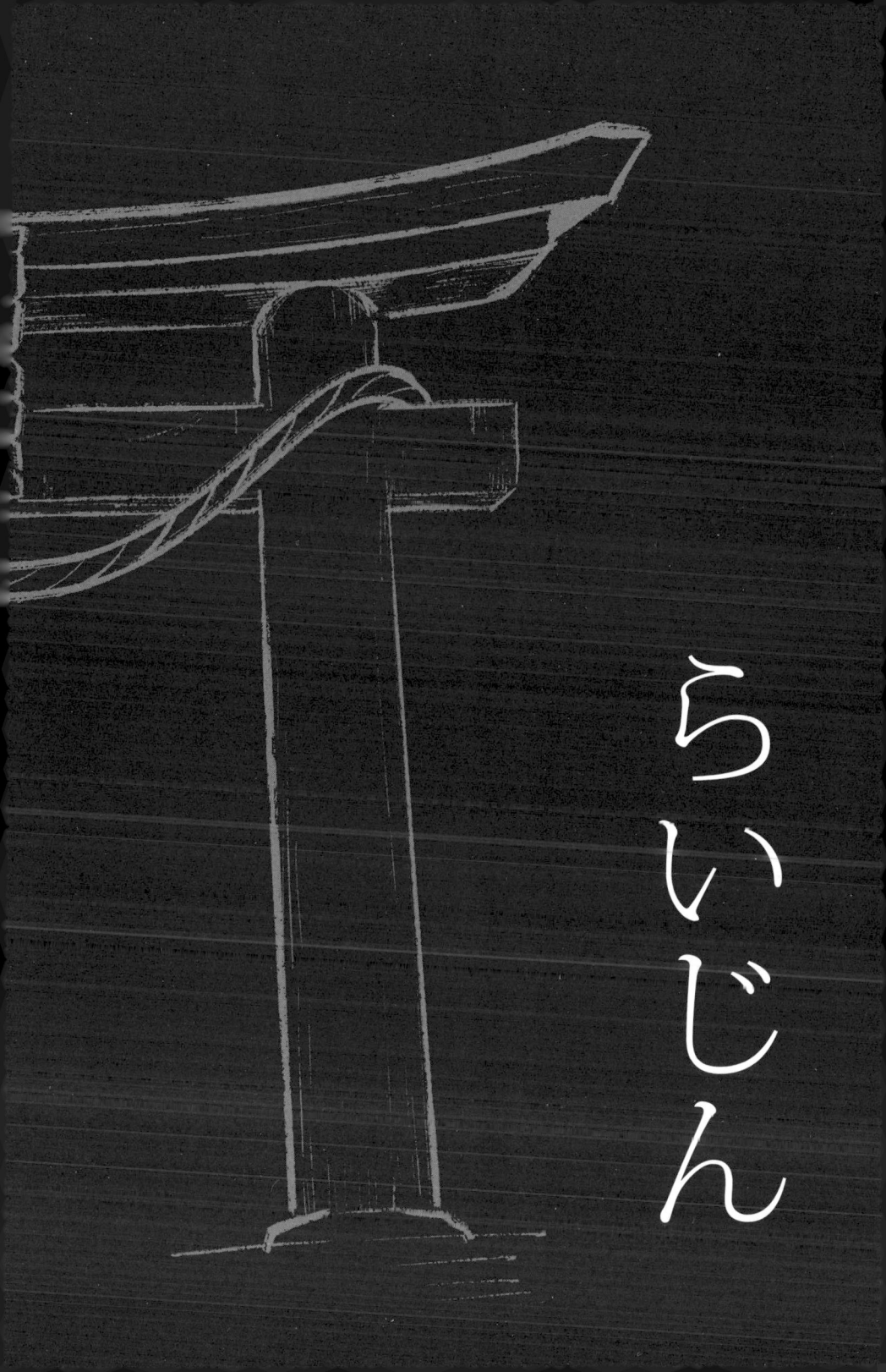

らいじん

读客
悬疑文库

认准读客读悬疑，本本都是大师级。

专注出版中、英、美、日、意、法等世界各国各流派的顶尖悬疑作品。

为读者精挑细选，只出版两种作品：
经过时间洗礼，经典中的经典；口碑爆表、有望成为经典的当代名作。

跟着读客悬疑文库，在大师级的悬疑作品中，
经历惊险反转的脑力激荡，一窥人性的善恶吧。

扫一扫，立即查看悬疑文库全书目，
收集下一本精彩悬疑！